被休的代嫁 1

文創風 270

安濘 著

目錄

序

安濘

其實構思這部作品之初，設想的男主角是煦王爺，女主角蕭雲被逼代嫁之後，兩人在不斷地交鋒中，慢慢瞭解對方，並且產生感情，卻又因為種種誤會和強大的男二插手其中，從而形成一齣以悲劇收尾的虐心戲。

但正值創作開頭，我身邊恰好有位朋友失戀了，她和男朋友談了好多年戀愛，可是那個男人遲遲不願結婚，也從不提分手，最近兩年更是時常冷落她，兩人同在一座城市，相距不過萬米距離，可常常十天半個月不見面，總是等我的這位朋友著急了，自己主動去找他。朋友好聲好氣地約他談了好幾次，也哭鬧過，均是無濟於事。所有朋友都勸她分手，說了很多激勵她的話，她仍是不捨。這麼多年的青春和情感付出沒有結果，教她如何甘心？

其實到了我們這個年紀，大道理誰都懂，但是能安慰別人的，從來不是幾句有道理的話。我們勸別人時總是那麼容易，若輪到自己頭上了，一樣很難做到。尤其是女性，倒不是捨不得自己的付出沒有換來最想要的結果，而是捨不得那個，曾經給過我們溫暖的戀人罷了。

向前走，看不到希望，轉身，亦回不到起點。

在這樣糾結又無奈的情緒影響之下，我痛下狠心刪掉了前面煦王爺和蕭雲的對手戲，開始重新構思，究竟由誰來挑起擔任男主角的重任？

毫無頭緒地亂寫了幾段之後，意想不到的事發生了。

我因為腦子煩亂而抽風似的在鍵盤上瞎按了一通，無精打采地掃過那堆亂碼時，「趙長輕」這個名字赫然跳入我眼中。我的思維像是閘門一樣，瞬間大開。關於他的外形、性格，乃至和女主角結識的因由，所有的一切行雲流水般自然而然地從我的指尖下緩緩流淌出來，甚至不需要我花費心思銜接。

兩人從相識相知到相戀，那種找到對的人時才會有的踏實感，又豈是挫折和誤會就能拆散掉的？哪怕時光沖淡了當初的甜膩，那種踏實也永遠不會消失。

所以劇情甜蜜而溫馨，並不是作者或者別的人能夠決定的，這是屬於男女主角自己的命運。

而我那位朋友，消沈了一段日子之後，終於把感情擱置在旁，將全部精力都投入在工作中。過了約半年，我收到了她的結婚請柬。新郎很帥氣，聽說是他們公司的高管。在婚禮上，她對所有人說，當遇到自己拿不定主意的事情，不妨暫且放在一邊，時間總會給你答案。命中注定的事情，你改變不了，著急也沒有用。

是的，你決定不了的事情，命運會幫你順其自然地解決了。

我想，每一部小說，每一個人物，都有自己的生命力，我們可以在現實生活中或多或少地找到一些原型，也能夠從中找到自己、看清自己，從而選擇最有利於自己的生活態度。

我想，這就是故事的魅力所在吧！

第一章

當蕭雲有了知覺時，她便感覺身體懸空，喉嚨好像被什麼卡住了，呼吸困難。求生的本能使她用盡全身的力量，終於，她把腳上的鞋子甩了出去，只聽「砰」一聲脆響，打破了寂靜的夜，有人進來了。

「小姐？」其中一人驚呼了一聲，連忙跑過去。另一個也過去，兩人一個扶起凳子，一個抱住蕭雲的腿，將她解救了下來。

「小姐，妳怎麼這麼傻呀？妳若去了，讓奴婢怎麼跟死去的夫人交代啊？」秀兒已經被嚇哭了。

景兒則是皺了皺眉，略一思索，便起身跑了出去。

「景兒、景兒？」她的離去，讓哭泣的秀兒又是一嚇。她對著景兒離去的背影，似是埋怨地呼喚了兩聲，然後又萬般無奈地回頭對蕭雲抹眼淚，道：「小姐，景兒定是去告訴老爺了，若是讓老爺知道了此事，可怎生是好啊？我苦命的小姐啊……小姐，妳怎麼就這麼不聽勸呢？王爺好歹是個王爺啊……嗚嗚……」

蕭雲眉頭緊蹙，彷彿自己置身在雲裡霧裡，眼前不斷地閃過很多陌生的畫面。她的頭好暈。

看看周圍，感覺是那麼的陌生，卻又非常熟悉，她的腦子裡似乎多了很多不屬於她的記憶。
這到底是怎麼回事？
茫然之餘，蕭雲驚訝地發現，自己的雙腿竟然能站起來自由行走。
不可能！她已經坐在輪椅上兩年，用盡了一切辦法，都沒能恢復如常。
但是，此時此刻，腳踏實地的感覺卻是那麼真實。
她看著自己抬到眼前的手。這根本不是她的手，這個身體，也絕不可能是她的。
她努力回憶在這之前發生的事……從復健中心出來，很多轎車從她面前呼嘯而過，一輛黑色的商務車……
心臟猛地緊縮了一下。一個她無法相信、卻是唯一合理的解釋浮現——她借屍還魂了。
不僅如此，她還得到了身體原主人的所有記憶。
蕭雲嚇得連退兩步。太恐怖了！太令人匪夷所思了。
為了驗證這一切不是她在臆想，她走到梳妝檯前，親眼看到了現在的自己。畫面雖然模糊，但是她能辨認出，現在的這張臉稚氣未脫，最多十五歲，五官平凡，談不上漂亮，也算不上醜陋，是走在人群裡沒人會注意的那種類型。
絕對絕對不是她看了二十多年的那張校花級臉蛋。
呆立許久，蕭雲才從這個巨大的變故中回過神來。
她深深地吸了一口氣，閉上眼睛，試著讓自己接受眼前的事實。如今這裡，是一個在歷史上並沒有記載的時空，天下三分，御國乃第一大強國，洛國第二。她現在所處的是洛國統領府內，這個身體的身分是統領府二小姐，姓謝，名容雪，剛滿十五歲。親娘本是統領府主人謝松的二夫人，生她時難產去世，後來三夫人被提了位分，做了二夫人，也正式將她養在名下。

寄人籬下，日子自然不好過，養母待她如狗，加上她自身條件平平，性格又軟弱可欺，連統領府的下人都敢隨意欺負她。

上吊自殺，是因為養母逼她代替妹妹謝容嫣，嫁給花名在外的風流王爺洛子煦。而她，偏偏在前段時間去廟裡燒香時邂逅太子，而芳心暗許。

按照古代官員品階來算，統領官居六品，統領家的千金能嫁給親王，簡直就是高攀，一個小小的統領絕不敢輕易得罪王爺，再疼三女兒，也不可能由著她胡來，除非——她想嫁的人條件比親王還好，而且，不是她一廂情願。

謝容雪不大靈光的腦袋居然在出嫁前一晚突然想到了這一點，她覺得生無可戀，於是懸梁自盡了。

蕭雲不知道該謝她還是氣她。她給了她重生的機會，但同時，也把麻煩留給了她。無情的親爹，黑心的養母，逼她代嫁的妹妹……

沒等蕭雲接受這巨大的變故，聞訊趕來的二夫人便劈頭蓋臉地給她一巴掌，然後又指著她的腦袋罵她是養不熟的東西；大夫人則冷冷地站在旁邊添油加醋，順帶著把二夫人給數落了一遍。

過沒一會兒，謝松也來了，不由分說地就給了蕭雲一記耳光，打得她鼻血直流。

秀兒撲過去抱住謝松的腿求饒，被謝松一腳踹開。

蕭雲感覺腦袋嗡嗡響，再也聽不見亂糟糟的聲音。她居然被打得耳鳴了！手不由得握成拳，想還擊，卻沒有那個能力，只能忍。

好在最後，那個得寵的謝三小姐謝容嫣來了。

為了讓代嫁的事情順利進行，她不得不出面維護謝容雪。

儘管蕭雲的腦子裡有她的樣子，但親眼見到了，還是免不了震撼了下。

謝容嫣是個難得一見的美人胚子，眉如翠羽，齒如含貝，肌如白雪，腰若束素，嫣然一笑，惑陽城，迷下蔡。靨笑春桃兮，雲堆翠髻，唇綻櫻顆兮，榴齒含香。纖腰之楚楚兮，回風舞雪；珠翠之輝輝兮，滿額鵝黃。諸如巧笑倩兮，美目盼兮。

哪怕是在整容診所隨處可見的二十一世紀，這種樣貌恐怕也要整很多次才整得出來。如此資本，足以傾城。難怪謝松和二夫人把寶都押在她身上，對她言聽計從。

最後，謝松以一句話結束了這場看似無中生有、其實已經偷天換日的鬧劇。

「就算死，妳也等進了煦王府再死。」

所有人走後，秀兒抱著蕭雲的身體一邊哭嘆她可憐，一邊勸慰她安心嫁了。

謝容雪從小被二夫人虐打，性格膽小怕事，資質愚鈍，加上謝家其他幾個孩子都十分出色，謝松怕謝容雪丟了謝家的臉，有意冷藏，所以幾乎不讓她出門，外人根本不知道謝家還有謝容雪這個女兒。

公平點來說，在謝家當個連下人都不如的二小姐，不如去煦王府當個側妃。

現在計劃逃婚已經來不及，蕭雲決定：嫁！先擺脫謝家再說。

打定主意，蕭雲擦擦鼻血，若無其事地讓秀兒去給她打水洗漱。秀兒怔怔地看著她，總感覺她哪裡變了，可是又說不出來，愣了一會兒後，她跑出去打水。

翌日早晨，蕭雲被秀兒推醒，起來梳洗打扮，準備出門。

喜娘嬤嬤拿出煦王交給她的嫁衣，讓蕭雲換上。看到錦繡的大紅嫁衣，眾人不由得羨慕，蕭雲卻眉頭一鎖，心裡生出不祥的預感。

喜娘嬤嬤說嫁衣是煦王讓宮裡的繡娘繡的，可只有親王的正妃才有資格穿宮廷繡娘繡的嫁衣。除了嫁衣外，還有禮單，煦王爺全都按照娶正妃的禮儀來。他對謝容嫣的感情，不簡單。

如果他發現自己好不容易懇求父母同意而立的側妃，並非自己心愛的女子，他會怎樣對待這個代嫁之人？

蕭雲在各種不安的猜測中，終於等來了掀蓋頭這一刻。

果不其然，當洛子煦發現自己娶進門的不是自己心中所念之人後，頓時怒火中燒。

「容嫣呢？妳把她藏哪兒了？」洛子煦扯起蕭雲的肩膀，問了一句，然後衝著門外喊道：「來人！」

秀兒和景兒以及洛子煦的兩個近身丫鬟全都進來了，跪在地上請示他有何吩咐。

「妳，快告訴本王，容嫣去哪兒了？」洛子煦指著景兒問道。

他與謝容嫣透過幾次詩會結識，她身邊的幾個丫鬟他也認識，所以他看到景兒在，沒有任何懷疑。可是偏偏，花轎裡的新娘竟不是他想娶的那個。

「奴、奴婢不知王爺在說什麼。」景兒心虛得全身發抖，但還是硬著頭皮裝不知。

「沒用的東西！」洛子煦認為她只是個聽命於人的奴才，問也問不出什麼，所以只踹了她一腳，便將所有怒火發洩在蕭雲身上。

他拽著蕭雲的衣領追問：「妳到底把容嫣怎麼了？說出來，饒妳不死！」

蕭雲努力讓自己平靜地說道：「謝容嫣，是三小姐。」

「什麼三小姐、四小姐，本王問妳謝容嫣在哪兒？」洛子煦吼道。

「謝氏二女兒奉旨出嫁，三小姐仍待字閨中。」

洛子煦兩道劍眉擰在一起，心裡閃過一種可能。

「來人，速替本王去查清謝統領究竟有幾個女兒。」吩咐完別人，洛子煦冷若冰霜地掃了蕭雲一眼，將她扔到地上，然後掀起後襬坐到圓桌前。

蕭雲安靜地坐在地上，目光空洞無神。

這一切突如其來，她還沒有從借屍還魂的震驚中緩過來，又被謝容雪原本的命運趕著往前走，她根本沒有辦法冷靜下來好去思考未來，只能暫時讓別人牽著她的鼻子走。

很快，那人回來覆命道：「回王爺，屬下已查清，統領府共有兩位小姐，十五年前二夫人難產過世，便由三夫人提為二夫人，將二小姐養在名下，名為『謝容雪』，如今剛過及笄之齡。兩個月後，二夫人又誕下親生女兒三小姐，名為『謝容嫣』。」

「哼，好個謝統領！」煦王咬牙，拍案而起。「竟敢……糊弄本王！」

他原本想說，謝統領是在藐視聖旨，但是他想起聖旨上的確寫著「統領府千金」，洛國以長為尊，嫁女兒自然是先嫁大女兒，何況謝容嫣還未及笄，不能出嫁，正因為這樣，才讓謝松鑽了空子。

真是可恨！

「以為找個醜女代嫁，此事就算了？」洛子煦走到蕭雲面前，沈聲說道：「本王是什麼人都會隨便娶的嗎？本王這就進宮，不管妳謝家有幾個女兒，本王都娶進門來，看該死的謝統領還找誰代嫁！」

醜女？

蕭雲無語，謝容雪雖長得不出眾，也不至於醜吧？膚淺！

入了宮中，洛子煦被宮女告知，皇上現在正在御書房。

這麼晚了還在御書房？洛子煦帶著疑惑來到御書房。而此時御書房中，謝松和太子都在。

太子前幾日被派到水患地區慰問災民，今日過午之後方才回來，他一回來，便匆忙換了衣服，來找皇上請旨娶謝三小姐。

「謝三小姐？」皇上不解。滿朝文武只有統領姓謝，他不是只有一個女兒，今日嫁進煦王府了嗎？

與太子一同前來的謝松說道：「微臣並非故意隱藏二女兒，實在是微臣的二女兒天性膽小木訥，不喜出門見人，三女兒容嫣又才華出眾，微臣也是才知，外人竟以為微臣只有容嫣一個女兒。」

「你還有個女兒？」皇上也是到現在才知道謝松原來有兩個女兒。

這時，外面有人來報煦王求見。

皇上隱約明白了。

洛子煦一進來，看到謝松和太子都在，不禁意外。謝松嫁個醜女兒給他，他來給父皇做個備案倒沒什麼奇怪，可是皇兄為什麼也在？

「新婚之夜不待在王府裡，跑這兒來做甚？」洛子煦一行完禮，皇上便開口問道。

「父皇，謝統領故意隱藏二女兒，藉機代嫁，以此侮辱孩兒。請父皇治他的罪。」

「皇上明察，微臣絕無欺君犯上之心！」謝松慌忙跪地。

洛子煦冷哼一聲，將謝容雪貶得一文不值，執意要退親，又厚著臉皮說道：「孩兒的初衷便是娶謝家三小姐，父皇只需另下一道聖旨便可。」

「混帳！」皇上猛拍一下桌子，暴聲喝道：「還要你教朕如何當皇上？」

父子兩人僵持著，太子笑呵呵地開口圓場道：「子煦，你我不愧為兄弟，喜好竟如此相同。為兄方才向父皇提出，要立謝三小姐為太子側妃一事。」

「什麼？」洛子煦驚愕。

原來他在這裡，就是為了這件事？為什麼會這樣？

「為兄並非想奪人所愛，沒奈何子煦已娶了謝家一個女兒，另一個，不如讓給為兄如何？或者，」太子看向謝松，笑道：「統領大人回去問問容嫣的意思？」

「太子說笑了，終身大事，怎可由孩子們自己作主？」謝松馬上表現出嚴厲的家教來。如果讓外人以為容嫣如此不害臊敢私定終身，他丟不起這個臉！

洛子煦氣道：「不行！」

「夠了，子煦，你側妃已立，待立正妃時，朕會讓皇后替你物色好。夜深了，你們退下吧！」皇上適時地開口，又說道：「太子，你留下。」

大局已定，顯然說下去已經無濟於事，洛子煦不甘，卻也無法，只好恨恨地甩袖歸去。

皇上坐在龍案之後，不滿地問向下面的太子。「你和謝三小姐到底是怎麼一回事？」

太子低著頭，回道：「在幾次宮宴上曾見過。」

「混帳！宮宴見過，朕當然知曉。除了宮宴，你們有沒有私下見過？」

「曾經在一些品詩會上見過，因為對於很多詩詞見解相同，所以頗為投緣。」太子如實回道。

洛國民風開放，男女在一起共同討論詩詞歌賦是件平常之事，皇上自然不能在這件事上計較。

「謝家幾個子女個個出色，這個謝二小姐，若非子煦，朕都不知道有她的存在。子煦對待女子向來溫和有禮，可方才你也瞧見了，他對謝二小姐十分不滿，如此可說，謝二小姐有多麼差強人意。但是她能嫁入煦王府做側妃，可見謝松的心氣。長輕幾次傳公文回來，上面都誇讚謝家長子容風的功績，如果謝家的子女個個都與王室貴族聯姻，朝中各方勢力必然會有所變動，到時要如何平衡權臣？身為太子，你連這點思量都沒有嗎？」

謝家榮寵過盛，那麼……太子忽然意識到了什麼，連忙低頭認錯。「兒臣愚鈍。」

「謝三小姐你娶不得。這是長輕月前傳來的公文，你看看。」皇上從案前拿起一封密函，遞給太子，太子接過來，打開一看。

朐陽關東境發生暴亂，趙長輕特派謝容風帶領三千精兵前去鎮壓。

若謝容風平了這次暴亂，他便又立了一等軍功，如果再讓謝家的女兒嫁給太子，將來入主東宮，朝中的勢力將會發生很大的波動。

皇上說道：「你與謝三小姐的事，還是等長輕回來再說。若謝容風戰死沙場，便讓謝三小姐做個太子側妃，撫慰謝家。你尋個機會，在眾人面前邀請謝三小姐，但不要明示，也算是給謝容風一點激勵，讓他更懂精忠報國。」

側妃一位，竟是用她大哥的性命換來的，這就是身為皇室的無奈。

太子身居高位，早就明白這個道理。皇室的婚姻向來由不得個人感情作主，是聯繫著家族的背景，和對家國天下的貢獻。

其實娶與不娶容嫣，太子並無所謂。在他看來，能夠服侍太子的女人，只不過是樣貌不同罷了。其餘的，不論才學家世、外貌談吐都是一樣。就連性格，也都差不多，所以娶誰的分別就在於，誰家的勢力大，能夠輔佐他。

「這次輕兒回來，估計也要定下終身大事了。平真早就在皇后那兒問了許多女子。你比他長一歲，要在他之前立正妃，不要擋著下面的弟弟，知道嗎？」

不要擋著下面的弟弟？

太子苦笑。這恐怕是長輕不想娶親，藉此回絕姑母的藉口吧？姑母藉著父皇的口向他發難，看來這次她是鐵了心要給長輕娶妻了。

臭小子，敢殃及無辜，回來一定要跟他好好算算這筆帳！

回到王府，洛子煦越看蕭雲越心煩，本該是擁美人花前月下，現在卻一肚子氣。他不禁拎起蕭雲甩了她一巴掌，呵斥道：「妳這個女人好歹毒的心腸！妳說，妳到底用了什麼辦法逼迫容嫣，讓妳替她代嫁？嗯？」

其他人跪在地上一動不敢動，唯獨秀兒跪著爬過去，向洛子煦求饒。

蕭雲疼得整張臉都扭曲了，昨晚挨過打的臉今天又挨了一巴掌，頓時火辣辣的，她到底倒的什麼楣，來這裡之後就一直挨打？

「滾開！卑賤的狗奴才，竟敢碰本王！」洛子煦用腳踹開秀兒，並且叫人將她拉出去。另外三個丫鬟忙藉機從屋裡退了出去。

蕭雲為了不再挨打，決定先發制人，道：「既然已被識破，我自認為無顏再留下，勞王爺休書一封，將我逐出王府。」

第二章

「什麼？」洛子煦以為自己聽錯了。費盡心機嫁進王府，本以為她會想方設法吸引他的注意，得到他的寵愛，現在居然自請下堂？欲擒故縱嗎？

洛子煦露出殘酷的笑容。「告訴妳，別以為替容嫣代嫁，本王就會善待妳！蒲柳之姿，根本入不了本王的眼。從今日起，妳就是王府裡最低賤的下人，沒資格自請下堂。」

說完，洛子煦狠狠地將蕭雲拉起來，扒下她身上諷刺的嫁衣，將褻衣暴露出來。

蕭雲終於有了一點反應，她害怕地拉緊衣襟，一臉防備。「你要幹什麼？」

「幹什麼？妳以為本王會碰妳？笑話，也不瞧瞧自己那副尊容！」洛子煦晃了晃手中的嫁衣，道：「妳沒資格穿。來人，把她給本王送馬房去。今夜以後的每一夜，妳就在馬房裡過吧！」

蕭雲不由得暗鬆一口氣。在馬房裡過，總比跟變態過好。

新婚夜就被發配到馬房，這個消息實在太驚人了，王府的下人聽說後，都找藉口跑馬房來，像參觀動物一樣地看蕭雲。有幾次，蕭雲被幾個下人故意刁難，沒想到一匹棗紅色大馬竟然放了一肚子馬屁，噴走了那些人。

那場景，真的很滑稽、很搞笑。

蕭雲捧腹大笑，憋了好多天的委屈頓時煙消雲散。

「馬兒，太幫忙了！」蕭雲被感動了，從此以後，幫牠刷毛刷得更勤了，還給牠取了一個名字，叫「火影」。

就當蕭雲漸漸適應了全新的環境，準備計劃逃跑時，有人過來通知她，要回門了。

洛國是婚後十日回門，算算日子，好像是到了。

煦王重視回門日，無非是想藉機見謝容嫣一面而已，所以沒有給她時間梳洗，沒有為她準備馬車，她都接受，安靜地跟在煦王的馬後走去。

到了謝家，站在門口迎接的謝家人見蕭雲穿著破破爛爛的下人服，連問候都沒問候她一句，直接無視她。

洛子煦和謝容嫣旁若無人地在門口就聊了起來，謝松恭請他進去喝茶，謝家上下跟著進去，蕭雲故意落在最後面，左右看看，發現統領府這時正是戒備最鬆的時候，此時不跑，更待何時？

正要轉身，突然從兩邊竄過來四個婆子，架起蕭雲就往二夫人的院子裡去。

「妳們要幹什麼？」蕭雲問她們，幾人也不搭理她，到了屋子裡，不由分說地開始扒蕭雲的衣服，勢單力薄的蕭雲死命掙扎也無濟於事。

「還是雛兒呢！唉，可憐。快去，如實稟告二夫人。」檢查完，幾個婆子放開蕭雲，退了出去。

蕭雲緊緊咬住牙關，含著淚默默將衣服穿上。

她不逃了！她不能就這麼逃了，她逃得再遠，也永遠逃不開「謝容雪」這個身分。

要走，就正大光明地離開！

這門婚事是皇上下旨賜的，煦王爺如果無緣無故休了她，等於公然跟親爹對著幹，所以他再生氣，也不敢那麼做。

她要想辦法，給煦王爺一個必須休她的理由。

回門一事結束後，蕭雲在馬房裡邊工作邊想辦法。

皇天不負苦心人，煦王的幾個小妾閒著無聊，來找蕭雲碴的時候，無意中透露了一個消息：後天是太子的生日，他邀請了幾位好友和弟兄去他的別院小聚，每人只能帶一位內眷。

欺負蕭雲時可以合夥，這種事不能合夥，所以，幾個妾竟然當著蕭雲的面爭起了名額，全然忘了她們這次是來諷刺蕭雲的。

「這個名額我要了，妳們下次吧！」一直淡漠不語的蕭雲突然篤定地開口說道。

好不容易等到這個機會，她絕不能錯過——

夜色如濃稠的墨，深沈得化不開。一片靜謐祥和中，洛京城外五十里處的荒地上駐紮著兩個帳篷，裡面還亮著光。

一個黑影驀然闖進其中一個帳篷裡，拱手跪地道：「屬下來遲，請主上降罪。」

書案後，一個男子手握書卷，半側身子半扶額，黑眸微微合上，恍若假寐。聽聞聲響，他睜開深邃的眼睛，神情清醒，不帶一絲朦朧。

「起來吧。」說著，男子揮袖起身，雙手負在身後，背對著地上的非彥站立。

昏黃的燭光將他的身影拉得極長，讓人看不清他的面容。他身穿一襲墨黑長袍，與一雙漆黑的眸子相應，似乎渾身散發著冷氣，讓跪在地上的非彥捉摸不清他現在到底有沒有發怒。

「在我入城之前，都不算晚。」

低沈的聲音再次緩緩響起，語氣雖冷，對於非彥而言卻猶如天恩。「謝主上。」非彥踏實地站了起來，主上向來對待下屬嚴厲，幸虧他是為了替主上辦更重要的事才來遲了，否則主上必定重罰他。

「可是有結果了？」

「是的，主上。從小到大，事無鉅細，都查得一清二楚。屬下確認無誤，她就是主上要找的人。」非彥認真地答道。

終於有結果了嗎？

男子淡然一笑，溫聲問道：「與我父母選的，可是同一人？」

「不是，是顧相國家中的嫡女。公主和大人為主上選的，乃是宗正卿郭大人家的、太保古大人家的、魏太公家的，還有——」

男子不慌不忙地抬手，打斷了非彥的話，轉過身去，重新坐到書案前，面色凝重道：「你辦事，我向來放心。既已確定，無須再為此事勞神，還是說說西疆的事吧！」

「是。蒼弩派出的細作確實已潛入洛京。」

「呵，是嗎？」男子哂笑，深邃的黑眸微微半瞇起。看來蒼弩和他所想的一樣，都料定御濃大勢已去，洛國才是最大的威脅。以為出手得早，他就覺察不到了嗎？「確認藏身之處了嗎？」

「他們還未決定在哪兒落腳。屬下派了人盯著，一旦定下，他們會立即向主上彙報。」

「此事不急，你囑咐他們，莫要跟丟了便是。待我打敗御國，回朝再說。」

非彥無比崇敬地拱手道：「屬下恭祝主上旗開得勝，早日歸朝。」

男子淡淡地點了點頭，目光變得幽深。「我三年未回了，不知近來京中有何大事發生？」

「京中一直安定，各方勢力也無變動，若論閒事家常，近日來洛京城中百姓議論最多的，當數煦王爺立側妃一事。」

「子煦表弟？」男子凝眸一思，腦海裡閃過一張俊朗臉孔。「他怎麼了？」

「煦王爺立的側妃是統領家的，此婚乃皇上御賜。」

「統領家的？是容風的妹妹？」男子想了想，喃喃道：「若容風此去東境無礙，並立功回來，皇上或許會讓子煦改立她為正妃。如此一來，朝中各方勢力應會有不大不小的波動……」

凝眸思忖片刻，男子沈聲吩咐道：「你派人將這個消息傳到東境去，給容風一點壓力，也未嘗不是一件好事。」

「是。」非彥接著說道：「屬下還聽聞，新婚當夜，側妃便被煦王爺發落到馬房，與馬同住。」

男子明顯愣了一下。「當真？」

傳聞容風的妹妹美若天仙，才藝絕佳，被洛國百姓追捧為詩仙子，軍中時常有士兵與容風開玩笑，要娶他這個妹妹。而子煦從小就對女孩兒十分照顧，是眾多表兄弟中最懂得憐香惜玉之人，容風的妹妹到底做了什麼，讓子煦不顧男子風度，將她送去了馬房？

「是否需要屬下去查探此事？」見主子頗為好奇，非彥便問道。

男子收回疑惑，輕輕搖了搖頭，道：「無須在小事上費時間。這幾日你辛苦了，在旁邊休息一夜再上路吧！」

「屬下遵命。」非彥點點頭，沒有推辭。

主上雖然對他們嚴厲，但是也會顧及他們的能力極限。對於主上的命令，他們打從心裡堅定不移地服從。

非彥離開後，那名男子起身踱步到門口，抬手掀起簾子，讓月光照射進來。

月色如霜，清涼地散落在大地上，男子慢慢抬起頭，絕美的容顏在銀月的襯托之下，更顯得丰神俊逸。

此人，正是太子等待已久的懷遠大將軍——趙長輕。

三年未歸，他的母親以家書催了多次，這一回，他的父親四十壽誕，朐陽邊境又安生無事，他便帶了幾個隨從，快馬從邊城趕回。

他心中有數，母親催促他回來，替父親過壽事小，為他籌謀婚事為大。

所有表兄弟、堂兄弟中，十八以上的唯有他還未成家。若不是在外行軍，戰情緊急，他早被母親安排娶親了。這幾年，母親的家書上總是重複寫著：「汝父當年十八便成家立業……」

既然逃不過，趁這次時間寬裕，便安了母親的心吧！免得她見到門當戶對的女子總想著收為兒媳。想來自己真是不孝，也難怪母親憂心，在外行軍打仗，意外之事常有，若遇不幸，留個後給母親做念想也是好的……

太子的生日說到便到。這天，蕭雲早早地跪在洛子煦的屋前，請他帶她出席太子宴會。

「是誰放妳來本王的院子？活膩了嗎？」洛子煦見到蕭雲，沒的心煩，連放她進來的人都想一起懲罰。

「王爺，奴婢有必須要見太子的理由，請王爺務必帶奴婢前去。」蕭雲是連哄帶騙才讓管家放她進來，她沒有回頭路可走，即使要她低聲下氣地求這個變態王一次，她也願意。

成敗只在此一舉。

洛子煦挑眉，對她突然變得有力的語氣微微吃了一驚。「哦？妳倒是說說，妳有什麼理由必須見太子？」

「這個……」蕭雲假意為難道。「奴婢和太子有過約定，不能先告訴別人。待會兒見到太子，王爺自然知曉，總之，是為王爺精心準備的一份厚禮。」

「厚禮？妳和太子有私交？」

不管洛子煦怎麼問，蕭雲緘口不言。洛子煦不得不承認，自己被蕭雲賣的關子吊起了胃口。好吧！反正也不是什麼正式場合，帶誰都一樣。

洛子煦警告蕭雲。「最好真如妳所說，否則，回來有妳受的！」

「王爺放心，一定會讓王爺不虛此行。」蕭雲低下頭，將眼中的光華掩蓋在睫毛之下。

太子別院門前往來之人絡繹不絕，進進出出打點瑣事的小廝也不在少數，洛子煦走過去與相熟的朋友一一寒暄，將蕭雲晾在了一邊。

蕭雲不耐煩地站著，一想到待會兒要發生的事，心情就有點激動。

這時，西邊奔來一輛疾馳的馬車，馬蹄踩踏大地，飛揚的塵土在空中肆意舞動，向他們席捲而來。快到門口時，駕車之人收緊韁繩，「吁」一聲，馬車穩穩停了下來。

車前，兩匹一模一樣的黑鬃黑尾紅毛馬立刻吸引了洛子煦的視線，細細觀賞了片刻，他由衷讚道：「好馬！」

這樣的好馬，在洛京甚少見到，再看向策馬之人——洛子煦挑眉，語氣似乎有點意外。「沈風？他怎麼會在這兒？」

他疑惑地看向他身後，馬車的簾子正好被修長的手指撩起，一個高大的人影從裡面緩緩探身，後掀起腳邊的長襬下車，向這兒走來。

周圍喧嚷的人們剎那間停下動作，屏氣凝神，呆呆地看向來人。

蕭雲順著眾人的視線看過去，不由得驚呆了——哇，好帥啊！就算是謫仙下凡也不過如此吧？

來人眉目如畫，輕裘緩帶，一襲白衣勝雪，潑墨般的長髮不束不綰，任意披散在肩上，飄逸如仙的氣質獨顯風流雅致，眉宇間透出目空一切的冷漠，令人望而生畏。他的俊美毫無瑕疵，美到了巔峰，比朗月更皎潔，比清輝更超卓，卻獨獨有一種渾然天成的霸氣圍繞在他的周身，使得這種美沒有半分女兒家的陰柔。

那人越走越近，冷漠的目光環顧一圈之後，便定在一個方向，臉上的笑容也漸漸顯露出來。

「果真是你！」洛子煦過去，笑著說道。

兩人站到一起的畫面，讓蕭雲惡趣味地想到了一攻一受的場景。

「噗哧！」蕭雲捂住嘴，為忍住笑意，渾身劇烈顫抖起來。

冷不防，那匹黑鬃紅馬突然野性大發，長空嘶鳴一聲，牠旁邊的另一隻馬受到感染，也跟著歡騰嘶鳴，兩匹馬同時奮力掙扎。沈風迅速制伏離自己最近的那匹，另一匹則意外地掙脫了轡繩，衝向人群。

眾人恐慌，四處閃躲，有武功的人試圖圍成一圈，將馬兒圈起來再制伏牠，可是馬兒竟然聰明地抬起前蹄，旋轉了一圈，不讓任何人靠近。

出乎意料的是，馬兒旋轉了一圈之後，竟然正對著蕭雲的面門落了下去。

美男子面色一沈，腳尖輕點，飛身奔向失控的馬。

那撅起的馬蹄像極了失控的轎車，猶如惡夢般的畫面再次浮現在蕭雲的眼前——她是不是又要掛了？

蕭雲以為自己又要死了，便閉上了眼睛。

許久，那原本應要落在她身上的馬蹄卻遲遲未落下。

四周一片寂靜，只剩下劇烈的心跳聲和呼吸聲。

蕭雲緩緩睜開雙眼，看見一個驚為天人的男子騎在馬背上，如同天神降臨大地，看上去是那麼遙不可及。他只用一條帶子緊緊地拉住馬脖子，改變了牠落腳的方向，也改變了蕭雲原本以為要降臨的厄運。

馬蹄落穩，他翻身下馬，走到蕭雲面前，用大海般深沈的眼眸打量了蕭雲片刻，才問道：「妳沒事吧？」

她是不是被嚇傻了？

不驚慌尖叫，不狼狽逃竄，難道這世間沒有任何人、任何事能夠讓她眷戀了嗎？

如此近距離和美男子面對面，還被他那深邃的眼眸注視著，蕭雲幾乎要窒息。

不過只是瞬間，她便恢復如常。活了二十幾年，那些歌星明星天王巨星她見多了，怎麼可能會這麼沒定力呢？蕭雲啟齒，正欲道謝——

「真沒出息，一點小事都能把妳嚇得腿軟了。」洛子煦的聲音從遠處飄來，打斷了蕭雲。

他話音一落，身子便已站到蕭雲的身邊。蕭雲來不及反駁，就聽見他接著說道：「長輕，讓你笑話了。」

長輕？聽到他的名字，蕭雲不由得閃了閃眸光。在她的記憶裡，全國叫「長輕」的名人只有一個——洛國戰神趙長輕。

這樣一個風華絕代之人，好似武俠名著中邪魅高深的魔教教主，卻偏偏是個正義凜然的大將軍。

「她是你的人？」

他的聲音低沈而帶有獨特的磁性，充滿了神秘之感。

「你沒聽說本王立了側妃嗎？」

趙長輕微微一怔，快速睇了蕭雲一眼，淺笑道：「聽說了。原來是謝側妃，失禮了。」

他對著蕭雲微微頷首，算是打了招呼。

「你不會是以為她就是謝容嫣吧？」洛子煦見趙長輕對蕭雲彬彬有禮，不滿道。

趙長輕微愣，疑道：「她不是容風的妹妹嗎？」

「她是謝容風的妹妹，不過謝容風可不止她一個妹妹。」洛子煦語氣嘲諷地說道。

趙長輕釋然，也不多問，只道：「我在邊關多年，大臣的家事知之甚少，只聽聞你娶了容風的妹妹，不過容風被我派去了朐陽東境，所以沒機會跟他提及此事。」

蕭雲想起，謝家的長子謝容風跟在大將軍的身邊打仗，很得他的器重，想必他是看在謝容風的分上，所以跟她打了個招呼吧！

「此事不提也罷，掃興！長輕，還是說說你吧，打了這麼多年的仗，不至於用劣馬吧？看到這馬兒時，本王還想據為己有呢！」

「教你見笑了。這兩匹馬是我已故戰馬的雙生兒，恐怕不能割愛。」

「唉，經了這一遭，本王再不敢妄想了，你還是自己留著吧！」

趙長輕淡淡道：「牠們骨骼奇佳，不但速度驚人，坐在牠背上還很穩健，行程百里不停歇，亦不感覺身體痠痛。」

「穩？」洛子煦揶揄道：「今日一事，至少有上半數人不服此話。」

趙長輕眼神高深莫測，從容不迫地說道：「此次回京我是策馬夜行，白日休息，恐怕牠們還未調整過來，所以對光線比較敏感，被謝側妃頭上的金飾晃到眼了。」什麼？

洛子煦嘴角一僵，斜眼瞪向蕭雲。

第三章

汗！蕭雲真想挖個地洞鑽進去。

出門前，煦王爺叫人將她梳妝打扮一下，免得丟了煦王府的臉。戴首飾時，她怕煦王嫌她俗氣不帶她來，已經適量地少戴一點了，還有好幾根插在頭髮裡，沒露出來呢！

他剛才仔細地打量她，是在她身上尋找讓馬兒失控的原因吧？好糗啊！

沈風拿了韁繩過來，套住馬兒的脖子，趙長輕鬆開手，將那條白色的帶子重新束回腰間，冷目漫不經心地掃了沈風一眼。

沈風臉色驟然一白，低下頭，恭謹地請罪道：「屬下失職。」

趙長輕淡然道：「自領罰去吧！」

替人打工真不容易。蕭雲覺得很過意不去，便開口道：「趙將軍，這件事是我引起的，不關他的事，如果趙將軍有何責難，我一人承擔便是，請不要為難他。」

「妳逞什麼能，沒看見我們男人在說話嗎？」洛子煦不滿地皺起眉頭，開口訓道。

「那謝側妃，打算如何承擔此事呢？」趙長輕揚揚眉毛，好奇地斜睨著蕭雲。

蕭雲對著他深深地鞠了一躬，誠懇地致歉道：「對不起。」

洛子煦好氣又好笑。這個女人真是無厘頭！

趙長輕忍不住莞爾一笑，像容風那種循規蹈矩之人，怎麼會有這麼怪異的妹妹？「既然謝側妃求情，此事便罷了吧。」

「多謝將軍，多謝謝側妃。」沈風對趙長輕和蕭雲躬身相謝，然後拉著馬兒走向一邊去。

「長輕，你這身裝扮是怎麼回事？若非去年在外遊歷時見過你一次，本王還以為皇兄什麼時候結交了江湖人士呢！」洛子煦拍拍趙長輕的肩膀，兩人並肩步向大門。

「在邊關待久了，是隨興了許多。」

「喔，本王想起來了，太學大人壽辰快到了，難怪你會出現在這裡。皇兄真是幸運，和太學大人的生辰一前一後，你不想來也得來了。」

「哪裡，正巧最近邊關太平無事，又逢父親四十壽誕，便回來了。」

「嗯？本王聽母妃說，姑姑最近到處詢問哪家姑娘好，看著是要給你訂親了。這麼多兄弟裡，就你還沒娶親。」

「邊關事多，我也分身乏術……」

兩人閒聊著進了門，蕭雲跟在他們身後，看著他們微微相似的樣貌，思緒飄忽了起來。

聽聞趙將軍的母親是當今皇上同父同母的親妹妹平真公主，洛子煦和趙長輕在外形上有一些相似，但是，洛子煦唇角笑容邪魅，優雅驕傲，像是自綠草蒼蒼裡走來，眼神流轉間又邪味十足，性格桀驁，不可一世。

趙長輕擁有花美男般的外表，舉手投足間卻散發出卓爾不凡的英挺之氣，可是看著他的眼神，又有種拒人千里之外、目空一切的冷漠，兩人在氣質和性格上迥然不同。

進門後，蕭雲遠遠便瞧見有個穿著華服、頭戴玉冠的貴公子在招呼眾人，他一如記憶中那般儒雅穩重，眉目分明，鼻梁挺直，舉止優雅，言語輕緩，修養極好，一雙桃花眼笑起來電力十足。

沒見過什麼世面的女子一定會被他電到。

「長輕！」太子展開雙臂，重重地拍了拍趙長輕的雙肩，心情愉悅道：「昨日收到你的信，說會來參加我的宴會，我喜出望外啊！」

「殿下這般期盼，我怎好教殿下失望？」趙長輕從胸前掏出一個錦繡布袋，遞到太子面前。「小小心意，還望莫怪。」

太子笑著從袋中取出一塊淺綠色的玉珮。在陽光的照射下，這塊玉珮毫無半點瑕疵，通透明亮。素來愛玉的太子一眼瞧見便知是上等佳品，心下歡喜，道：「長輕總是知道我的喜好，如此美玉，我卻之不恭了。」

洛子煦一把從太子手中奪過，讚不絕口。「好玉啊！一看就知道是稀罕物。」

「想不到子煦對玉也有一番研究。」趙長輕笑道。

太子和趙長輕相視而笑，眼神很真誠，沒有一點惱怒之意，看得出他們三人之間的兄弟情誼很真摯。不過相較起來，太子和趙長輕年齡接近，兒時常一左一右地跟在皇帝身邊，長大後又肩負同等的國務，洛子煦則愛跟舞文弄墨的人一起玩，所以太子和趙長輕的感情更為好些。

太子打趣道：「你送這麼貴重的禮給我，你生辰時又不在京中，我可無從還禮，算來，你虧大了。」

「皇兄，你這算盤打錯了。等長輕大婚之日，你不一併還了，長輕的媳婦可不讓他以後與你來往了。」心情一好，洛子煦也開起了玩笑。

「非也非也，聽聞顧相家的千金知書達禮，才不會小家子氣。」

「皇兄？」洛子煦詫異，毫不避諱地調侃道：「做太子就是不一樣，皇弟我只是從母妃那兒聽了一點小道消息而已，你連是誰都知道。」

三兄弟不顧旁人地聊天，別院的侍女們幫忙招呼各位來賓，為他們安排位子。大家見他們三人相談甚歡，亦無心打擾，自顧自地四下找相熟之人問候。

直到謝容嫣到來，才打斷了他們的談話。

謝容嫣輕移蓮步，走到太子面前盈盈一拜。「臣女謝氏前來拜會，恭祝太子殿下福澤綿長。」然後又轉身對向太子身邊的洛子煦。

洛子煦見到謝容嫣，張嘴欲喚她的名字「容嫣」，卻未出口，出聲時已變成了——「三小姐。」

「煦王爺有禮了。」謝容嫣對洛子煦福身，規矩地行淑女之禮，隨之轉向一邊，看到面前的趙長輕時，她不由自主地呆愣住了。

好俊美的男子！

謝容嫣嬌羞地低下了頭，雙頰飛紅，柔聲道：「這位是？」

呿！人家又沒對妳拋媚眼，妳臉紅什麼呀？蕭雲暗笑不已。

「在下趙長輕，三小姐有禮了。」趙長輕淡淡道。

趙長輕？謝容嫣驚詫地張大了嘴巴，和今天除了蕭雲以外所有出席宴會的女眷一樣難以置信，傳說中的洛國戰神，竟是如此俊朗高雅的美男子。

不幸的是，謝容嫣是當面失神，而別的女子只是遠觀窺視，不至於人前失態那麼丟臉。

「長輕，瞧你，沒事長一副禍國殃民的模樣幹什麼？嚇到人家了。」洛子煦急著開腔替她解圍道。

趙長輕長年出沒軍營，面對男人居多，很少關注自己的相貌，但初次見到他的人總是像看怪物一樣驚愕地看著自己，使他不勝其煩，但礙於人情世故，他只得無奈自嘲道：「若在下相貌醜陋嚇到三小姐了，還望見諒。」

鬈曲的睫毛擋住了他眼底的冷漠，正好落在稍微矮一些、需要仰視他的蕭雲眼裡。那分拒人千里的寒冷讓她覺得，他真心不喜歡別人對他的外貌感到詫異。

「是臣女失禮了，大將軍多多海涵。」謝容嫣咬住下唇，羞澀說道。

趙長輕不再說話，走至一旁尋了空位坐下，讓太子兩兄弟和謝容嫣三人說話，不想參與進去。

蕭雲也覺得自己像個外人，乾站在那兒很無趣，猶豫著要不要先找個位子坐下喝杯茶，再等他們的安排。

「姊姊。」謝容嫣甜甜地叫住了她。

蕭雲禮貌地回道：「妳好。」語氣冷淡。

她不習慣對不喜歡的人假以辭色，對於謝容嫣駕馭情緒的能力，她自嘆不如。

謝容嫣略微尷尬地訕笑了兩聲，視線移向太子。

「妳就是三小姐的姊姊，本殿的弟媳？」太子這時才正視了蕭雲一眼。

他的表情好像是第一次見到她。

蕭雲淡淡地看著他，慢慢說道：「正妃才是太子殿下的弟媳，小小側妃，不勞太子殿下掛齒。」神情既不刻意討好，也不含任何敵意，像初識陌生人那樣，禮貌而疏遠，不冷不熱。

太子溫雅的笑容僵在嘴邊，頓了頓，又勉強笑道：「正妃未進門，妳便是子煦唯一的妻。」

「妳不是說與皇兄有何約定嗎？還有一份厚禮呢？」洛子煦不耐煩地說道。

蕭雲眨眨眼，一臉茫然地看著洛子煦。

「約定？本殿何時與謝側妃有過約定？」太子笑問道。

洛子煦頓時反應過來，自己被這個陰險的女人給矇騙了，不禁厲眼瞪向蕭雲。

好吧！事已至此，就沒必要再裝下去了。蕭雲笑著聳聳肩，直爽地承認道：「對，我是誆騙了煦王爺，根本就沒什麼約定。」

「妳——妳為何這麼做？」

「閒著無聊唄！」

就近的幾個人紛紛看到了這一幕，驚駭不已。

「姊姊童心未泯，也得看看場合啊！傷了謝家的面子事小，傷了煦王爺的面子，可不得了。」謝容嫣扯扯蕭雲的衣袖，開口提醒道。

堂堂煦王爺竟然被自己的側妃戲耍，教他顏面何存？

「哼，可笑！他們的面子，關我什麼事？還有妳，想嫁給太子我可以理解，人往高處走嘛！但妳又去招惹煦——」

謝容嫣急忙打斷蕭雲的話。「休得胡說！」

「不想讓我揭穿，妳就別招惹我。」蕭雲冷冷說道。

「妹妹擔心姊姊說錯話，好心提醒，姊姊不領情便罷了，還、還……」謝容嫣哽咽，一臉委屈地低頭流淚。

洛子煦見不得她傷心半分，衝蕭雲呵斥一聲「閉嘴」後，一把拉過蕭雲的肩膀，欲揮手甩過去。

蕭雲迅速轉了個身，躲到謝容嫣身後，拿她當擋箭牌。「護得太明顯了吧？」

洛子煦看到謝容嫣，立刻收掌，改伸手去抓蕭雲。

蕭雲以謝容嫣為中心，繞著她左右躲閃，謝容嫣在中間被折騰得狼狽不堪，場面一時間亂了套，大家紛紛湊過去看熱鬧。

只有一個人，沒有退也沒有進，恍若未聞地坐在自己的位子上，自斟自酌。

「謝側妃，妳這鬧的是哪一齣啊？」太子疑惑地問道。

洛子煦控制不住地指著蕭雲大吼一聲。「謝容雪，我要休了妳！」

他真的是氣到極點，連「本王」都忘了用。

「同意！」蕭雲立刻爽快地答應道。她等的就是這句話，洛國京城這麼多的世家公子哥兒在場，不怕他反悔。

太子一下子按住洛子煦，低聲提醒道：「冷靜一點！女人家不懂事，你也跟著胡鬧?!」

蕭雲生怕被人橫插一腳，壞了她的計劃，便火上澆油道：「太子殿下，話可不能這麼說，說出去的話如同潑出去的水，怎能收回？這麼多人在場呢！說休不休，出爾反爾，教煦王爺以後怎麼出來混？」

「來人，筆、墨、伺、候！」洛子煦一字一頓地狠聲喊道。

太子實在想不明白，這謝側妃是不是瘋了，巴不得被休？

洛子煦大筆一揮，給謝容雪定下五宗罪，休書落成。自此，蕭雲自導自演的一場自求休書圓滿結束。

「各位，請看清楚了。」蕭雲將洛子煦甩給她的休書舉在空中，不緊不慢地說道：「煦王爺已經休了我，以後，我們男婚女嫁，各不相干。」

眾人譁然。

被休了還嫁？誰敢要啊？這個女人莫不是瘋了，被夫家休了不去尋死就算了，還敢大張旗鼓地宣示眾人?!

眾人指指點點，蕭雲一臉無謂，明媚地笑道：「嫁妝我也不要了，請大家為我作個證，從此，我便跟煦王府、統領府再無任何關係，希望煦王爺和謝家的人不要再來糾纏我。」

那些嫁妝即使煦王還給她，謝家也會把它要回去，不如藉此來襯托一下自己的瀟灑大方。

眾人紛紛搖頭。嫁妝也不要了，她以後可怎麼活呀？

這個女人真的是瘋了！眾人認定。

「太子殿下，生日快樂。」蕭雲走到太子面前，禮貌地道了聲祝福，然後對他人說道：「你們繼續，不要為了我一個不相干的人擾了雅興啊！」

蕭雲帶著笑和那封休書，在眾人的目光中不慌不忙地走出大門。

一出侯門，海闊天空啊！

蕭雲伸伸懶腰，終於把繃了十幾天的神經放鬆。

下一步去哪兒呢？

思索了一下，蕭雲開始尋找當鋪。她把身上所有的首飾都卸下來給掌櫃的數了數、秤了秤，竟然兌了她一百多兩銀子。

蕭雲毫不猶豫就找了間店，把衣服也給換了。

今天，算是和過去正式告別吧！

蕭雲遊走在洛京城的繁華中心，左看看右摸摸，最後進了一家酒樓。

跑堂的馬上過來招呼道：「客官，裡面請。」領她到靠裡面的位子，他拿下肩膀上的軟布虛晃地在凳子上擦了兩下，再請蕭雲坐下。

「客官，來點什麼？」

蕭雲問道：「你們這兒有什麼特色小吃？」

「客官是外地人吧？洛京誰人不知我們小店的梅花糕啊？」

「梅花糕？」蕭雲一怔，隨即笑了笑，說道：「給我來一份吧，再來一壺茶。」

「好嘞。」

梅花糕上來了，是像餅乾大小的小塊，一碟共有六塊。蕭雲拿筷子挾了一塊放進嘴裡嚐了嚐，嗯，不夠黏。聽跑堂的介紹，這是他們店師傅的獨門秘方，就他們一家有，很多閨閣千金都極愛吃。

謝容雪十五年來只出過一次門，又僅僅是到寺院燒香拜佛，不知道也不稀奇。除了一些基本常識，關於這個世界的很多東西，謝容雪都不知道，比如開個酒樓大概要多少錢，她的腦子裡一點概念也沒有，只好來打聽了。

「這盤糕點多少錢？」蕭雲由淺至深一步步打聽，開一家像他們這種不足百坪、裝修簡單的小酒樓大約需要五百多兩。

「正到了午食，客官還要不要再來些別的？」

「嗯，再給我來兩個特色小炒，和一碗白米飯吧！」再不多點些吃的，恐怕人家要把她當成商業間諜扔出去了。

蕭雲一邊吃，一邊在心裡盤算接下來幹什麼。其實一百多兩省著點花用，夠她在這裡過一輩子了。可是，她習慣了現代化的便捷生活，古代沒有電器，喝口水還要先劈柴，要想在這裡生存下去，她必須多賺點錢，雇幾個人照顧她的衣食住行。

怎麼賺錢呢？開酒樓？別指望了，錢不夠也沒後臺，再遇上個吃霸王餐的話……不行。

擺小攤？要風吹日曬，像她這樣的年輕女子再遇上個什麼惡霸……不行。

去有錢人家當下人？

萬一伺候的主子是個黑心腸，沒事就喜歡折磨下人，還天天把她罵得狗血淋頭的，那她還不如去做側妃呢！要是再遇上個色老爺強行霸占，讓她做小妾……不行！

想了一圈，蕭雲還是決定從眼前下手。

她揮手將小二叫來，笑咪咪地告訴他，自己會燒菜。

小二想都沒想就一口回絕了她。「我們這兒不缺掌勺兒的。」

蕭雲臉一黑，默默地安慰自己，這裡又沒有抽油煙機，用不了多久她就得成黃臉婆了，還是算了吧！

結完帳後，蕭雲到外面詢問了幾家店鋪，全都不要女性，唯有一家繡莊在招收女工，可惜她沒那手藝。

唉——這也不行，那也不行，蕭雲欲哭無淚。

「唉——」再次無奈地長嘆一口氣，蕭雲茫然地在街頭晃悠。從東邊到西邊，從南邊到北邊，太陽已經落山，街上的行人逐漸減少，蕭雲還是沒找到什麼生計，身體卻感覺越發沈重起來，昏昏沈沈的。

這段時間身子沒好好調養，因為情勢所逼，她強迫自己挺住才沒有倒下去，看來這次要徹底爆發了。哪裡有醫館呢？

在附近尋找了良久，蕭雲看到東北邊有一家醫館，便邁步過去。眼看還差幾步就要到了，前方突然奔過來一輛馬車，蕭雲的心理陰影再次發作，全身僵硬，忽而眼前一黑，身體不受控制地倒了下去，擋住了路過此地的那輛馬車。

「將軍，前面有位女子跌倒了！」

裡面的人似乎停頓了一下，語氣略微不悅。「又是馬兒嚇的？」

駕車之人一驚。自今日馬亂一事之後，他已經十二萬分地小心了。「不是，是她自己先倒下的。」

「去看看怎麼回事。」

沈風跨步過去，扶起地上的女子，伸手探探她額頭，很燙，視線不經意地掃過女子的臉，他不由得愣住了。

怎麼又是謝側妃？他想，就算她不是煦王爺的側妃，也是謝容風的妹妹，知道將軍不會置之不理，所以馬上過去稟告。「將軍，是謝側妃。她額頭發燙，該是病倒的。」

第四章

「謝側妃？」車裡的人掀開簾子向外睨了一眼，停頓了片刻，吩咐道：「為她尋家客棧吧。」

沈風抱著蕭雲在附近找了一家客棧，要了間上房，將她放到床上之後，趙長輕坐在床沿，取過蕭雲細小的手腕放於手中，試了試她的脈搏。

趙長輕長年在外行軍，隨軍大夫太少，軍中條件又很簡陋，久而久之，他自己便學會看一些小傷小病。

靜默片刻，他慢聲斷症道：「風邪入侵，加之身體虛弱，又積寒多日，病得不輕。你去找家藥鋪，將此症告知老闆，叫他對症下藥。」

「是。」沈風應聲而去。

趙長輕低眸凝視著蕭雲。昏暗的光線下，她的容顏模糊不清，但依稀能辨出五官稚氣未脫，身形瘦小得如同一個孩子。就是這樣一個弱不禁風的小女子，身體裡竟藏著驚人的意志力，撐了這麼久才倒下。

回想她白日在太子別院裡荒誕不經的行為，趙長輕搖搖頭，看著胡攪蠻纏，說起話來卻有條不紊，此時她的華服已換下，頭上晃眼的金銀飾件也拿掉了，顯然是蓄謀被休。

故意惹怒子煦休她，又揚言與娘家斷了關係，把所有依靠都推開，她沒掂量過後果嗎？

真是一個讓人看不透的女子……

趙長輕愣神片刻，陡然回過神來。他這是怎麼了，一個無關緊要的人，何須在意呢？他向來不愛多管閒事的。

也許因為她是謝容風的妹妹吧！

思及此，趙長輕起身，緩步走到書桌前，執筆在紙上寫下一行字。

沈風抓回藥，交給掌櫃的去煎，並且按趙長輕的吩咐，給掌櫃的留下一錠銀子，囑咐道：「待那位夫人好轉之後，即可叫她自行離去。剩下的，是打賞你的。」

翌日早晨，掌櫃的親自去敲門，敲了許久，蕭雲終於被吵醒了。

迷迷糊糊地打開門一看，是個四十多歲的中年男子。他恭敬地對蕭雲笑道：「夫人，該用早膳了，用了早膳後方可喝藥。」

蕭雲撓了撓昏昏沈沈的頭，不管三七二十一，先吃了他端來的早飯，然後又喝下那碗黑乎乎的藥汁，繼續倒頭大睡。

這種情況持續了兩天，到了第三日的下午，蕭雲終於感覺身體輕鬆了，腦子也清醒了。

她抬眼掃視房間一圈，有屏風、書案、廳桌，家具齊全，裝飾奢華。瞥見桌子上有一張醒目的紙，蕭雲起身，將它拿起來看看，只見上面寫著：若無處可去，北城半山上有處庵堂可容身。

庵堂？

「靠！居然叫我出家當尼姑，誰啊？」蕭雲在信紙上翻來覆去找了許久，也沒看到落款人。

此人知道她無處可去，換言之，也就是知道她的身分和被休的事情嘍？認識的人中，沒這麼好心的呀！

「咚咚咚」，敲門聲按時響了起來，蕭雲飛快跑過去打開房門，還是那個自稱掌櫃的中年男子。蕭雲彬彬有禮地說道：「又麻煩您親自送過來。」

「夫人看起來好多了。」掌櫃的瞧蕭雲面色比前幾日紅潤許多，人也精神了，不禁高興起來。

「呵呵，無病一身輕嘛！這幾日辛苦店家了，因為身體不適，怠慢之處還請多包涵。」這幾天，他每天一日三餐按時給她送飯送藥過來，蕭雲身體不舒服，也懶得和他多說話。

掌櫃的惶恐道：「不敢不敢，這是敝店應該的。」

「對了，掌櫃的，請問一下，我是如何到這裡的？」

「喔，是兩位公子將夫人送來的。」掌櫃的覺得蕭雲是個好說話的，便忍不住多說了幾句。「若不是那位公子喚為『夫人』，我還看不出夫人已經出閣了。」

蕭雲呵呵訕笑兩聲。「早婚、早婚！那送我來的那兩位，掌櫃的可認識？大概長什麼模樣？」

「不認識，當時天黑了，也看不清，不過身材高大，言行氣質上乘，像是大家公子。」

正是因為他們看著像是有權有勢之人，他才不敢怠慢，每日按時按點給她送飯菜來。

貴公子？會是誰呢？「他們有沒有留下姓名？或者說叫我醒了之後去哪兒找他們？」

「這倒沒有。他們只替夫人交了這幾日的食宿費用，交代小店好好照顧夫人，待夫人安好之後，便可自行離去。」

他們還幫她交了這幾日的花銷？到底是哪位大俠做了好事不留名呢？蕭雲撇撇嘴，想破腦袋也想不出到底會是誰，索性不想了。

相信只要在她有能力的時候，將他們的這份善心傳承下去，就是對他們最好的回報。也或許，人家是怕她順便以身相許纏上他們呢！

「那我住到明日再退房，行嗎？」

「可以的。」

晚上，蕭雲沒有叫人把飯菜送去，而是選擇在樓下的食堂吃晚飯。既然要接受這個世界，那麼就得融入現實中。

點完菜，蕭雲聽見店裡的食客們都在議論著煦王休妃一事，掌櫃的和店小二還時不時地插嘴幾句。

聽他們說，煦王休妃的第二日，這件事就已經傳遍了洛京的街頭巷尾，來這裡的食客每個都會說起這件事。

真是好事不出門，壞事傳千里。

煦王雖然生性風流，但他不僅是個王爺，還是個美男子，所以謝側妃就被人傳成了差勁、不守婦德的壞女人。

蕭雲在心裡自我打趣道：如果他們知道我就是那個「壞女人」，會不會過來一人一口唾沫把我淹死？

翌日早晨，蕭雲一醒來便感覺神清氣爽，心情無比愉悅。經過這幾日的休養生息，她相信這副身體還夠她繼續打拚很久。

昨晚想了一夜，她終於想通了，也決定好了去哪裡重新開始。

不過因為要去的地方比較容易使人誤會，所以她沒有問人，而是邊走邊逛，透過自己的觀察去尋找。

花了大約兩個多小時的時間，蕭雲終於找到了一條商鋪牌匾都寫著「百花樓」、「迎春院」、「飄香院」、「聞香樓」、「宜春院」這些豔俗店名的街道，再左右比較了一下，最終，她站在了「聞香樓」的門前。

這家是全街青樓中門面最——破舊的。

之所以選擇從青樓開始，原因有兩個。

第一，快速致富。

第二，相比起其他行業，在才藝這方面，她有特長可以發揮利用。

之所以選擇最破舊的，是因為它現在急需要改變，所以門檻會低一點。

聞香樓的老鴇已年過四十，最近正盤算將店賣了，回家養老，一聽有人要，她馬上答應，八百兩低價便談妥了。

蕭雲以一百兩作為利息，和老鴇簽下三個月的合約，用「白牡丹」這個藝名正式出道。

不過，她自己不露面，而是教樓裡的姑娘唱歌跳舞。她不大習慣，也不喜歡和這裡的人打交道。

洛國目前最弱的行業是娛樂業，詩歌人才缺乏，舞藝人才缺乏，蕭雲隨便拿出幾首古風歌曲，便立刻吸引了一大批顧客登門消費。

很快，八百兩就賺到了。起初蕭雲擔心老鴇看到自己的地盤生意好起來，想反悔，幸好老天爺保佑，老鴇是真心想回家養老，所以只多拿了那一百兩的利息，便高高興興地返鄉了。

又營業了一個月，多賺了點錢，蕭雲決定歇業重整。

首先要改的，就是這塊招牌。

停業那日，聞香樓的牌匾便被摘下，整個門面都被一塊大紅色的布遮住，上面寫著幾個黑色大字：只有你想不到的，沒有玉容閣辦不到的，敬請期待……

蕭雲拿出一部分錢，遣散了那些只賣身、沒有舞蹈底子的人，然後對剩下的人說道：「從今天起，我就是這裡的老闆。妳們如果不想留下，也可以拿錢離開。如果留下了，以後就得聽我的。我們這裡以後便叫『玉容閣』，只賣藝，不賣身。妳們的名字，我會替妳們全部都換掉，開始全新的生活。」

蕭雲無條件退回賣身契，樓裡所有人感激不已，除了那些沒有技藝的女人，其餘的都留下了，任由蕭雲安排。

俗話說，捨不得孩子套不著狼，要想把將來的位置定高，就得砸重金，裝潢不求金碧輝煌，但至少讓顧客一進門就有「值得這個錢」的感覺。蕭雲沒有手軟，所有賺來的錢一分不留地全部投在了裝潢上面。她跟工匠們耐心地解釋著自己的圖稿，讓他們儘量按照她的要求設計出來。

她前三個月一直在閒暇之餘悄悄計劃著一切，絕不能讓所有苦心敗在細節上。

這個時空目前還沒有一家純賣藝的歌舞坊，所以玉容閣的廣告一散播出去，便轟動了全城，且經過店裡的茶水糕點價格篩選，玉容閣的顧客層次提高了好幾層，同時也賺了個滿盆滿缽。

生意穩定下來後，蕭雲終於得閒，每天躲在屋裡喝茶發呆，研究舞藝，根本不操心外場的事。她特意挑選了一個性格八面玲瓏的女子幽素，親自調教了一段日子。在外人眼中，玉容閣的老闆是幽素，有什麼事根本不用到她這裡，幽素就搞定了。她只管教人跳舞，想新的歌曲，以及畫一點新的舞衣樣式。

這天，蕭雲在院子裡澆花，不經意抬頭時，看天空碧藍如洗，萬里無雲，想想自己來這裡後還沒有好好逛過，就帶著點碎銀子出門去了，順道看看能不能碰上幾個跳舞的好苗子，她打算創辦一個舞蹈團。

街上人很多，新鮮的小玩意兒琳琅滿目，蕭雲邊吃著冰糖葫蘆，邊讚道：「洛京不愧是一國首都，好繁華。」

快到護城河時，蕭雲發現前面萬頭攢動，好像有什麼集會，拉過身邊的路人一問，得知今日是一年一度的賽詩盛會。

「第一名有什麼獎勵嗎？」蕭雲好奇地問道。
「當然有了，不然這些人拚什麼呀？」
蕭雲心裡樂開了花。「那第一名是多少錢？」
那人「呿」了一聲，鄙視蕭雲一眼，不再理她。
「喂，什麼意思啊？」蕭雲笑了，一臉不解。
「妳這小姑娘真是膚淺，不懂欣賞這文雅之事，就別來湊這個熱鬧。」附近一個三十多歲的男子故作高尚地說道。
蕭雲對他諂笑兩聲，湊到他面前，假裝虛心請教道：「小女子是膚淺了一些，還望您大人有大量，為小女子解惑。」
「告訴妳吧！」那人對蕭雲的謙虛很是滿意，便耐心地告知。「今日是太學大人的首席大弟子做主判官，只要能夠進入前三甲，日後才子仕途光明，才女可結識侯門之人，飛上枝頭。」
就是針對平民的選拔賽嘍？可是蕭雲還是不明白，冠軍為什麼沒有獎金呢？
「就是，入了前三甲，就可以參加侯門貴族舉辦的各種宴會，結識些有權勢之人，這是金錢買不來的。」有個人插嘴說道。
這個道理蕭雲懂，中國古代也是如此，萬般皆下品，唯有讀書高，只是沒想到洛國人民好文風已經到了這種地步。
蕭雲當是看熱鬧，反正出來就是為了湊熱鬧的。

她身子擠過去，踮起腳尖看向正中央，蕭雲一眼就瞧見煦王爺和謝容嫣各立一邊，站在一張桌子前，自信滿滿地揮動著手中的毛筆。

冤家路窄。

再看向最後面的評審席，中間的是一個三十多歲的男子，面色和藹，其餘三個……居然有一人是太子。

蕭雲頓覺無趣，轉身準備回去。

人性就是這麼奇怪，喜歡一個人的時候，他什麼地方妳都喜歡；如果討厭一個人，連他身邊的空氣都覺得噁心。

走了不到十步，她身子突然被一個小男孩撞了一下。蕭雲聽到一個男子在耳邊嚷嚷：「快點給本公子……聽到……沒用的……」

話音一落，一個大巴掌便落到了蕭雲面前撞了她的那個男孩頭上。那個男孩顫抖著瘦小的身板，一個勁兒地道歉。

蕭雲看不下去了，開腔道：「喂，他還這麼小，你把他打傻了怎麼辦？」

「不打便夠蠢了，本公子就是要把他打得機靈點。喂，本公子教訓書僮，關妳什麼事啊？」那個一身華服的貴公子指著蕭雲問道。

「我一個過路人都看不下去了，你倒是說說，他做錯了什麼事？」貴公子氣焰囂張，蕭雲不敢跟他正面衝突，又不想退縮，便同他講起理來。

這個貴公子也不是蠻橫無理之人，答道：「本公子寫了一首詩讓他交給謝小姐，可是謝小姐看都沒看一眼，妳說是不是他太蠢了，所以謝小姐討厭他？」

「謝小姐討厭他，那就你去唄！」

貴公子登時沒了底氣。「那、那……本公子被她拒絕了，豈不是很沒面子？」

蕭雲一陣無語，斜眼掃他一下，身穿綾羅綢緞，膚色白皙，面如冠玉，一看就知他是嬌生慣養的富家公子哥兒。蕭雲忽而心頭一亮，想到了一個惡作劇點子。

「敢問公子說的謝小姐，是不是那邊那位謝容嫣小姐？」

貴公子撇撇嘴。「是又如何？」

「公子喜歡她？」

貴公子兩頰驟然一片緋紅，眼神閃躲，害羞道：「謝小姐才華橫溢，貌美如花，洛國人人都仰慕她。」

蕭雲暗笑。這個貴公子還是個純情少男呢！

「公子若是出得起錢，我幫你贏得賽詩盛會的第一名。」

貴公子卻傻頭傻腦地擔憂道：「不行不行，我若是搶了第一名，謝小姐怎麼辦？」

「只要你贏了她，她就會對你刮目相看，崇拜你、主動靠近你。到時候，你不就可以表白了？」

「是啊！」貴公子聞言，滿臉興奮道。「好，妳若幫本公子，本公子就給妳……」貴公子一派天真地展開五指伸到蕭雲眼前，豪邁地道：「五千兩。」

「啊——」蕭雲驚訝地張大了嘴巴。她沒想過要這麼多錢，只是想打擊一下那個眼比天高的謝容嫣，可一聽是「五千兩」，心裡又有點不捨。

貴公子從胸口掏出一疊厚厚的銀票，翻了兩下，癟癟嘴，無辜說道：「可是我今天只帶了三千兩。」

「沒關係、沒關係，相識是緣，我們這麼有緣，我給你打個五折吧，二千五百兩。」不要白不要，就當他是替謝容嫣孝順謝容雪的。

貴公子歡喜地將錢遞給蕭雲，還說道：「妳真是個好人。」

蕭雲接錢的那隻手不自覺抖了一下。直覺告訴她，這個貴公子智商有點弱。他不會正好有個十惡不赦的老爹，知道他被人騙了錢之後，帶人來讓她橫屍街頭吧？

「快來寫，詩會馬上就結束了。」貴公子拉過蕭雲的手臂到他的案桌前。

蕭雲收好錢，低頭一看，他的字不錯，至於詩麼……連一點押韻都沒有，也難怪自恃才高的謝容嫣看都不看一眼。

「我說你寫。」蕭雲對貴公子說道。

「不是妳幫本公子嗎？」

「所以只收你一半的錢啊！我說你寫，不是很公平嗎？對不對？」

貴公子傻乎乎地點了點頭，拿起筆來。「言之有理。」

詩會不限題材，只要意境好，用詞工整就行。

蕭雲嘴上唸著李白的〈將進酒〉，心裡則腹誹道：敬愛的李白大人，我這可不算竊取您的文采。那個謝容嫣小小年齡，眼睛快長到天上去了，您再不出手，她還真不知道「人外有人」呢！

寫好之後，貴公子在右下角處落款。蕭雲隨意瞄了一眼，看到下方是「李易，字辰煜」的名字，不禁訝異。他居然也姓李？莫非是冥冥之中自有主宰？不知他算是李白的先祖還是後人？

當蕭雲陷入胡思亂想時，李公子已讓書僮將詩呈了上去。

「好詩！好詩！」評審席中間那位男子拿到李易呈上的詩，登時雙眼放光，讚不絕口。其他三位拿過來一看，亦是滿意地點頭稱讚。

洛子煦聽到有好詩，馬上過去看看。

中間那位起身過來，問向臺下。「哪位是李易公子？」

「是我。」李辰煜高舉雙手，一臉無邪地應道。

「這邊請。」

李辰煜被邀請到了臺上，主裁判當即宣布他摘得本年度的「詩聖」一銜，〈將進酒〉被人大聲朗讀了出來，所有懂的、不懂的人紛紛誇讚，無人不服。

第五章

原本以為自己穩坐第一的謝容嫣柳眉緊蹙，不服氣地上下打量李辰煜。這個李公子贈詩給她連贈了幾年，水準差強人意，今年她甚至懶得看一眼，想不到竟能拔得頭籌。

李辰煜傻不拉幾地衝到謝容嫣面前，拱手作揖道：「謝小姐承讓。」

「不敢當。」謝容嫣心情複雜地看著他，溫聲說道：「李公子進步飛躍，本小姐心悅誠服。」

洛子煦和太子兩人特意過來結交這位新才子。「李公子，你的詩寫得甚好，豪放大氣，曠達不羈，本王欽佩至極，若不嫌棄，你我不妨交個朋友？」

「不嫌棄、不嫌棄，能跟王爺、謝小姐交朋友，是在下的榮幸。」李辰煜羞赧地瞄了謝容嫣一眼。

「這麼說，李公子不稀罕本殿這個朋友嘍？」太子開玩笑道。

「不敢不敢，榮幸之至。」李辰煜客套道。

太子問道：「不知李公子年方幾許？師承何處？可曾想過要考取功名？」

「我師承……」李辰煜看向蕭雲，衝她大大揮動手臂。

蕭雲對他燦爛一笑，揮手告辭。

該是她功成身退的時候了，再不走，他老爹真來了可就麻煩了。

洛子煦三人好奇地順著李辰煜的視線望過去，蕭雲已轉過身，留下一個瘦小的背影，消隱在茫茫人海之中。

路上，蕭雲揣著一筆鉅款，樂呵呵地想著做點什麼善事的時候，正巧經過一家錢莊，她打算兌點碎銀子，先分發給窮人乞丐。

沒想到掌櫃的看了一眼銀票，睜大雙眼指著蕭雲，罵道：「妳個小妮子，是不是瞧我老眼昏花好騙啊？竟想拿這假銀票糊弄我，走，跟我見官去！」

「假的？」蕭雲驚愣。該死的李公子，難怪出手大方爽快呢！惱火之餘，蕭雲不忘想辦法脫身。

不義之財，果然要不得！

經歷這次教訓，蕭雲再不想出去瞎遛達了，一心待在屋子裡，研究自己的歌舞、服飾。人的財運不好說，但是你的，終歸是你的，遲早會來。

這不，蕭雲坐在家裡，財運自己就送上門了？

這天，幽素高興地跑來向她請示，有一位自稱「莫小侯爺」的公子想安排玉容閣上門表演，他家裡的老太君要過壽。

那可是侯爺府，事關重大，幽素不敢擅自作主，便過來請示蕭雲能不能接。

「為什麼不接？富貴人家的錢不好賺，但每賺一筆，都是大數目。既然人家找上我們，說明已經各方考察過，認定只有我們玉容閣的水準符合他們的要求。」

何況，有侯府給玉容閣做活廣告，玉容閣的名聲必然會更上一層樓，這麼好的機會，不賺錢都得去。

「好，我這就去回稟小侯爺。」幽素得到蕭雲的答案，知道該怎麼做了。

「等等，我跟妳一起去。」蕭雲站起來，狡黠地笑道：「主動送上門來的，能賺多少賺多少，不賺白不賺。」

幽素聞言，不禁心花怒放。

牡丹為人非常大方，經常給她們各種獎金分紅，從不獨吞，這次牡丹親自出馬，定能從侯府賺到一大筆。

將蕭雲帶到那間客房門外，幽素敲了敲門，裡面響起一聲「請進」，兩人便一前一後走了進去。

「三位公子，這位『白牡丹』就是我們玉容閣的舞師。莫小侯爺的家宴有什麼要求，不妨提出來，看我們的舞師能否辦到。」幽素為他們介紹。

趙逸之的瞳孔猛地一縮，驚詫地低聲喃喃道：「竟是妳？」

蕭雲微怔，定神一看，竟然是太子！若不是謝容雪對他記憶深刻，僅憑大半年前匆匆一面，她也不會記得他。

「你們認識？」周瑾安、莫庭軒、幽素三人異口同聲問道。

趙逸之收回情緒，轉頭對幽素說道：「可否請妳迴避一下？」

幽素蹙眉看了看蕭雲。蕭雲對幽素點了點頭，示意她先出去。

「我們也要迴避嗎？」周瑾安和莫庭軒以為他們二人之間有什麼舊情要敘，壞笑地問道。

「她是謝側妃，你們不記得了？」趙逸之無奈地道。

「她是……」周瑾安和莫庭軒驚詫無比地指著蕭雲上下打量，不敢相信半年前那個面黃飢瘦、五官平平的女子，短短時間裡竟然出落得亭亭玉立，尤其是一身淡淡的高雅之氣，教人無法不側目停留。

「請三位不要將我與謝家，或者什麼王爺扯上關係。我的藝名叫『白牡丹』。」蕭雲不緊不慢地走到他們對面坐下，大方微笑，任憑他們打量。

「妳就是那個傳奇舞師白牡丹？」周瑾安驚呼道。

玉容閣的舞娘們舞藝高強，舞姿豐富多彩，外人將教習她們的舞師傳成了神一般的人物。他們在別的花樓裡時常聽說「白牡丹」這個名字。沒想到，洛京有名的舞師，竟然是一個十幾歲的小姑娘……喔，不對，嫁過人的，不能稱之為姑娘了。可是，她清秀可人的臉容和幾近透明的肌膚，實在無法讓人將她和「下堂婦」這個詞連在一起。

「正是不才在下我。」蕭雲逗趣的口吻，一如當年在太子宴上的那樣，似乎無論何時，她都可以保持樂觀自嘲的心態。

任誰都看得出，她雖然被休了，卻活得比未出閣的女子還要滋潤。

「妳莫非還是玉容閣的老闆？」趙逸之忽然想起剛才蕭雲對幽素點點頭，沒有說話，幽素便知她的意思，並且順從地退了出去，態度十分恭敬，於是大膽推測道。

「太子就是太子，明察秋毫。」蕭雲溫婉笑道。

三人再次驚訝。「妳居然就是這裡的老闆？」

「我哪裡不像嗎？」蕭雲攤開手掌，一臉無辜。旋即，又自答道：「大老闆通常都財大氣粗，我是不大像。」

趙逸之最早收回情緒，道：「我在外不便以『太子』的身分示人，一直用母姓及表字組成『趙逸之』為名，希望妳能替我隱瞞身分。」

蕭雲點頭應道：「沒問題。」

「在下乃侍郎之子，這位是莫小侯爺，洛京中無人不識，就不必替我們隱瞞身分了。」周瑾安多餘地附和道。

蕭雲假意地笑笑，想跟他們談工作的事，可他們沈浸在對她的意想不到之中，一直感慨著，蕭雲有點不滿。她可沒義務和他們閒聊。

「三位如若無意與我一同商討外出表演之事，就不打擾了。」

趙逸之露出溫和的笑容，說道：「白老闆莫見怪，他們只是驚嘆於妳這樣的奇女子，竟是之前見過的，所以有點多言了。」

「是啊、是啊，我們少見多怪了，白老闆別介意。」莫庭軒急忙收起嘻皮笑臉，正色道：「我家祖母下個月過六十壽宴，除了四十壽之外，她沒再辦過生辰宴，所以家中諸人都十分重視這個宴會，希望白老闆能為她準備一齣精彩的歌舞表演。」

洛國人一生中最重視的生日是四十歲，他們認為這是一個人前半生和後半生的過渡期，其次就是六十，因為有可能是生前最後一次重大的宴會。

「白老闆若能親自上陣，讓我們一睹芳華，那就更好了。」莫庭軒期望道。

「這個我答應不了你們，抱歉。」蕭雲一口拒絕了。自從車禍後，她就決定不再重返舞臺。「另外，別再叫我老闆了，聽著挺彆扭的。要不，你們直接叫我『牡丹』吧！」

「既然牡丹不介意，我們身為男子自不會扭捏作態。」太子點頭應道。

「那言歸正傳吧！你先說一說這次宴會的規模，有什麼避諱跟特殊要求。」說到工作，蕭雲的表情馬上變得專注起來。

「妳有自信能辦好此事？」莫庭軒也收起玩笑，一本正經道。

蕭雲但笑不語，眼底帶著一抹淺淺的酸澀。

她從小被寄養在姑姑家，姑姑是藝校的校長，對她和表姊的要求很高，她們從小學起就參加過無數次大型表演，一路風風雨雨地成長，什麼場合都可以應變自如。她擔心的是，太子的友人身分也差不到哪兒去，玉容閣的舞娘們在權貴面前能否鎮定自若，正常發揮呢？如果緊張得失常了，她們會不會被降罪呢？

「沒什麼避諱，主要是夠好，若妳能將這次宴會安排得如玉容閣這樣令人驚喜連連、意想不到，那是最好的。」

「這個沒問題，不過我們要停業做準備，所以價錢方面……」

莫庭軒笑笑，自信地開價道：「我侯府還能短了這個錢？五千兩如何？」

「五千兩？」蕭雲嗤笑。「侯爺是在侮辱我的水準。」

莫庭軒咋舌不已，他出過的價還沒被人小瞧過。「那，妳要多少？」

「不能低於兩萬。」

「兩萬?!」莫庭軒和周瑾安誇張地驚叫道。呆了半天，莫庭軒才大呼道：「妳這是獅子大開口！」

蕭雲只是淡淡回了四個字。「我們值得。」

「妳也太市儈了，這個價……」周瑾安出口相助道：「我承認，妳們是值得，但我們好歹相識一場，就不能少賺些？」

蕭雲想告訴他，坑的就是熟人，但是嘴上卻說：「就是因為認識，你們保證我們的人身安全和自由，所以才收兩萬兩。不認識的人，我會翻倍。」

「那也多了。」莫庭軒有點肉疼。

蕭雲轉轉眸，為了防止這筆生意跑了，她好聲好氣地開始跟他算帳。「這樣吧，我給你算一下，我們至少要安排兩場沒有面市的新歌舞，不同的舞蹈要配不同的服裝，我們還得花錢製衣，你知道全體舞娘製一身新舞衣得花多少錢嗎？」

「這個好辦。」太子也幫朋友出主意，道：「侯府的衣服全是從紅袖坊訂的，庭軒去跟老闆打聲招呼，這舞衣的花銷可以減少一大半。」

「你們認識紅袖坊？」太好了！蕭雲早就想跟紅袖坊合作了，有小侯爺搭線，她這回賺大了。

有了莫小侯爺引薦，蕭雲順利地跟紅袖坊的李老闆談妥合作一事，從而省下一大筆錢在衣服上。為了感謝小侯爺，蕭雲就以六千兩銀子，接下侯府演出的生意。

讓她意外的是，那個給她假銀票的李辰煜，竟然是紅袖坊的少東家。他在紅袖坊見到蕭雲後，高興壞了，尤其在知道了她是玉容閣的人以後，常去玉容閣找她玩，給她送好吃的、好玩的。

她聽一些姊妹說，這個李辰煜是當年李老闆從雪地裡撿回來的女人生的，兩人沒有血緣關係。李老闆天生剋妻命，好不容易得一個兒子，疼得不得了，可惜的是李辰煜早產，腦子不大好使，無法繼承家業。

蕭雲看在他傻，對她真誠的分上，就不計較假銀票的事了，兩個閒人湊一起玩，還挺好打發時間的。

透過這次侯門一演，玉容閣聲名大噪，洛京城中的達官顯貴甚至女眷，都會去玉容閣光顧，提到它時，再也沒有人將它跟青樓掛上鉤。

很多不得已淪落風塵的女子聽聞後，不惜千里迢迢過來投奔，蕭雲藉此機會，再次將玉容閣的人力資源重新整理了一下，從中挑選出六個嗓音各具特色的女子，名字裡各取了一個「月」字，組成了一個樂隊，取名為「六月坊」。

一經推出，洛國便掀起一陣偶像團體膜拜風潮，玉容閣也成為經久不衰的話題……

這天，蕭雲從外面回來，準備去二樓書房拿點東西，正巧見到大廳中站著一個背影高大的男子。他定定矗立在那兒，細細參觀著玉容閣的環境。

蕭雲四處張望了幾眼，生意太好了，都沒有人能招呼這位客人。客人是上帝，不能怠慢，蕭雲準備親自接待。「你好，這位公子——」

男子緩緩轉過頭。

他戴著一個灰色面具，只露出兩隻眼睛和薄薄的紅唇。看到蕭雲時，那雙深似幽潭的黑眸微微閃了一下。

「客官是來找朋友，還是一位？要雅座、隔間還是獨立包廂？」

略微遲疑片刻，面具後面發出像是刻意壓低而變得粗獷的男子聲音。「我想見見六月坊，不喜歡被人打擾。」

「那好，這邊請。」蕭雲將他帶到二樓最大的包廂裡，拿過門口櫃子上的菜單，放到男子的面前，問道：「請問喝點什麼茶？」

面具男子專注的眼神似乎在考究著手中的餐牌。

蕭雲挑眉一笑。洛國任何一家店鋪都是看東西點單或者聽小二報名字點單，玉容閣是第一家推出菜單，並在菜單下方配上相應的彩墨圖案的店鋪喔！

沒見過吧？特別吧？下次記得帶朋友來見識一下喔！

正當蕭雲得意之際，面具後面涼涼地冒出一句話。「畫得不怎麼樣。」

蕭雲嘴角的笑瞬間僵硬。她努力調整了一下心態，做虛心接受狀，訕笑道：「非常感謝客官的寶貴意見，我們會改進的。」

「給我一杯妳認為不錯的茶。」男子雲淡風輕地合起菜單，開始研究起這間屋子的裝潰。

「客官稍等片刻，茶馬上送來。」蕭雲拿回菜單，出去安排了。

門一關上，屋內便響起了幾聲低低的淺笑。這個房間只有面具男子一人，笑聲必是他發出來的。他方才瞥見蕭雲小得意的表情，便忍不住開口逗逗她。她的表情真是豐富多彩，有趣。

蕭雲出去後，便去找幽素，將面具男子的要求告訴她，然後去書房裡拿東西。

幽素做完安排，剛回到樓下櫃檯後坐定，還沒來得及喝口茶，就見兩位公子進門。走在前面的那位玉面公子俊美如斯，貴氣逼人，一看便知來頭不小，氣勢比起那位莫小侯爺有過之而無不及。

幽素不敢有絲毫怠慢，眼下玉容閣的人忙得兩腳不沾地，無力分身，她忙放下剛端起的茶盞，笑吟吟地招呼上去。

「公子第一次來嗎？喜歡坐什麼位子？」

他的身後跟著一位黑衣勁裝男子，手裡握著一把長劍，銳利的雙眼直視著前方，目不斜視，像是隨從。

「我找白牡丹。」玉面公子一邊沈聲說道，一邊用犀利的眸光四下探尋著。

幽素一怔。他知道牡丹是老闆，還是認識牡丹呢？她試探問道：「牡丹繁忙，不知公子有何要事？奴家或可代為轉告。」

洛子煦冷冷盯著幽素。

幽素被盯得全身發冷，但是她沒有退讓。牡丹曾教過她，遇到脾氣惡劣的顧客，就要表現出高傲不可一世的神情，輸人不輸陣，反正玉容閣裡有打手。

他身後的人神情凜冽，低聲說道：「妳告訴白牡丹，煦王爺駕到，讓她速速出來恭迎。」

幽素聞言，驚詫地張大了嘴巴，假裝出來的氣勢剎那間漏光了。這就是傳說中的風流才子煦王爺？

「還不快去？」袁侍衛不悅地低斥道。

「是……是。」幽素呆呆點了點頭，轉身快速跑上二樓。

得知煦王爺光臨，蕭雲騰地一下從椅子上站起來，兩眉緊鎖。沒想到他真的來了！他們之間已經沒有關係了，他來幹什麼呢？

「牡丹，王爺表明身分，我們要不要全體恭迎？」幽素請示道。她活了這麼久，第一次見到在坊間遊玩的貴族直接表明身分，如此棘手，她真的應付不來。

蕭雲凝眸思忖。如果煦王有意擺譜的話，一定會帶很多官兵來這裡，樓下沒有喧鬧聲，說明他並非想讓所有人都知道他的身分，由此可見，他也不想鬧事。

定下心神，蕭雲漠然說道：「妳忙妳的去吧，我來招呼他。」

出了門，蕭雲垂眸看向樓下。洛子煦也正巧抬頭朝她看去。兩人隔空對視了數秒，誰都沒有先邁出一步的意思。

蕭雲收斂眸光，面無波瀾地抬腳走向樓下。人家好歹是王爺，嚴格講起來，他要求全玉容閣的人給他下跪都沒問題，她親自下樓迎接一下又能怎樣？誰讓她拚爹拚不過人家呢？

洛子煦的視線一直緊緊凝視著蕭雲。

經過大半年時間的打磨，她的身子已然長開，光潔白皙的臉龐不見初時的青澀，立體的五官稜角分明，烏黑的眼眸泛著迷人的色澤，如同朝露般清澈。

短短半年多，她竟變化得如此之多。可見，這半年多來她過得有多好！

第六章

越是如此，洛子煦心中的怒火便越旺盛。這半年多來，他為了休側妃一事，不受父皇待見，還生了一個多月的病。她倒好，一個見不得人的下堂婦，隱姓埋名躲到這裡，過得風生水起……哼，她變得再好，也只能是屬於他的！

「不知王爺大駕，有失遠迎，還望恕罪。」蕭雲公式化地微笑道。

洛子煦從鼻孔裡發出一聲冷哼，眼神偏向一旁，態度十分傲慢。

我忍你！蕭雲咬咬牙，強擠出笑容來。「樓上有上好的獨立包廂，環境優雅，王爺若不嫌棄，不妨高抬貴腳，移個駕？」

洛子煦斜了她一眼，淡然說道：「還不帶路？」

蕭雲轉過身，走在前面帶路。

「等等。」到了蕭雲方才出來的那個門口，洛子煦停下了腳步，揚著下巴指了指，問道：「這是什麼地方？」

「這是我們玉容閣的人中場休息的地方。」

「聽說妳是老闆，妳不讓人進來，誰敢硬闖？」洛子煦不由分說地轉身推門進去。

這人——還是那麼蠻橫無理！還有那個該死的莫小侯爺，肯定是他說出去的！

關門聲一響起，洛子煦嘲諷的聲音便跟著響了起來。「怎麼，到這兒來學習如何取悅男人嗎？」

蕭雲沒有理會。

「妳以為換了個名字，就能改變妳被本王下堂的身分？」

蕭雲無語地翻了個白眼。她不想在陌生人身上浪費時間，所以低眉順眼地說道：「正如王爺所說，我是一個下堂婦，又怎麼敢再用從前的姓名，強行和王爺、謝家扯上關係呢？」

「所以就可以無所顧忌地到這兒來賣笑，用這種方法報復本王？」洛子煦忿然喝道。

蕭雲譏笑。「既然已經被王爺下堂，我做了什麼，又跟王爺有什麼關係呢？」

「謝容雪！本王告訴妳，妳一日是本王的側妃，終身都是。不管妳被休被棄，在外面做了什麼勾當，頭上都頂著煦王的名號，本王丟不起這個人！」洛子煦抓住蕭雲的手腕。「跟我回去！」

蕭雲一下子掙脫開他的束縛，直視著他的雙眼，怒問道：「嘴巴長在他們身上，他們愛笑話什麼你我管得著嗎？我們早就說清楚了，從此男婚女嫁各不相干，請問王爺以什麼身分來干涉我的生活？」

「妳倒是找個人改嫁啊，看看誰願意娶一個下堂婦？」洛子煦面色陰沈地瞪著蕭雲。

難道做女人一定要這麼悲哀嗎？離婚了還要掛著前夫的招牌，旁人勿近？這是哪條規定？哼，說到底，就是他所謂的自尊在作祟，他以為女人被休了只能有一個下場，就是慘不忍睹！

可惜，她不是那種會為了一個沒有感情的丈夫就要死要活的深閨怨婦。

蕭雲淡然一笑，道：「真心愛我的人不會介意，不愛我的人也沒必要嫁給他。即便我終身遇不到真愛，也不代表王爺可以管我的事。休書，不是白拿的。」

「妳還敢跟本王提休書？本王根本就是被妳給設計了！」

蕭雲不置可否。那又如何呢？

洛子煦不爽地皺起兩道劍眉，越想越覺得這個女人不可小覷。什麼膽小懦弱？僅僅半年多時間，她不但創立了玉容閣，還從一個面黃肌瘦的黃毛小丫頭，蛻變成亭亭玉立的美麗女子，透亮的臉容之上時而流露出與年齡不相符的沈著，兩眉間會不經意地漾過絲絲嫵媚，靈動的雙眸漫不經心地流轉著，像一個睥睨天下的女王，高貴傲然，自信滿滿。

洛子煦詫異於她驚人的變化，同時也暗生出一股無名的怒火。使一個少女變得成熟柔媚的，向來都是男人的傑作。

她到底經歷了多少個男人，才練就出今天的姿態？

洛子煦憤怒地握緊雙拳，大跨步邁到蕭雲面前，殘酷地說道：「不如讓本王來檢查一下，妳學會了幾分取悅男人的本事！」

「你要幹什麼？」蕭雲一愣，尚沒反應過來洛子煦的目的，身子就被他拉入了懷中。蕭雲惶然明白過來，急忙抬手抵住他的胸口，試圖推開他。

「你瘋了！」

洛子煦是瘋了，他的自尊受到了巨大的打擊，他攬住蕭雲的腰身，略微施力，一把將她壓倒在臥榻上。

蕭雲忿然道：「你要是敢亂來，我喊人了啊！」

洛子煦邪惡地笑道：「呵，妳儘管喊試試，本王倒想看看，誰會為了妳開罪一個王爺？」

蕭雲暗叫不好，他的侍衛還在門口守著呢，誰進得來？「你堂堂一個王爺強搶民女，傳出去不怕被人笑話嗎？」

「妳還有臉自稱『民女』？賤婦！來這種地方不就是為了尋花問柳嗎？別人玩得起，本王玩不起嗎？妳儘管開價！」洛子煦從懷裡掏出一疊銀票，將它們往空中一拋。

「啪」！蕭雲毫不猶豫地一巴掌甩了過去。「請你放尊重點！玉容閣所賺的每一分錢都是乾乾淨淨的，不做女色買賣，想尋花問柳請去別處！」

洛子煦瞪大雙眼怒視著蕭雲。她向天借了膽子嗎？還是他對她太寬容了？

一個大男人失去理性時，像蕭雲這樣手無寸鐵的女子怎麼會是他的對手呢？洛子煦兩腿牢牢壓住蕭雲的下半身，一隻手將她的雙臂固定在頭頂上方，另一隻手攀上她胸前聳立的高峰，不費吹灰之力便讓蕭雲動彈不得。

「你這個混蛋！你給我滾開！」蕭雲慌亂無措，只能將滿腔的羞憤衝口罵出去。

「讓妳來試試，我比妳的那些恩客如何？」洛子煦已經忿怒到了口不擇言的地步。他單手拽住蕭雲的衣襟，用力一扯，「嘶」的一聲，蕭雲的衣服被撕開了一道口子，雪白剔透的肌膚露至胸脯。

洛子煦不由得下腹一熱，心神蕩漾。原本只是想嚇嚇她，現在卻引火上身，欲罷不能。

蕭雲奮力掙扎，破口大罵道：「你這個畜生！禽獸！你快放開我！」為什麼要這樣對待她？到底為什麼，她要受這個畜生的虐待？她憑什麼要受到這樣不公的待遇？

倏忽，臨江的窗戶那邊似乎閃了一下。

洛子煦正是血脈賁張的時候，根本無心管其他。

「她好像不大願意。」

忽然，一個男子獨有的磁性聲音緩緩響起。

已經絕望的蕭雲彷彿聽到了天籟之音，猛然睜開了眼睛，期望地望向聲音的來源。對著江面的那扇窗戶旁，一個身材高大的男子雙手抱在胸前，懶散地靠在牆上。他戴著灰色的面具，如墨般的黑髮隨意散落在袍子上，淡淡的月光落在他的周身，全身散發出神秘的味道。

是他？那個點了六月坊的奇怪男子。

他好整以暇地斜睨著他們，將渾身的重量靠在窗櫺上，不緊不慢，彷彿不費一絲力氣，平空冒出來的一樣。

他是怎麼進來的？

「你是何人？戴著面具，見不得光嗎？」洛子煦不得不停下動作，怨憤地盯著這位不速之客，問道。他最好是多管閒事的陌生人，而非謝容雪的裙下之臣。

趁洛子煦分神之際，蕭雲使出全力，猛然抬起膝蓋，不留一點餘力地頂向他的下身。

「啊——」洛子煦猝不及防，吃痛地悶哼了一聲，身體半坐起來，縮向後面。

面具男子愉悅地低聲一笑。自詡風流不凡、無人不迷戀的煦王爺，也有吃癟的一天。

在洛子煦驚訝得還沒有想起來要還手時，蕭雲敏捷地翻起身體，對著他的臉頰揮起巴掌狠狠搧了過去，狠聲警告道：「你若敢再來騷擾我，我拚了這條命也要去殿前告御狀，讓全洛國的百姓知道你煦王死皮賴臉地纏著前妻，看你丟不丟得起這個人！」

蕭雲像個受到攻擊的小野獸，瞬間迸發出無窮的攻擊。

面具男子和洛子煦都看得驚呆了。好慓悍的女子！

蕭雲飛快地整理了一下衣衫，跑到一邊站定，抬起下巴俯視著洛子煦。剛才是誰說的，看看誰敢為了她開罪一個王爺，現在看到了吧？自以為是！

「面具大俠。」蕭雲轉臉對著面具男子，豪邁地說道：「你今天的消費，我請。」

面具男子翩然一笑，似是故意壓低聲音說道：「多謝了。」

「你們到底是什麼關係？」洛子煦忍著疼痛怒斥問道。

「你管不著！」蕭雲一字一頓地回道。

「找死！」洛子煦一聲暴喝，拍掌揮向那個面具男子。

面具男子輕鬆地躍起身體，矯捷的身姿在屋子裡來回穿梭，輕功非常了得，洛子煦根本碰不到他一根寒毛。

「扁他！」蕭雲大呼痛快，在一旁張牙舞爪地恨聲說道：「給我狠狠地扁。」

洛子煦氣急敗壞地瞪著蕭雲。她就這麼恨他嗎？

蕭雲雙手插腰，橫眉冷對。如果不是考慮到他的侍衛在門外，她就打開門讓全玉容閣的打手來把他捆一捆，扔江裡去餵魚。

洛子煦使出全部的內力，擊向面具男子的要害。

面具男子連連躲閃，遲遲不肯出手還擊，兩人你追我趕，很快便從大窗戶飛了出去。

蕭雲看著他們隱沒在月夜中，直至完全看不見，驀地轉身去將門打開。

袁侍衛一臉著急地伸長脖子朝屋裡面張望。「王爺呢？」他早就聽到裡面不對勁了，可是王爺不叫他，他不敢擅自闖進。

「來人！」蕭雲瞥了他一眼，從他身邊走過去，沒理會他。

找到幽素，她吩咐下去，以後不管有什麼王來找她，就說她出門遊玩去了。然後她將所有的打手召集起來，讓他們暫時輪流排班，全天候跟在她身邊保護她，以防那個變態王再來騷擾她。

做好這一切，蕭雲終於感覺安全了一點。

她安排好這一切所費的時間，恰好和面具男子預計的差不多。面具男子估計蕭雲已經做好了防護措施，便使出八成的輕功，將洛子煦遠遠甩下，隨後，他朝向皇宮飛去。

不消片刻，他的身影便出現在太子居住的東宮裡。

明亮的燭光下，太子正坐於書案前振筆疾書。

面具男子悄然落在距離他十尺開外的圓桌前，桌子上放了兩杯茶，一杯在裡面，一杯正對著門口，他端起外面那杯，一飲而盡。

「好茶。」

太子訝然抬眸，溫溫一笑。他對東宮的守衛還是很放心的，可世間總免不得有那麼幾個輕功了得的高手，到任何地方都可以來去自如，如入無人之境。

「戴著那個鬼東西，不悶得慌？」

面具男子慢慢地取下面具，說道：「悶是悶了點，不過這個東西用來隱瞞身分，方便極了。」

太子噙著笑意注視著面具之下那張妖嬈的面孔，頗為幸災樂禍地說道：「能給你帶來麻煩的，通常不是你的身分，而是你這張臉。」

這樣傾國傾城的一張臉，在女子中都極少見。他若沒有任何遮掩地上路，恐怕從邊關到洛京這一路上要引來無數追逐他的人。

「兄弟一場，連你也要挖苦我？」趙長輕微微怨惱道。他對自己擁有這張臉並不感到驕傲，相反地，這張臉為他帶來了很多不必要的麻煩，他寧願要一副平淡無奇的皮囊。

「怕你無聊，跟你開個玩笑嘛。你的輕功比之去年，又進步了一大截，幾乎到了出神入化的地步。」太子欽佩讚賞道。

趙長輕微微嘆息道：「看似進步飛躍，但往往練到這個境界，便很難再有突破。有許多癡迷武學之人，到了古稀之齡還是止步不前，我離巔峰還遠呢。」

「至少足以令同齡中人望塵莫及。你對自己要求得太嚴格了。」

趙長輕無奈笑道：「軍中有多無聊你又不是不知，行軍打仗之餘，我不找點別的樂趣醉心癡學，如何熬過枯燥乏味的日子？」

「不忙時，可以去城中找幾個美人兒說說話，不也妙哉？閨閣之中木頭美人居多，邊關應該有許多奇女子吧？就沒有遇上幾個讓你覺得有趣的？」

趙長輕的腦海裡馬上竄出蕭雲吹鬍子瞪眼的模樣，她的一顰一笑、一舉一動，總是讓人意想不到。所有他見過的奇女子中，她不是最漂亮的，也不是武功最厲害的，不是最刁蠻的，亦不是最可愛的，但是她總是有一股莫名的魔力，吸引著別人情不自禁地注視她。

「看你這副神情，似乎有了心動的女子。說，想到誰了？」

「逸之，你知道的，能令我心動的，和令我覺得有趣的，是兩回事。」趙長輕突然嚴肅起來。當他喊太子的表字時，就代表他是認真地說話。

太子收斂起笑容，說回正事。「去了玉容閣一趟，探出什麼結果了嗎？可惜幫不上你什麼忙，還要你千里迢迢趕回來親自查探。」

「她藏得極深。若不是我曾與蒼弩一族的人交過手，有親信在他身邊日夜監視，我也無從下手。這場戰爭即將結束，為了防備他突發進攻，我不得不將所有得力助手送出去，只能親自回來辦此事。如今確定了細作的身分，是一位叫『汐月』的女子，你派人盯緊她，小心防著。」

他研究蒼弩多年，對他的很多事瞭若指掌，所以刺探起他的人會用點小技巧，不易被人覺察到異樣。如果不熟悉的人去查探，只會打草驚蛇。

太子半瞇起眼眸，緩緩唸道：「汐月？」

在莫侯府演出時，汐月曾打扮成仙子的模樣跳飛仙舞，周瑾安兩眼都望癡了，一直對她讚不絕口，還揚言要收服這位人間仙子。

「莫小侯爺怎麼如此粗心大意，什麼人都敢帶進家府？」趙長輕問道。他早已從別人口中得知玉容閣在侯門演出的事情。

「我們也害怕引狼入室，所以先前派了探子去調查玉容閣的人。起初我們懷疑玉容閣的老闆白牡丹，她本是謝統領家的二小姐，多年來籍籍無名，卻只用了幾個月時間便打造出了玉容閣，以她這一身才藝，加上統領大人的性格，又怎麼會被雪藏了十五年呢？可是探子查不出她的可疑之處。我又派了四批高手反覆調查她，皆是無果。她的怪才確實令人費解，像是突然出現。你在玉容閣見到她了嗎？她平時不怎麼露面的。」

「算是見到了。玉容閣窩藏敵國細作，我之前也派人查了一遍每個人。她的確不簡單，但若是於我們無害，我們又何須管她？」趙長輕凝眸說道。若她是什麼細作，必會對子煦百般討好，設法套取朝廷的消息。

「嗯。」太子點頭，繼續說道：「後來我便叫探子將玉容閣所有的人都徹查了一遍，唯有汐月的家鄉最遙遠，在洛國的邊陲小鄉，雖然複雜了些，但既是有出處，我們便沒有多想。」

趙長輕搖了搖頭。「你身在高處有所不知，很多外逃的死囚犯可以透過人牙子買一個身分。」

太子肅然道：「有這種事？」

趙長輕說道：「正所謂『天高皇帝遠』，洛國之大，你哪裡管得到每一個人每一件事呢？不必放在心上。」

太子認真思索後道：「要想做好萬民之君，自然要想萬民之所疾，讓那些作奸犯科之徒流回百姓中，豈不是危害一方？」

「國之不防，百姓又怎能安逸？」趙長輕溫聲提醒道：「眼下最著緊的，是洛、御兩國之間的戰爭，以及試圖坐收漁翁之利的蒼穹。他虎視眈眈地盯著我們多年，利用我們兩國交戰時分身乏術，暗中結合大軍蓄勢待發，我們必須步步為營，小心走好每一步棋。」

「嗯。」太子不再去想那些旁事，正色道：「確認了汐月為細作，我們的計劃是不是可以實施了？」

趙長輕笑道：「剩下的事，就交給你了，我要回朐陽了。」

「現在？」太子看了看外面高掛的明月，建議道：「輕功再好，也不能沒日沒夜地用，休息一晚再走吧。」

「我連用三計，方可抽身回來一趟，此次回去，我要乘勝出擊，打得他無力回天。用不到一個月，這場戰爭必會結束。你可以跟皇上商討一下，安排談判的文官去交接了。」

第七章

清楚他的性格，太子不再相勸，而是鼓勵道：「你既要守著朐陽邊境，又要顧著蒼弩，兩邊不容鬆懈。但單論實力，蒼弩遠不及你。」

趙長輕揶揄道：「你是否還想說，加上你的雄才偉略，任何外敵皆不足為患？」

太子和他相視一笑。「知我者，長輕也。」

走之前，趙長輕突然想起一件事，便說了出來。「對了，我在玉容閣見到了子煦。」

「沒出什麼事吧？」太子挑眉，饒有興趣地問道。

趙長輕故意問道：「企圖侮辱她算不算？」

太子找到了漏洞，笑著追問道：「你怎麼知道？」

「我當時已查出汐月的身分，便走到窗前思索一些事，碰巧聽到有女子哭叫聲從隔壁傳來，便飛身過去看看。」

「他們……」太子驚訝道。

「他們還沒有開始。我想，我壞了子煦的好事。」

「你救了牡丹？」

「算是吧。」趙長輕莞爾道：「千萬不要讓子煦知道那個人是我，不然他一定會殺了我。因為我的出現，他分了神，命根子被狠狠踹了一腳，臉上還挨了一耳光。」

太子啞然失笑。他似乎已經看到了蕭雲當時插腰瞪眼、凶神惡煞的姿態。

「是不是很慓悍？」

太子失聲笑道：「慓悍得很可愛。」

可愛？趙長輕好整以暇地看著太子，片刻，他默默搖了搖頭。邊關的百姓還處於水深火熱之中，自己怎麼有閒心窺視別人的私事來了？他肅然說道：「洛御之戰即將見分曉，蒼弩必提前行動，你要設法扼制住他，等我帶兵回來。」

「放心吧！你全神對付御濃，這裡交給我。」太子垂眸思忖片刻，接著說道：「你可否派人暗中保護好謝容風？無論如何，讓他活著回來。」

趙長輕想，或許又是與政局有什麼關聯吧！便沒有多問，應道：「好。」

謝容風本身的實力一般，但是他忠厚勇猛的秉性值得人信任和栽培，假以時日，他必會成為一代大將。不管出於什麼原因，趙長輕都不希望失去這樣一個手下，太子提出的要求，正合他意。

得到趙長輕的應承，雖然只有簡單的一個「好」字，太子卻完全放寬了心。「那我在此預祝你凱旋。」

趙長輕微微一笑，腳尖輕點，修長的身形已然奔出，藉著月色避開重重守衛，向宮外飛去。

翌日早上，蕭雲醒來後兩邊眼皮直跳，直覺告訴她，今天有事發生。

戰戰兢兢地熬了一個多小時，屋子外面的喧鬧聲越來越大，蕭雲正想出去看看發生了什麼事，幽素幾人敲門進來了。

幽素大聲急呼道：「不好了牡丹，出事了！煦王爺帶著一群官兵將玉容閣圍了起來！」

蕭雲一聽。「怎麼會這樣？」

「發生什麼事了？」

大家七嘴八舌地議論了起來。玉容閣怎麼會惹上王爺呢？

門外面傳來一陣整齊劃一的腳步聲，大家抬頭望去，一群士兵正邁著一致的步伐從門口過去，好像要把後院也給包圍了。

蕭雲出去一看，玉容閣從前到後都被士兵圍住了，看熱鬧的百姓更是將這裡圍得水洩不通。

洛子煦雙手交疊於身後，趾高氣揚地站在玉容閣的大門口。

蕭雲眸光一黯。這傢伙又想玩什麼花招？故作鎮定地緩緩走過去，蕭雲問道：「王爺這麼大的排場，所為何事呢？」

洛子煦挑眉看向她。這麼大的排場，她都能臨危不亂，這個女人，確實和他所知道的謝容雪差太多了。

洛子煦對身側的人使了使眼色，那個士兵頭領拿起一張黃紙在蕭雲眼前晃了晃，擲地有聲地說道：「王爺在玉容閣遭刺客暗殺，懷疑是你們窩藏了刺客，請妳交出此人。」

明明是面具大俠，什麼時候變成刺客了？暗殺？你又不是總統，殺了你有什麼用？再說，你不是毫髮無損地站在這兒了嗎？蕭雲真想問他一句：「他刺你哪兒了？」分明是他的醜事被人破壞了，想公報私仇！變態！

蕭雲犀利地說道：「玉容閣是正規的歌舞坊，尊重每一位顧客的隱私，只要他們不是朝廷通緝的犯人，我們無權過問來往之人的身分。而且，玉容閣從不留外人過夜，你們儘管搜好了。」

「你們聽著！」士兵頭領大聲指揮道：「細細搜索玉容閣的每一處，睜大眼睛看清楚了，到底有沒有這個人！」

民不與官鬥！忍！

幽素貼近蕭雲，一臉憂色地小聲說道：「牡丹，他們一搜，我們布置的場地……今晚可能要歇息了。」

「地方亂了可以收拾一下，命沒了，就什麼都沒了。」蕭雲低聲安慰幽素，也是安慰自己。

良久，幾個士兵從各方回來，紛紛彙報說沒有查到任何蛛絲馬跡。

洛子煦哂笑，戲謔般地說道：「現在沒有，也許是他剛出去了。你們在這兒給本王守著，沒本王的命令，你們不准離開這裡，嚴防刺客再來。」

蕭雲要昏倒了。這擺明就是變相的封鎖！賣淫都不犯法，他們憑什麼封了玉容閣？蕭雲極力控制住內心將爆發的小宇宙。

強權面前，要忍！

看來他不僅僅是想出口惡氣，還想將她連根拔起，除之而後快。她清澈的眼眸忽然黯淡下去，隨之閃過一抹殺氣，隱藏在袖下的手握成拳頭，指關節慘白。

皇權至上，一個王爺想殺一個平民，簡直比捏死一隻螞蟻還容易。

「牡丹？」幽素暗中扯了扯蕭雲的衣袖，面露憂色道：「我們怎麼辦？」

蕭雲的眼光掃過人群，人群中有很多在玉容閣稍有名氣之後過來挖角的同行，這些人翹首企盼著玉容閣倒臺，他們好第一時間過來搶人。

視線再一一掃過玉容閣的眾位姊妹，她們臉上無法掩飾的惶恐不安、驚駭緊張盡在眼底。這次侯門演出，估計很快就會有貴公子上門來討要舞娘，想豢養她們為私宅舞姬，玉容閣一旦瓦解，她們的日子會回到從前，沒有自由，沒有歡樂，沒有尊重……

蕭雲不由得鼻子一酸，緊緊咬住牙齒，努力控制住自己不讓淚水留下來。

留給敵人的，絕不能是眼淚，她不能讓人看扁了。

蕭雲沈默片刻，突然轉過身來，眼眸清澈，滿臉俱是高傲，脆聲說道：「諸位朋友，我白牡丹在此宣布，願意無條件放棄玉容閣，拱手相讓與眾位姊妹。所有玉容閣的資產和進帳，幽素分得十成，剩餘的，每位姊妹分一成。今後遇到任何事情，幽素先作主，若有人覺得幽素處理不妥，再一致採取投票的方式共同決定。」

此話一出，人群中譁然一片。同行人怎麼也沒想到，她竟然會為了玉容閣的舞娘做出這麼大的犧牲。從她的身上，她們似乎明白了，什麼叫做相互尊重，相依為命，難怪玉容閣的舞娘怎麼撬都撬不走。

「牡丹！」玉容閣的人痛呼。

蕭雲看了看幽素，鄭重地拜託道：「玉容閣，以後就交給妳了。」

「牡丹？」幽素擔憂地看著蕭雲，搖了搖頭。

蕭雲的目光緩緩從眾人臉上一一轉過，看到洛子煦時，眼神冷如冰水刺骨，嘴邊一朵恍惚的微笑，眉間一縷傲然，像山巔上的花獨自迎風綻放，她陡然生起一種慷慨就義的悲壯感。

這半年多來，別人眼中的她彷彿天賦異稟，輕而易舉地成就了今日的輝煌。誰能知道，她勤習舞蹈十七年，雙腿殘廢以後便坐在輪椅上，如今想要重新練出柔軟的身體，重拾信心，她在別人休息的時候付出了多少的汗水和努力，只有她自己知道。

舞蹈是她在這個世界的精神支柱，玉容閣是她的精神寄託，放棄這一切，她比誰都痛苦。但是她更不忍心看著自己的辛苦付之東流，不想讓眾姊妹受牽連，沒有去處，她只能選擇放下這一切。

「天下無不散的宴席，玉容閣以後就交給大家了。沒有我在，妳們可不要鬆懈偷懶，荒廢舞藝，知道嗎？」蕭雲佯裝無所謂地說道：「我終於可以退休了。」

「牡丹？」眾人不捨地惋惜道。

蕭雲決然說道：「從此，再無『白牡丹』此人。」

說完，她走到洛子煦面前，低眉順眼地用只有他們兩人的聲音說道：「王爺針對的只是我一個人，如今我和玉容閣已經沒有關係了，王爺是否可以放了玉容閣一馬？」

洛子煦一雙眼中閃著複雜的光，負手站立，臉轉向旁邊，大聲說道：「你們今晚給本王守好了玉容閣，若等不到此人，明早撤兵，派人再去別處搜搜，出個告示，一定要給本王抓住這個刺客。」

在她的身分還沒有被認出來之前將她帶回去，就不會有人議論他的側妃淪落煙花之地，他的顏面總算可以保住了。

蕭雲最後瞥了玉容閣一眼，收回視線，將不捨全部拋向身後，頭也不回地走了。

幽素上前一步，想去拉她，洛子煦厲眸一掃，用眼神嚇住了所有人。

「你們給本王看好了，有任何動靜，立刻彙報本王。」洛子煦冷然吩咐下去。

「是！」

洛子煦勾起唇角，露出邪魅的笑意。

蕭雲落寞地在大街上遊蕩，陽光照耀著她孤單的身影，路上的過客行色匆忙，好似家中有人在期盼著他們的歸來。她漸漸停下腳步，羨慕地注視著這些歸客，心裡默默問著自己，何時才能駐足下來，不再漂泊？

「側妃！」

停駐許久，一個熟悉的聲音怯生生地從蕭雲背後響起，蕭雲渾身一怔，回身看去，不禁喜道：「秀兒？」

「側妃！」秀兒過去，一把抱住蕭雲的胳膊，親切地喚道。

她的身後站著景兒。她不像秀兒那樣高興，臉上甚至帶著濃濃的埋怨。

主子不受寵，下人的日子肯定也不好過。

「這半年多，妳受苦了。」蕭雲抱歉地看著秀兒晦澀黯淡的臉容，想著她一定吃了不少苦頭，心裡非常慚愧。她這半年多來一直忙著自己的事情，都不曾想過要去找秀兒。秀兒和其母一直伺候謝容雪母女，兩人娘親相繼過世後，她們也成了彼此唯一的親人，相依為命多年，秀兒對謝容雪的意義實在太重大了，她卻丟下了她……

蕭雲再次抱歉道：「對不起。」

秀兒搖搖頭，哭道：「秀兒不苦，受苦的是側妃。奴婢沒想到，王爺會把妳休了，妳這半年多，可是怎麼熬的呀？」

「秀兒，妳夠了，別在大街上哭哭啼啼的，像什麼話？側妃，請上馬車，我們還要回去向王爺覆命呢。」景兒不滿地催促道。

「對對對，我們快回去吧！回去遲了，王爺要是怪罪側妃就糟了！」秀兒急忙擦擦眼淚，推著蕭雲上馬車。

蕭雲掃了眼她們身後，一個面無表情的車夫拉著一輛普普通通的馬車，若不是秀兒她們，她都不知道是變態王派人來接她的。任何王孫府邸裡的馬車，都帶有標誌，看來變態王是想把她送到哪個單獨的宅院裡偷養著。

既想她回頭，又不想讓別人知道，可悲的自尊心！

以為斷了她前進的路，就會回頭來屈服於他？

蕭雲轉了轉眼眸，計上心來，對景兒招招手，指著馬車說道：「景兒，妳先上去。」景兒不以為意，以為是讓她先上去，再拉著她們上去。

車夫見景兒上去了，自己也坐上車，準備出發。

「景兒，麻煩妳回去告訴煦王爺，我死也不會回去的。也請他放心，我會永遠地離開洛京，以後若在他鄉不小心撞上了，我能躲多遠就躲多遠，就請他高抬貴手，放我一馬！」說完，蕭雲抽出自己頭髮上的簪子，咬牙對著馬兒狠心一扎，馬兒猝不及防地受了刺激，痛得長嘶一聲，揚起蹄子狂奔遠去。

「側妃……」秀兒不解地望著蕭雲。

「走！」蕭雲拉著秀兒的手臂，向市集走去。路上，一邊走一邊解釋道：「我們去雇輛馬車，離開這裡。」

秀兒問道：「為什麼要離開呀？側妃，妳不是熬出頭了嗎？王爺派人接妳回去，這不是很好嗎？」

「他是看見我離開他以後過得比以前好，傷了他的自尊心。」

「女人家被休了，哪還能過得好？王爺念著妳在外受苦受累，終是不捨啊，畢竟一日夫妻百日恩，妳回去以後，好好哄哄王爺，側妃之位永遠是妳的。」

蕭雲指著自己，好笑道：「我還哄他？秀兒妳別傻了，我們趕緊走吧！趕著天黑前到下一個城鎮投宿。」

秀兒不走，苦口婆心地勸蕭雲回去。蕭雲知道秀兒理解不了她的現代思想，說再多也是枉然，乾脆從身上掏出一百兩銀票遞給她，道：「既然道不同，那就不相為謀，以後我們各走各的。這錢給妳，妳愛怎麼花便怎麼花，當是謝容雪還了妳這十幾年的照顧之情。」

「側妃！」秀兒又哭了，死死拽著蕭雲的手臂。

蕭雲深吸一口氣，認真地看著秀兒，故意把話說重。「秀兒，我為什麼要聽妳的？我要過我自己想過的日子，我不想聽任何人的。妳有妳的選擇，我也有，妳不想和我一起走，別連累我，好嗎？」

秀兒怔了。她連累側妃？

蕭雲甩開了秀兒的手，獨自走了。

「妳要去哪兒呀？側妃。」秀兒連忙跟上去。

「要麼別跟著我，要麼別再叫我什麼妃，叫我公子。」蕭雲擺出姿態，用氣勢壓住秀兒，讓她不敢再囉嗦。

沒辦法，秀兒比謝容雪大兩歲，自從謝容雪的母親過世後，她的所有事情都是秀兒幫她拿主意，秀兒也習慣了被謝容雪依靠。蕭雲知道，秀兒是為了她好，可是，她現在已經不是那個逆來順受的謝容雪了。

只有她在秀兒面前強勢起來，才可以扭轉誰來作主的局面。

果然，秀兒跟著蕭雲進了成衣鋪，換了男裝，又買了乾糧，再去市集租馬車，從頭至尾，秀兒都沒說上一句話，蕭雲把一切處理得非常妥當。天黑前，她們已經出了洛京城，一路南下。

煦王府裡，洛子煦聽著蕭雲要景兒轉告的話，氣得將茶盞摔到了地上。

好、好！死也不回王府，是嗎？他已經退讓一步，她居然得寸進尺！以為他會窮追不捨嗎？

哼，他的驕傲不允許！

如果洛子煦能早些預料到後來的事，不知此時他會不會改變主意，先放下自尊，去追蕭雲？

可惜，有些事情，預料不到，也後悔不了。

一個月後，蕭雲在一路顛簸、暈車、嘔吐的折騰下，終於到達了洛國第二大城市——臨南。這裡的經濟繁榮程度僅次於洛京，最重要的是冬天溫暖。

蕭雲原本打算去洛國最南端的永州，可是她的身體實在受不了了，從這裡到永州還得馬不停蹄地走一個月呢！估計不用到永州，她的骨頭就全散了。

一進臨南，蕭雲就感覺渾身舒服，也不想吐了。再進城區裡看看，街道上小商小販成群，過往行人絡繹不絕，穿著也比洛京開放許多，客棧、醫館等等基本的設施都有。

「秀兒，我決定留下了。」蕭雲立刻說道。

秀兒笑著點頭。「聽公子的。」

一路上，蕭雲抓緊清醒的時間，給秀兒灌輸思想，秀兒也見識到蕭雲處理事情的俐落，感覺出她這半年多來巨大的變化，比起在王府裡受人打罵，動輒因為這樣那樣的規矩受罰，外面自由自在的生活確實令人舒適寬心，秀兒便慢慢接受了事實，不再勸蕭雲回去。

打發走車夫，蕭雲找家客棧，先好好吃一頓、睡一覺。

第二天，她帶上秀兒，兩人在街上四處遊蕩，先熟悉這裡的環境。摸熟了之後，兩人開始走街串巷，查看哪裡的宅子位置好、要出售的，一個個記下，再比對比對，準備定居於此。

與此同時，邊關告捷的消息傳了回來，皇上龍顏一悅，大赦全國，所有人都在歡慶，畢竟打敗的是一直比洛國強大的國家，那種身為洛國人的驕傲，蕭雲切切實實地從秀兒的語氣裡感受到了。

第八章

「可惜，臨南隔這麼遠，不能見到趙王爺真容了。」秀兒惋惜道。

趙長輕投軍這麼多年，作風一直低調，從不張揚，很少有百姓見到他的廬山真面目。這次凱旋大軍回朝，趙長輕必定要親率眾位將士，騎馬慢行進城，洛京城裡的所有百姓肯定會夾道歡迎。要是她們在洛京，說不定也能見上呢！

「要不送妳回去見見？」蕭雲揶揄道。

「不了不了。」秀兒不好意思地擺擺手，自我解嘲道：「就算我們站到趙王爺面前，估計趙王爺也不會看我們一眼。」

蕭雲挾一塊排骨到秀兒碗裡，說道：「就是，不會有任何交集的人，見來幹麼？還不如一塊排骨實在呢！」

要說這場勝仗是舉國人民的殷切期盼，那麼三軍之首趙長輕就是這場戰爭的最大獲利者。他年紀輕輕，便被洛帝封為外姓王爺，成了全國人心目中的大英雄，可謂名利雙收。當然，也是實至名歸。他出身貴族，卻能在軍營那麼艱苦的地方生活多年，絲毫沒有貴族子弟的驕縱之氣，他今天得到的，全都是他努力的成果。

不過，他還是幸運的，因為不是每個人付出了辛苦，最終都能得到相應的回報。

蕭雲失落地嘆了一口氣。「唉！」

她付出了那麼多的汗水，最後只得到了她還沒來得及存進錢莊的一千兩，買了宅子就不剩什麼了，以後幹什麼呢？

現在舉國歡慶，娛樂行業成了熱門，百姓最需要的就是用來閒聊的偶像，她遠隔千里之外都能偶爾聽到有人提起洛京的玉容閣，如果她還在，那大家現在談論最多的除了趙王爺以外，就應該是她一手策劃的六月坊樂隊了。

蕭雲惋惜死了，但又不敢再開歌舞坊，免得把變態王再招來。

「公子，我還是覺得張公子家的宅子最好，有點像我們在統領府住的院子。」秀兒邊吃邊說道。

「是嗎？」蕭雲回想一下，的確是有點像，尤其是那棵枇杷樹。地理位置也不錯，價格更是優惠得沒話說，可是想起賣宅子那個人，蕭雲有點猶豫。「我總覺著那個人有點賊眉鼠眼的。」

「公子，妳還說我以貌取人。張公子長得的確醜了點，可是，身體髮膚受之父母，這也不能怪他呀！」秀兒同情地道。在外沒規矩束縛，秀兒的性子也學著蕭雲大膽起來，說話無所顧忌，想說什麼就說什麼。

蕭雲瞋了她一眼。「好了好了，長得醜不是他的錯，就買他的宅子吧！趕緊吃，吃完我們就去定下。」

宅子順利地買下了，蕭雲挑了一間面朝南的屋子做自己的臥室，然後宅在屋子裡整理起居家用品。

屋子弄好了，蕭雲開始收拾院子。她和秀兒兩人買了很多花種回來，在院子裡弄了個小花圃。臨南這麼好的天氣，不種花太可惜了。

忙裡忙外，一共用了三個月時間，蕭宅終於有點符合了蕭雲對家的規劃。

「公子，我回來了。」秀兒買了菜回來，一進門就看到蕭雲拿著鋤頭在擺弄那些花花草草。每天上午買菜回來，秀兒都會看到蕭雲這樣，像男人一樣束著一個髮髻，穿著寬鬆大袍子，捲著袖子，臉上無半分妝容，不叫她「公子」都對不起這身打扮，秀兒也懶得說她了，浪費那口水，還不如八卦一下去市集買菜的時候聽到的那些東家長西家短呢！

「公子，妳猜我今天聽到什麼消息？」

蕭雲笑了笑，懶洋洋地說道：「又是哪家的雞偷吃了哪家的糧食？還是哪家的小姐又嫁了哪個醜八怪啊？」

「都不是，今天這個不一樣，是關於趙王爺的。」秀兒一臉緊張地說道。

「他怎麼了？」一想起那張俊逸非凡的臉容，蕭雲就有點走神。實在太帥了！驀地，她想起一件事。「喔，我知道了，他要大婚了是不是？唉，這可要碎了多少少女心呀！」然後誇張地捂住自己的心口，假裝很傷心的樣子，道：「我這顆心也碎得跟餃子似的，秀兒，快做點好吃的，給我補補。」

「我不行了，我的心也碎了，估計全洛國的男女老少心都碎了，補不回來了。」秀兒表情蔫蔫的。

蕭雲失笑。「唉唷，妳比我誇張，還男女老少？」

秀兒解釋道：「要是趙王爺大婚，即使有女子難過，心裡也是為他高興的，可他是要廢了兩條腿啊。」

蕭雲臉上的笑容一僵，訝然道：「妳說什麼？」

「據說是班師回朝的時候就傷了。前段時間，不是有皇榜昭告天下要重金懸賞世外高人嗎？好像有很多人揭榜，可是沒有一個人能治。大家都在傳，趙王爺的雙腿恐怕是治不了了。唉，定是那幫御國人戰場上輸了不甘心，背後放暗箭。太可惡了！打不過我們洛國，就背地裡使壞，小人！比二夫人她們還壞！」秀兒痛聲咒罵道。

蕭雲低眉轉動雙眸，片刻，她丟下手裡的鋤頭，跑進屋裡。

很快，她拿著一個簡單的包袱從屋裡出來，遞給秀兒一包銀子，交代道：「我要出遠門辦點事，大概要幾個月時間，如果妳有什麼事，可以讓人寫信給洛京的玉容閣，知道嗎？」

「怎麼突然一下子要走？要去哪兒？我跟妳一起去，路上有個人好照應。」秀兒抓住蕭雲的手，急道。

「妳要是也走了，家裡誰看門？賊來了怎麼辦？安心在家待著，我辦完事就回來了。這些錢夠妳用一年半載的，要是遇上什麼身世可憐、賣身葬親的，花錢買回來，看看門也好。知道嗎？」蕭雲拍拍秀兒的手背，讓她放心。

「那妳把這些錢帶上。在外辦事哪能少得了錢？妳上次給我的，再用個一年半載也夠。」秀兒將錢袋子塞回蕭雲手裡。

蕭雲瞪眼說道：「我身上帶著盤纏了，夠用。帶那麼多錢，被偷了怎麼辦？收在家裡安全。」

「那……那妳萬事小心。」秀兒不捨地將蕭雲送到門外，囑咐道。

蕭雲衝她擺擺手，示意她趕緊回去。她真的不能帶上她，一來她的確幫不上什麼忙，二來，真正的謝容雪根本不會治療腿疾，可是她會。

她痛失雙腿兩年，試遍了所有的治療方法，找盡了所有聽說過的偏方，雖然最後還是沒能站起來，但是對於一般的腿部疾病，她都能夠治療。

在她出車禍那段時間裡，有個醫生朋友始終不離不棄地陪伴在她身邊，鼓勵她支持她。這位朋友後來得了絕症去世了，臨終前她答應過這位朋友，將來遇到同樣遭遇的人，她一定會伸出援手，救助對方。

所以趙王爺的雙腿出事，她不能袖手旁觀。

到了市集租馬車的地方，蕭雲看到馬車，竟然自動頭暈起來，有種想吐的感覺。她難受地捂住眼睛，念叨著：「條件反射、條件反射。」

深吸幾口氣後，她硬著頭皮摸索過去，跟車夫談價錢。

為了還恩，她也是滿拚的。

進了洛京後，蕭雲迅速跳下馬車，找著一棵樹扶住，把忍了一路的苦水一下子全都吐出來。

終於舒服點了，她又立刻上車，吩咐車夫直奔太學府。兩個車夫經常來洛京，對洛京的宅邸很熟悉，他們很快便將蕭雲送到了太學府門口。

太學府門口有四個守衛，蕭雲一下車，他們便緊盯著她。

蕭雲跟車夫結了帳，然後上前幾步，拱手說道：「你們好，在下有事求見趙王爺，煩勞通報一聲。」

「你是何人？可有拜帖？」幾個守衛見蕭雲面生，態度十分嚴謹。

「拜帖？」蕭雲愣了一下，好言說道：「在下有治療腿疾的方法，須及時見到王爺，來不及下拜帖，還請幾位大哥通融一下。」

守衛警戒地盯著蕭雲。自從趙王爺雙腿患疾，太學府便陸陸續續來了許多江湖上的人，他們來時一副高傲自大的樣子，結果卻都無功而返。太學大人和公主不勝其煩，生氣地對他們這些門衛發話，以後查清楚了再通報，別又讓他們白高興一場。幾人瞧蕭雲年紀輕輕的，估計本事也高強不到哪兒去，便非常不屑地說道：「又是個圖功的江湖郎中！走走走！」

「你們……」蕭雲愕然，轉念一想，趙王爺是個名人，如果能治好他的腿，必會名利雙收，所以上門自薦的大夫肯定很多，可至今為止還沒有人治好趙王爺，他們恐怕已經不抱希望了。

要怎樣才能見到趙王爺呢？蕭雲轉身思考，不經意瞥見不遠處有個正在撓癢的叫花子，不禁靈眸一轉，計上心來。

她拔腿跑去買兩個肉包子回來，放到叫花子的眼下，叫花子的視線立刻被香噴噴的包子誘惑了過去。

蕭雲笑道：「你能不能告訴我，太學府的家主一般會在什麼時候出入？」

叫花子好奇問道：「你打聽這些幹麼？」

「我家有祖傳的治腿妙方，可門口的守衛以為我是騙子，不放行也不通報。」

叫花子上下打量了眼前的小少年一眼，質疑道：「聽說宮裡的太醫都沒轍，你這麼小，誰信？」

蕭雲懇切道：「其實我也不能完全肯定能治好趙王爺，但是有希望就得試一試，反正現在也沒別的辦法，不是嗎？」

叫花子覺得她言之有理，便將自己看到的告訴了她。「我告訴你啊，趙王爺他不在太學府裡，很早以前就在夜裡頭悄悄走了。」

「不會吧？」蕭雲黯然。為他千里迢迢地趕來，他不會不在洛京吧？

「我猜啊，他十有八九是住到自己的府邸去了。」叫花子咬著肉包子含糊說道。

「趙王府？」蕭雲一怔，驟然明白了趙王爺的用意。他肯定是不想家人看見自己現在的樣子，為他擔憂、難過，所以搬到了外面去住，和她當年的心情一樣。

輾轉來到趙王府邸，只見氣派的樟木匾額上寫著三個蒼勁有力的燙金大字：趙王府。

趙王府外有重兵把守，由於趙王爺受了暗襲，王府的人草木皆兵，百姓們根本不敢從趙王府門前經過。

蕭雲還沒走近，最外面的兩個士兵便舉起手臂，揮出明晃晃的大刀指著她，厲聲喝道：「來者何人？」

蕭雲望著鋒利的刀尖，緊張地嚥了口水。這次她學聰明了，說道：「我是趙王爺的舊識，聽聞他受了傷，特意從外鄉趕來探訪，因急著趕路，忘了提前送拜帖了，麻煩大哥通傳一聲。」

以前一起參加過太子的宴會，也算得上是舊識吧？

侍衛擰起眉頭，上門沒有拜帖不說，還兩手空空的，這算哪門子探訪？於是自作主張地拒絕。「王爺今日有貴客，還請公子按規矩行事，先遞了帖子，改日再來拜訪。」

蕭雲氣惱。他們好大的本事，竟也不問問趙王爺就直接將她拒之門外，好好說不聽，非要她拿出架子來是吧？蕭雲高聲道：「我是帶著祖傳秘方來探病的，若誤了時間，誤了王爺的治療，你們負責嗎？」

侍衛們相互看了看。

蕭雲將他們的猶豫盡收眼底，繼續說道：「我知道你們作不了主，所以，還是去請個能作主的出來見我吧！」

思考了片刻，其中一個侍衛對最後面的那個說道：「你去稟告沈風大人，讓他親自來審查。」

「是。」那人領命而去。

須臾，一個手握長劍的男人走了出來，蕭雲定睛一看，正是太子宴會那天，與趙王爺一起來的那人。

眾人低頭躬身，齊聲恭敬地喚道：「沈風大人。」

沈風揮揮手，算作應答，然後厲目掃向蕭雲。這個唇紅齒白的小少年瞧著的確有些眼熟，但他想不起何時見過，所以拱手問道：「請問公子貴姓？」

蕭雲低下眉，含糊其辭。「王爺見到我，自然會認出我來。」

沈風低眸思忖，自己一直跟隨在王爺身邊，若是王爺的舊識，自己必然認識；若只是交情淺薄的點頭之交，誰知道他有沒有被刺客收買呢？沈風不由得盤問道：「公子是從外地趕來的嗎？聽著口音，倒像是洛京人士。」

「我是何方人士不重要，重要的是，我家中有祖傳的奇方，專治人腿疾，還請沈風大人帶我去見王爺。」

沈風捕捉到一絲奇怪之處。「王爺若有能治腿疾的舊識，早去請了，你究竟是何人？為何不敢報上姓名？」

蕭雲換上笑臉，和善地說道：「趙王爺貴人事忙，我與他有一年沒見，光聽名字他未必想得起來。反正現在還沒人能治好王爺，不妨讓我試試，死馬當活馬醫嘛！」

只聽「咻」一聲，沈風手中泛著冷光的長劍已然出鞘，不偏不倚抵在了蕭雲的脖子上。

蕭雲兩眼陡然瞪大，大氣不敢出。

「什麼叫做死馬當活馬醫？」沈風殺氣騰騰地拿劍指著蕭雲，冷冷地說道：「再敢如此詆毀王爺，小心我要了你的命。」

蕭雲氣不打一處來。要知道她能站到這個門口，需要犧牲多少、付出多少嗎？居然還不……算了！「就當我不知道好了。再見。」

「站住，你以為趙王府是什麼地方？」沈風卻不想就這麼算了。

蕭雲轉身白了他一眼，儘量心平氣和地說道：「這位公子，我很認真負責地告訴你，我手裡有治療腿疾的好方子，不過要等見過趙王爺的腿，才能確定能否治好。我這麼做只是為了報恩，信不信隨便你。」

「報誰的恩？」

「這個就與你無關了。我理解你的顧慮，但是也請你理解一下我沒有任何加害趙王爺的理由。」

沈風想了想，將劍收回了鞘中，轉身往回走。他冷聲警告道：「姑且讓你一試。別怪我沒提醒你，若讓我發現你對王爺有不軌之心，我讓你死無葬身之地！」

蕭雲朝天翻白眼，跟了上去。路上，她心裡琢磨著，趙王爺是個殺退千軍萬馬的軍人，脾氣是不是也很暴虐無常？為了報恩，不會把她的小命也給賠進去吧？

在沈風的帶領下走了約一刻鐘，蕭雲遠遠瞧見一棵花滿枝頭的梨樹下面靜靜地坐著一個人，一陣微風拂過，白色的花瓣緩緩飄落，他仰起頭，憂鬱的眸子淡淡欣賞著落花繽紛之景。

依舊是隨風披散的濃墨長髮，英挺的鼻梁，彷彿千年不變的冰山臉，只是臉部線條較之一年前所見的更顯凜冽一些，黑色絲綢外袍加身，恍若漫畫中的天神一般遙不可及。

只是側臉，便足以驚豔了流年。

「王爺，」沈風低聲輕喚道。「人帶來了。」

趙長輕抬起手臂落在兩邊，微微觸碰了一下，啟動了旋轉機關，輪子自動地轉向他們這邊。

蕭雲不由得暗讚，好厲害，好像沒花一點力氣便讓輪椅隨意轉動了，他在哪裡找到的能工巧匠？洛國有名的巧手師傅她都找遍了，也沒能做出一把令她滿意的小提琴來，待會兒有機會，一定要跟他打聽打聽。

趙長輕幽深的黑眸睨向蕭雲，辨認出她時，眼中泛起一絲驚愕，隨即被深思掩埋。怎麼會是她？她會醫術？

心有疑慮，出口的卻是客套的寒暄。「原來是謝夫人，失禮了。」

這下換蕭雲驚愕了。他們一年前見過一次而已，況且她後來身體發育了不少，個子長高五官也長開了，現在還穿著男裝，他居然能認出她來？「王爺還記得我？」

趙長輕淡然道：「妳不是自稱我的舊識嗎？禮貌上，我該問候一下。」

「呵呵，王爺不愧是王爺，真是有涵養。」蕭雲乾乾地笑了笑。「不過以後，還是叫我蕭雲吧！」

「牡丹——」一旁的迴廊上突然走來一個人，他驚呼一聲，疾步走到蕭雲面前，上下掃了她幾眼，語氣急切道：「這半年妳去哪兒了？我到處尋不到妳，妳怎麼這身打扮？」

第九章

蕭雲意外地笑了笑，打招呼道：「嗨，好久不見。沒想到會在這裡碰上。」

太子略帶自責的語氣說道：「是啊，我和小侯爺聽說是子煦鬧得妳離開，還以為妳回煦王府了。可是聽說妳好像沒有回去，怎麼會出現在這裡？」

聽太子這麼一說，沈風猛然認出蕭雲。她不就是一年前在太子宴上，被煦王當眾休掉的謝側妃嗎？

還說什麼與王爺一年沒見，根本就是一年前只見過王爺一次而已！

蕭雲客套地答道：「這個，說來話長……」

「妳這一走，玉容閣便少了許多新鮮的歌舞，現在可不比以前熱鬧了。」太子有點惋惜地道。

「兩位要不要坐下來慢慢敘舊？這麼站著倒顯得我趙某人招待不周了。」趙長輕吩咐下人去沏茶。

太子呵呵一笑，自己隨意坐下後，指著石凳子對蕭雲說道：「牡丹也坐。」

「這個世界上，早已沒有『白牡丹』此人，請各位以後叫我『蕭雲』，謝謝。」蕭雲不慌不忙地正色道：「我手中有治療腿疾的方子，聽說趙王爺遭人暗算，失了雙腿，所以專程前來看看能否幫上忙。」

趙長輕和太子疑惑地對視了一眼，太子輕斥道：「牡丹，妳可不要胡來，不論是宮中的御醫，還是江湖上頗有盛名的神醫，均是束手無策。」

「妳的方子是何人給的？」趙長輕深深地凝視著蕭雲，問道。

太子擋在趙長輕面前，說道：「長輕，她可能受了有心之人的蠱惑，分不清事情輕重，我這就帶她離開。」

沈風當機立斷，一把抓住蕭雲的手腕，殺意濃烈。「有心加害王爺之人，我絕不讓她輕易逃脫！」

「喂！」蕭雲不悅地甩開手，打斷了他們的自以為是。「你們對我知之甚少，卻認定我是那種愚蠢到好壞不分的人，會不會太武斷了？我看你們才像是好歹不分的人。」

「牡丹，」太子蹙眉，好心提醒道：「此事非同小可。」

「誰是牡丹？我叫蕭雲！還有，我跟你真的不、熟！」蕭雲不客氣地指著他，正色道。

太子俊逸的臉上現出一抹尷尬。還是第一次有人敢這麼跟他說話。

蕭雲扭頭看向趙長輕，蹲下身體，平視著他，眼中閃過挑釁、鄙視和激勵，道：「我不敢誇下海口一定能治好王爺的腿，但是一個馳騁沙場的大將軍，泰山崩於前而面不改色，如今這般畏首畏尾，傳出去，不怕被御國那幫手下敗將笑話嗎？王爺是不是應該但凡有點希望，就試一試呢？」

趙長輕深若幽潭的眸子直直望著蕭雲。身為三軍之首，不論是以前還是現在，沒有人敢與他對視，更別提是如此近的距離。

她的眼眸清澈見底，深處泛著堅毅的光彩，坦然地盯著他，似乎透過他的眼睛，向病魔宣戰。這麼豁然，就彷彿親身經歷過那種尊嚴盡毀的日子。

趙長輕不禁回想起初次見面時，她面對亂馬揚蹄時超乎常人的鎮定。

對，她當時不是嚇得腿軟了，他從她平靜無波的眼神中看得出來，她很鎮定，鎮定到淡漠一切。

在她的骨子裡，好像有一股永遠不會屈服的正氣，不管面對什麼，都能夠泰然自若。

趙長輕眼底劃過一抹讚賞之色。

兩人對視良久，久到讓蕭雲以為趙王爺是激動得說不出話了，誰知——

趙長輕微白的唇緩緩吐出四個字。「口才不錯。」

蕭雲一個趔趄，險些跌倒。大哥，我是在跟你說下半身的尊嚴問題，你能不能別這麼淡定？

「說得我躍躍欲試。」趙長輕又不緊不慢地加了一句。

蕭雲巨汗。他一臉無所謂，哪像是躍躍欲試？

沈風冷不防說道：「從未聽妳長兄提過，他家中有妹子會醫術。」

長兄？蕭雲愣了一下，隨即訕訕一笑，差點忘了她還有一個大哥。

「是嗎？」她十分自然地說道：「我跟他不是很熟，他擅長什麼不擅長什麼，我也不知道。還有，我現在跟謝家已經沒有關係了，在這個世界上，我無父無母，無兄弟姊妹。」

好絕情的女子！

「趙王爺，不介意讓我看看你的腿吧？」說著，蕭雲已經伸手掀起趙長輕的衣服下襬。

沈風神情一緊，手握上劍柄，進入備戰狀態，只要蕭雲行為有所異常，他便馬上出劍要了她的命。

太子擰緊劍眉，緊張地觀望著。

蕭雲聚精會神地探索著趙長輕的雙腿肌肉，不時問道：「這兒疼嗎？這有什麼感覺？」她白皙的小手每每摸上趙長輕的大腿時，背後的沈風和太子就深深倒抽一口氣，當事人倒是一副淡然。

試了一會兒，趙長輕一直回答沒有感覺，蕭雲不禁面色凝重起來。他的肌肉萎縮僵硬，神經系統麻痺，情況不大樂觀。

直到蕭雲摸到一個關鍵位置，猛地用力一捏。

趙長輕終於吃痛，微哼了一聲。

蕭雲大鬆一口氣，繼續詢問道：「你的左腿肯定傷到骨頭了，當時有沒有用東西固定？」

趙長輕點點頭，對她的醫術多了幾分認可。「當時用木板綁在兩側，三個月後方才取下。」

「右腿呢？」

「右腿被毒蛇咬了，雖然及時清了毒，但是無法行走。」

蕭雲神情嚴肅地問道：「我只聽說王爺是遭人暗殺，以致腿傷，具體是什麼情況，我並不清楚，還麻煩你將受傷的細節，和受傷之後全身的感覺告訴我，我好斷症。」

趙長輕眼神飄向遠處，慢聲道來。「當時我率領親衛快馬回洛京，途中突然感到右腿腳踝處有些麻木，因為當時感覺不大，所以沒有在意。行了約三里路，那種麻木感瞬間襲遍了全身，我從馬背上摔了下來，正巧那時有刺客劫殺我們，慌亂中，我的馬兒受了驚，踐踩到我的左腿。等到打退刺客時，隨行的大夫及時為我診斷，發現我被一種很小的毒蛇咬到了，好在清毒及時，我尚且保住了性命。」

蕭雲擰眉道：「很有可能餘毒進了骨髓，沒有清除乾淨。」

沈風喜上眉梢。她說的和大夫白錄說的一模一樣，是不是說明她真的有辦法治好王爺的腿？

趙長輕平靜說道：「確實如此。不過，回洛京後我的大夫便開始為我尋覓蛇毒的配方，如今蛇毒已清除了，但我的腿，仍舊毫無知覺。」

蕭雲皺眉思忖了片刻，抱著最後一絲希望試著問道：「王爺受傷之後，是否一直坐著，不曾活動過？」

趙長輕淡淡點了點頭，反問道：「莫非受了傷，不該靜坐休養？而是要繼續奔波勞累？」

蕭雲釋然一笑，沒有回答他，繼續問道：「那平時有做針灸、按摩這些嗎？」

趙長輕蹙眉，疑惑地搖了搖頭，說道：「不曾做過，只隔三差五會用藥汁浸泡雙腿半個時辰。」

「那就太好了！」蕭雲高興道。機器長久不用也會生鏽，況且是人呢？他這麼久不活動，也不針灸、按摩，肌肉僵硬麻痺是正常的。不用照X光，蕭雲都可以肯定他的腿還有救。她在復健中心見過比他這種情況糟糕好幾倍的人，透過科學的物理治療之後，都能夠恢復正常行走，他完全沒有問題。

沈風臉色一沈，太子神情緊繃。

趙長輕默然看著她，耐心等待著她把話說完。

「趙王爺，我現在可以肯定告訴你，只要按照我說的方法去做，不出半年時間，你便可以自由行走了。」

以她在復健中心積累的豐富經驗，完全有信心幫助他恢復行走能力。蕭雲臉上光彩熠熠，能夠帶給別人希望，自己也會特別開心。這就是傳遞正能量的最大益處。

沈風驚喜地大呼。「王爺的腿還有救？」

「牡丹，妳說真的嗎？」太子大為驚喜，一時忘了之前的尷尬。

蕭雲不滿地瞟了他一下，看著趙長輕繼續說道：「其實你受的傷並不十分嚴重，只不過受傷之後一直沒有活動，耽誤了最佳的復健時間，所以我保守估計要半年之久。其實恢復情況好的話，很可能兩、三個月就能正常走路了。」

趙長輕臉上未露喜色，語氣平淡地吩咐道：「沈風，去將白錄喚來。」

沈風笑容一僵，立刻恢復嚴謹。「是。」

「白錄是個醫術高明的大夫，一直跟隨在長輕身邊。」太子好心提醒道。

蕭雲瞥了太子一眼，淡淡說了聲「謝謝」。太子的胸襟果真寬廣，她對他的態度那麼惡劣，他還保持著和顏悅色，自愧不如啊！

「王爺。」半晌，一個中等個子、頭髮黑白相間的男子隨著沈風過來。他五官挺拔，尤其是一雙眼睛炯炯有神，恍若透著隱世高人的氣質。單看外表，看不出他像神醫，但是縷縷白髮給他的年齡增添了幾分神秘。

他拱手對著太子微微垂首道：「太子殿下。」

「這位是蕭雲大夫。」趙長輕用眼神虛睨了蕭雲一眼，簡單介紹道：「她說我的腿半年內能恢復如常。」

蕭雲禮貌地對他笑了笑，打了聲招呼。「你好，叫我蕭雲就可以了。」

幾人微感訝異，頭一回見到這麼跟人打招呼的。

蕭雲無奈地笑了笑。她已經入鄉隨俗很多了，換作初來乍到時，她還會跟他握手以示友好呢！

白錄拱手，做好自己的禮數。「蕭姑娘有禮了，在下白錄，蕭姑娘若不甚在意，可直呼在下姓名。」

蕭雲眼睛清亮，臉上帶著笑。他這是在教她正確的打招呼方式嗎？蕭雲有心試探一下這個人到底迂不迂腐，便道：「聽說出了閣的女子不能喚作姑娘，我雖然現在是單身，但畢竟成過一次婚。」

白錄驚訝地睜了睜眼，上下掃視了蕭雲一遍，她身影俏麗如少女般玲瓏，狡黠的笑容略顯純真，臉容明媚動人，不見一絲晦暗，怎麼看也不像是成過婚的婦人，更不像無顏見光的棄婦。

不過，這些跟他有什麼關係呢？白錄很快恢復正常，自然地改了口，問起自己關心的問題。「請問蕭大夫師從何處？以蕭大夫的年齡，出師了嗎？」

蕭雲低眉，看在他沒有和別人一樣，一聽到她是棄婦就馬上滿臉鄙夷不屑的分上，就不跟他調侃了。她直接說道：「我的治腿良方確實是經過別人指點，不過那個人一直隱於世外，名不見經傳，說了你也不認識。我想還是儘快給王爺治腿要緊。」

「也好，蕭大夫不介意將良方說出來讓在下學習一下吧？」白錄興致盎然道。他對醫術的興趣比對任何事的興趣都大，他倒要看看，誰能治好他白錄治不好的病。

「當然不介意了，好東西要拿出來和大家一起分享嘛！只希望以後白大夫遇到需要幫助的人時，可以伸出援手。」

幾人聞言深感意外，沒想到她會這麼爽快就答應了。很多高手的本領都藏著掖著，生怕別人學了去，最後弄得自己沒飯吃，她居然大方公諸於世，還勸別人將善行傳遞下去。

「可以給我紙筆嗎？」蕭雲轉頭看了看周圍，道：「最好是能搬一張大桌子來。」

「不如到書房詳談吧！」趙長輕馬上明白她的意思，便提議道。

蕭雲欣賞地瞄他一眼。聰明！

幾人一同來到書房。

趙王府的書房很大，約莫可以容納二、三十人。門一開，便讓人感覺明亮且安靜，所有東西擺放得井井有條，最惹眼的是書桌後面立著一整面牆的書櫃，上面塞滿了書本，中間有一層擺了木雕飾物，他的書桌前也擺了幾件木雕，顯得很雅致。

他不是將軍嗎？這些書是裝樣子的吧？

「請坐吧。」趙長輕指了指書桌，對蕭雲說道。

蕭雲不客氣地走過去坐下，捲起袖子準備磨墨，白錄跟過去，奪走她手中的硯臺，道：「不妨由在下來為蕭大夫研墨吧。」

蕭雲揚眉，學著古人的語氣謝道：「有勞了。」

沈風吩咐人送了茶水來，趙長輕和太子坐在邊上的圓桌旁，慢慢品著茶。

良久，蕭雲停筆，舒展了一下後背，懶洋洋地打了個哈欠，說道：「這是食療的單子，你先看看。」

白錄撇嘴，黑著臉道：「白紙我認識，但妳確定白紙上的是黑字嗎？」

「不至於不認識吧？我已經寫得很小心、很認真了。」蕭雲無辜地眨了眨眼睛。

「拿來看看。」太子好奇道。

白錄將單子拿過去給太子，太子接過來一看，愣住了。他一直以為她是隱藏很深的才女，這個字體……汗顏！

趙長輕側目睨了一眼，不禁眉頭微挑。一塌糊塗！她這麼寫，是真的不學無術，還是為了掩飾什麼？

「我唸給你們聽吧！」蕭雲跑過去要回單子。因為古字筆畫太多，她明知道也無能為力。

「第一種，豬脊骨一具，洗淨，紅棗二兩四錢，蓮子一兩八錢，降香、生甘草各兩錢，加水小火燒爛，加薑鹽調味分多次飲之；第二種，鮮湖蟹兩隻，取肉連黃，待粳米粥熟時，入蟹肉，再加以適量生薑、醋和醬油服食；第三種，生黃耆一兩二錢，濃煎取汁，加粳米二兩，煮粥早晚服食；第四種，當歸四錢，黃耆二兩，嫩母雞一隻，加水同煮湯食用；第五種……」

一共十幾種方子，白錄聽完之後，發現大多主要用料是食物，並非全部是藥物所製，他不解地看向蕭雲。

畢竟這個時代對於食補的知識還不是那麼發達，所以對於白錄的疑惑，蕭雲笑道：「是藥三分毒，王爺之前中毒太深了，不適宜再服藥來輔助治療，有些食物的營養和作用絕對不會比那些珍貴的藥物差。所以我選擇用食療，來補王爺之前受蛇毒傷害的五臟六腑。」

「食療？」眾人第一次聽說這個詞。

「不妨吃吃看，療效如何，就要看王爺了。」蕭雲簡單地說道。她也不指望相差至少幾百年的人能明白，所以解釋實屬多餘。

白錄還是不信。

蕭雲直言道：「你的方法不是也沒能治好王爺嗎？」

白錄頓時語塞。

「看來蕭大夫有所不知，論世間，白錄的醫術無人能及。」趙長輕神情複雜地說道，語氣裡帶點失落。連白錄都束手無策，他對別人根本不抱任何希望。不拒絕別的大夫，是因為不想澆滅父母的期盼。

「王爺！」白錄低眉自責道：「我學藝不精，擔不起『無人能及』四字，辜負了王爺的器重。」

「不用擔心，有我呢！」蕭雲豪爽地拍了拍白錄的肩膀，安慰道：「我把會的醫術全都告訴你，你不就天下無敵了？」

白錄認真道：「若蕭大夫果真有這個本事，在下願拜妳為師。」

「這個我可擔當不起，你無須氣餒，我是久病成醫──」蕭雲差點說漏了嘴，她連忙轉了話。「──的人親身體驗過，然後傳授給我的，別的病不會，只會看腿疾，所以還是你最厲害。」

白錄默然垂首。治了將近小半年，王爺的腿絲毫不見起色，他的確技不如人。既然如此，他就該謙虛一點，跟別人好好學習。

白錄抬起頭，看向蕭雲的眼神多了一點敬佩，他道：「是否吃了這些，王爺就能站起來？」

「哪有這麼簡單？這些食譜只是輔助治療，我還有一些鍛鍊器材沒有畫呢。那些比較複雜，需要幾天時間，等我畫好了，麻煩你們去請一些手藝好的師傅來製作。」

「那蕭大夫是要住下嗎？」白錄順口問道。

蕭雲回眸凝視趙長輕，說道：「我在洛京沒有落腳之地，此番專程為了王爺而來，趙王府這麼大，王爺不介意我住在府上吧？」

趙長輕深邃的眼眸半瞇起來，緊緊盯著蕭雲，道：「蕭大夫是不是忘了什麼事？」

「什麼事？」蕭雲愕然。

第十章

「蕭大夫始終未開口與我要診金。」趙長輕緩聲道。「千里而來，不求名便求財。妳言下之意，不為盛名，那便是財了，可是妳對診金隻字未提。」

蕭雲有點無語。好人難當呀！她本來也沒這麼善良的，可是答應了人家的事，她必須做到。她心裡明白，若自己不說得懇切一點，趙王爺是不會信的，於是如實告知。「傳授我治療腿疾的人對我有再造之恩，他有一副慈悲的心腸，喜歡濟世為懷，雖然身患重症，但從沒有放棄過幫助別人。他臨終前要求我，將來遇到我能幫助的人，一定要幫一把。我無以為報，所以答應他將他的愛心延續下去。」

「這般高風亮節之品格，實乃教人敬佩！」白錄由衷地讚道。

「不過，呵呵。」蕭雲摸摸鼻子，不好意思地訕笑道：「我現在沒有工作，所以沒有收入，如果趙王爺不介意的話，除了包我的食宿以外，希望能夠把我來回洛京的車費給報銷了。」

這可不能怪她，誰讓她現在沒有工作呢，能省一分是一分嘛！

趙長輕揚眉，不解其意。「報銷？」

「就是我來這裡的往返路費，我是租車來的。」蕭雲努力想了想，然後解釋道。

趙長輕釋然一笑，大錢不要，卻在小錢上算得一清二楚，真是教人看不懂。「若能治好趙某人的腿，別說是舟車勞頓的費用，妳想要什麼，都可提出來。」

「那倒不用，我只要我不該損失的那部分就行。」

趙長輕斂眸。透過幾次短暫的接觸，他發現這個女子口才奇佳，能言善辯，但所言是真是假，仍有待考證。不管她出於什麼目的，留在眼皮底下最讓人放心。他側目道：「沈風，吩咐下去，為蕭大夫準備一間客房，待為上賓。」

「等一下，」蕭雲提出要求。「治療期間，我想還是住得離王爺近一些比較方便觀察。」

趙長輕深深瞟了蕭雲一眼，對沈風說道：「照蕭大夫說的去辦。」

「是。」

這時，太子倒了杯茶遞給蕭雲。「喝口茶吧！」

蕭雲一怔，她正好渴了。太子的觀察力好強。「謝謝。」接過後一口喝光，太子拿著砂壺又為她續了一杯。

趙長輕默默看著太子。他待人一直溫和有禮，體貼入微，可是也不見他親自為誰倒過茶，這個女子還不知惜福地牛飲，讓他微露尷尬神情。

看來太子上心了。

能得太子垂愛，哪個女子不是欣喜若狂？她卻視若無睹，是不是忘了自己曾被休棄過？她還有選擇的餘地嗎？

有趣。

越是看不懂，越是想去一探究竟。

趙長輕不禁對蕭雲產生了濃厚的興趣。

近傍晚時分，下人過來請示膳食，趙長輕讓人準備了豐盛的晚餐，邀兩人同用。蕭雲瞄了瞄同桌的兩位，不好意思大快朵頤，只能很含蓄地小口嚼食。儘管如此，蕭雲還是能聽見自己發出的聲音。

再瞧瞧那兩人，吃飯的動作也做得那麼優雅，筷子碰到瓷碗沒有發出任何聲響，咀嚼食物時只見嘴巴在動，聽不到聲音。

這種靜謐讓蕭雲感到很壓抑，習慣了和秀兒邊吃邊聊，突然規規矩矩地用餐，她覺得渾身不舒服。

「你們，」蕭雲終於忍不住打破了沈默。「吃飯都不說話嗎？」

太子和趙長輕抬頭，奇怪地看著她。食不言寢不語，他們生下來便是如此，難道統領家不是這麼教的嗎？

看他們這表情就知道答案了。蕭雲默然低頭，安靜扒著碗裡的飯，不再說話。算了，入鄉隨俗，客隨主便，就當是自己一個人在吃飯。

過了一會兒，蕭雲又忍不住了，啟齒說道：「趙王爺，我以後能隨時借用你家的廚房嗎？」

「做何之用？」趙長輕嚥下嘴裡的東西，才開口問道。

「偶爾改善一下伙食嘛！放心吧，我很熟練的，不會燒了府上的廚房。而且，我會做很多你沒吃過的美味喔，你以後可有口福了！」
太子關心道：「這些飯菜不合妳的胃口嗎？明日我找幾個御廚來。」
「那倒不用。王府的廚子，手藝自然差不到哪兒去。可能是我的口味，和你們這邊……這些人不大一樣吧，閒的時候，我比較喜歡給自己做點好吃的。」蕭雲差點又說漏嘴了。
「那不知我有沒有這個口福？」太子期望地問道。
蕭雲眨眼想了想，涼涼地道：「提前通知的話，我們會給你留一份。」
太子俊容一僵。她為何總是不把他當回事呢？
趙長輕低頭淺笑。太子何時受過這等待遇？這個女子真是大膽，難怪能把子煦氣得風範盡失！
用過膳，蕭雲放下碗筷，對他們二人說道：「太子殿下、王爺，我有個不情之請，麻煩兩位務必幫一下。」
「沒問題。」太子應道。
「先說來聽聽。」趙長輕同時開口。
蕭雲說道：「其實也不是什麼難事，只是希望兩位能夠對外隱瞞我的身分，我不想任何人知道我的行蹤。」
太子馬上答應了她。「好。」
「先說說理由。」趙長輕沈聲道。「若非合理，我不會對我的雙親隱瞞此事。」
「也不是要你們一直保密，等我走了之後，你們可以隨便說。我主要是不想煦王爺知道。不瞞二位，煦王爺一直對我糾纏不清，我是為了躲他才離開洛京的，你們是兄弟，我不會請你們幫忙告御狀，但是，我不想讓他看到我。我曾說過，只要他不找我麻煩，我永遠都不會回洛京，出現在他面前。」蕭雲誠實答道。她手裡有底牌，也不怕趙王爺會出賣她。

「妳放心，在他面前我會絕口不提妳的事。」太子鄭重承諾道。

蕭雲展顏一笑，道：「謝謝。」

「妳無須言謝，是我這個大哥沒有管好自己的弟弟，讓妳受了委屈，我代他向妳道歉。」太子愧疚道。

「他有你這個大哥真是幸福。」蕭雲很羨慕有親人的人，她在這個世上雖然有秀兒，可秀兒心念的終歸是謝容雪，而不是真正的她。一種無力的孤獨感瞬間包圍了她，她起身，甩走那種淒涼的感覺，開口說道：「我吃飽了，你們聊吧！這一路可折騰死我了，我要好好休息一下。」

「我也是時候該回宮了。」太子跟著起身，向他們告辭。

趙長輕只微微點頭，沒有行恭送太子一類的禮儀。他們私下感情甚好，一般場合並不拘禮。

深夜，彷彿整個天地也已經入眠，沈風依照吩咐，飛上蕭雲住的那間房的屋頂，掀開一片瓦，藉著微微的月光探清床上的人已經熟睡，他從懷裡掏出事先摘好的一片樹葉，夾在食指和中指之間，用內力飛射過去，不偏不倚正好打落在蕭雲的耳邊。

一陣勁風吹起她的髮絲。皮膚被撫弄得有些癢，沈睡中的蕭雲下意識地抬手撓了撓，然後翻了個身，繼續睡。

「王爺，試過了，她不會功夫，毫無內力。」沈風很快來到趙長輕的房間，回稟道。

趙長輕低眸思忖了片刻，決定道：「明日再試一次。」

翌日，趙長輕和沈風在院子裡對坐，蕭雲在屋子裡全神貫注地畫畫，白錄來看了一會兒，然後提議道：「畫這麼久也累了，我們去院子裡坐坐吧！」

到了院子裡，趙王爺和沈風正好也在，他們兩人正面對面坐著，四隻手互相交搏。

蕭雲好奇道：「他們是在切磋武藝嗎？」

白錄點了點頭，雙手抱胸，興致盎然地觀看起來。

一名侍女在這時端了一壺熱茶來，快到他們那邊時，腳下不小心被石子絆了一下，伴隨著一聲驚呼，滾燙的茶壺立刻拋向了空中。

說時遲那時快，趙王爺和沈風四隻手瞬間在空中比劃了兩圈，眨眼的工夫便將茶壺攬過去，穩穩放在他們的手上。

莫非這個就是傳說中的氣功？蕭雲看得兩眼發直，直呼道：「好厲害！」

更厲害的是，四隻手接穩了茶壺後，開始在空中翻來覆去，似乎是在比拚內力。通常電視劇裡出現這一幕時，用不了多久這個茶壺就會炸開，四處飛濺，蕭雲趕緊拉住白錄的衣服，將他往旁邊拽。「要爆炸了，我們快走！」

話音未落，蕭雲便感到有一股氣流飛旋過來，拳頭大小的茶壺脫落，剎那間朝著蕭雲的面門飛來。蕭雲來不及躲，第一反應就是伸手去擋，結果——

「啊！呼呼呼呼——」茶壺瞬間裂開，連同熱茶一起砸到了蕭雲的手上，她的手背連接胳膊之處當即紅了一片，有燙傷，也有被碎片劃破的血跡。她痛得齜牙咧嘴，一會兒甩甩手，一會兒嘴對著疼的地方吹涼氣。

白錄急忙轉身跑開。「我去拿醫箱來。」

趙長輕和沈風深深對視了一眼。兩人過去，沈風面有愧色道：「蕭大夫，妳沒事吧？真是對不住了。」

蕭雲不知道他們是在試探自己，所以沒怪他們。「算了，你們也不想的。不過一定要記住啊，切磋歸切磋，安全第一。媽呀，疼死我了！」

白錄很快拿著醫箱過來，給她抹了清涼的藥膏，用紗布包紮好。

蕭雲皺眉苦惱，傷的是右手，不知道明天會不會疼得不能拿筆。

趙長輕見她痛得整張臉都糾結起來，心裡湧起一絲內疚。

夜裡，蕭雲已睡下。趙長輕用輕功輔助輪椅滑行，沒有發出一絲聲音，輕輕來到蕭雲床邊。

蕭雲兩腳歪在一邊，一條腿蹺在另一條腿上面，兩隻手大大舒展，被子被她窩在肚子上，四肢露在外面。

趙長輕暗暗搖了搖頭，吃相不好，連睡相也這麼難看，一點女兒家的樣子都沒有。視線移到她的右手上，趙長輕不由得蹙眉。她手上的紗布已經被她撓開了，腫起的水泡明顯暴露在外，好像是癢了，她抬起左手正要抓過去。

趙長輕一把握住她的手腕，將她的左手放到被子下掖好，拿起她的右手，放在嘴邊輕輕吹拂著。這樣她就不會覺得癢了。

蕭雲舒服地囈語了兩聲，將頭歪向另一邊。她的嘴巴半張，偶爾會笑一下，睡顏如同孩子一般香甜。

這麼毫無防備的人，怎麼可能是細作呢？

趙長輕半合雙目，大拇指放在蕭雲受傷的手上輕輕摩挲著。蕭雲的手稍微用力一下，他就馬上拿起放到嘴邊，替她吹風。

整整一夜，他都在床邊守著。

第二天清晨，侍女端水進來給蕭雲梳洗時，看見王爺在這兒，嚇了一跳，手中的水盆「哐啷」一聲摔到地面上，水濺了一地。

蕭雲一下子驚醒過來，看到一張近在咫尺的美顏時也嚇了一跳。「你怎麼會在這兒？」發現自己的手還被他握著，頓時臉一紅，猛地將手抽回來。

趙長輕自然地收回手，厲目掃了侍女一眼，寒聲道：「此事莫要傳揚出去。」

「奴婢遵命。」侍女慌忙跪到地上將水盆撿起來，然後退了出去。王爺殺敵無數，給她十二個膽子，她也不敢啊！

「怕妳抓破了傷口，留下疤痕。」趙長輕對蕭雲輕描淡寫道：「所以過來看著妳。」

「你在這兒看了一夜？」看他精神飽滿的，一點也不像徹夜未眠，他是怎麼做到的？蕭雲詫異了一下，然後怔怔看著自己的手。小時候生病了，媽媽也會在床邊默默守著她一夜。那種感覺，很溫馨。

趙長輕面色無波地轉動輪椅，語氣微涼道：「妳的傷因我而起，我不喜歡欠別人什麼。」

蕭雲欣慰一笑。「不管怎麼樣，謝謝你。留疤是挺醜的。」

之後的幾日內，趙王府如同往常一樣平靜。白錄的燙傷藥膏效果很好，蕭雲的手第二天就能正常拿筆。她把自己關在屋子裡，吃喝都是侍女送去的，夜以繼日地趕著畫稿，直到完成了，她才走出那道門檻。

將一疊樣式怪異的畫稿給趙王爺和白錄看了以後，復健室正式啟建。

請來的工匠都是宮裡御用的，不但手藝好，溝通起來也特別順利。蕭雲跟幾個師傅講解了一遍這些器材的作用之後，他們便正確地將它們製作了出來，包括一些繁瑣複雜的轉動工法，可以說完美到每個小細節用「巧奪天工」來形容也不為過。

蕭雲暗讚，不愧是御用的。

快完工前，蕭雲對趙長輕嘻笑道：「王爺，我能不能提個過分的要求？」

趙長輕似笑非笑道：「明知過分還提？」

「別這麼小氣嘛，又不是我一人受益。我想在這棵梨樹下掛個秋千。你看，那兒正好有根粗壯的橫枝。」蕭雲興沖沖地仰頭指著頭頂的樹枝。

秋千？那種東西明顯是給女人家玩的，還不是她一人受益？趙長輕斜眉道：「府裡頭除了妳，還有人喜歡玩這個？」

「你以後的老婆和孩子肯定會喜歡的。不信你去問問顧大人，看他家後院有沒有一個秋千？」蕭雲十分自信，古代女人沒什麼好玩的，不是刺繡就是撲蝶，稍微有點條件的都會在院子裡裝個秋千的。

「妳怎麼那麼多廢話？」沈風黑臉瞪著蕭雲，擔心地瞄了趙長輕一眼。

趙長輕一臉平淡地轉身回房去。「隨她吧。」

「妳以後說話注意點。」沈風特意慢一步，留下來警告蕭雲。「王爺失了雙腿，哪還有心思娶妻？妳再敢戳王爺痛處，小心我對妳不客氣！」

敢情是顧大人家裡見王爺廢了雙腿，所以不想女兒嫁過來，但又礙於公主的面子，所以不敢退親，只能找各種藉口拖著婚事？

蕭雲明白過來，又好奇地問道：「唉，那王爺的小妾呢？來了這麼多天怎麼一個都沒看到？」

聽說洛國的貴族公子成婚前都有一堆的小妾，她怎麼一個也沒看到？

「王爺一心保家衛國，把所有心思都用在了打仗上，哪有時間顧及這些？妳莫要再胡亂揣測，小心毀了王爺盛名。」沈風瞪眼道。

蕭雲愣了愣。可憐的軍癡呀！好不容易等到洛國戰勝了，這門親事眼看著卻要沒了，趙王爺肯定很傷心吧？

病人的心情是非常重要的，蕭雲決定做點好東西慰勞慰勞他這個保家衛國的大英雄。

這天夜裡，兩個矯捷的黑影一前一後地飛躍在趙王府的屋簷上，速度快得驚人，巡邏的守衛毫無覺察。

他們來到主院，閃進了趙長輕的房裡。

靜謐的屋子裡忽然響起趙長輕低沈的磁音。「怎麼一同到了？」

「回主上，屬下與葉決半道上相遇，便一同前來覆命。」一個女子的聲音回道。

「既然如此，妳也留下聽聽吧！待會兒葉決說到的這個人，便是妳的下一個任務。」趙長輕說道：「葉決，你可查清了？」

和女子一起來的那個男子開口說道：「回主上，是的。」

「嗯，你和非彥辦事越來越見效力了。」

「屬下等不敢居功，謝容雪身世十分簡單，非彥不放心，又將謝容雪的生母細查了一遍。」

「簡單？」趙長輕面色驟然凝結成冰。非彥的能力他從不懷疑，但是以他閱人無數的經驗來看，謝容雪絕不簡單。「你且說來聽聽。」

「謝容雪的生母閆氏乃商賈之女，家道中落後被長兄送給了一位九品官員，這位九品官員又將她送給了當年還是八品大員的謝松。她家族族譜內的人都在洛國生老病死，沒有和御國或者西疆來往。生產時，閆氏難產過世，謝容雪便由被提為二夫人的劉氏撫養。兩月後，劉氏生下三小姐謝容嫣，三小姐從小出眾，劉氏對謝容雪刻薄相待，連下人都對她頤指氣使，二夫人見了卻從不干涉。謝容雪從小性格懦弱，腦袋愚笨，相貌才情無一所長，二夫人極少讓她出府。謝容雪及笄那日，特意出府去寺院燒香拜佛，就在那時，她偶遇太子，太子幫她撿了手帕，她便對太子生了愛慕之情，但是回府後卻接到聖旨……」

第十一章

「為了太子上吊自殺？」趙長輕聽到這裡時眉頭微鎖。

「是的，這件事被謝家的人瞞了下來，屬下是用了藥才從三小姐的丫鬟嘴裡打聽到的。」

趙長輕半瞇起雙眸，目光深邃道：「雖然我與她接觸時日尚短，但不難看出她是個性格堅毅的女子，絕不可能為了一個人自殺。況且她對太子的態度，絕非如此。」

除了這件事，他得到的其他消息和太子的一樣。

趙長輕幾不可聞地嘆了口氣。詭異的地方太多了，卻查不到任何蛛絲馬跡。若她果真是細作，那可真是深不可測。

遇到這樣的敵人，他感到前所未有的壓力。

「屬下也覺得非常可疑，這樣的人，怎麼可能創造玉容閣當時的風光？被休前與被休後簡直判若兩人，但中間卻沒有絲毫痕跡證明她們不是同一個人。」

趙長輕垂眸思索片刻，慢聲說道：「將『蕭雲』這個人查一下。」

「是，主上。」葉決對著窗戶一個飛身躍了出去。

「妳去找沈風，明日一早便去見她。」趙長輕對剩下的那個女子命令道。

「屬下遵命。」

趙長輕微微抬眸，翕然道：「以後在王府裡，記得改口。」

「奴婢遵命。」吟月當即改了稱呼。

她出去以後，屋裡瞬間安靜下來。

趙長輕躺在床上，雙手枕在頭下，睜著雙眼凝視著床頂，思緒漸漸回到一年前。

那天，她那場鬧劇惹怒子煦，寫下休書。有了那封休書，恐怕她這輩子在人前都抬不起頭來，他只當她做事太不計後果，逞一時之強。

但……

怎麼也沒想到，她會選擇步入青樓，還做了老闆。更令他意外的是，再次見到時，她竟是帶著這樣的意外，以近乎施恩者的姿態出現在他的世界裡。

她的身形較之一年前改變了許多，臉色也由原來的瘦黃變得紅潤光滑，僅從外表看來，這一年來她過得極好，足以證明她當初的行為是深謀遠慮。

這樣一想，趙長輕突然明白過來。她當初根本就是用了激將法，騙了子煦寫休書，子煦著了她的道了。

以這樣的聰明才智，不論在統領府還是煦王府，都不可能弄得自己無立足之地，她卻執意要休離，不惜與家人決裂……

她要的，到底是什麼呢？

她的方子十分稀奇，還美其名曰「食療」，白錄質疑時，她一句話堵得白錄啞口無言。

她的身世簡單明瞭，那她一身的驚世之才又是從何而來？那些工匠製出來的鐵器、木器聞所未聞，她卻講解得頭頭是道。

一切跟她有關的東西，似乎都特別離奇。

趙長輕的眉頭越鎖越深。

他看人向來準確，再善於偽裝的人，他也能看出一絲破綻；再強的高手，他的眼神也騙不了人。

可是，他看不懂她。

她的眼神清澈見底，與人對視時不躲不閃，清秀的小臉有無數的表情。遇到不懂、做錯時，無辜的臉上會透出幾許傻氣。她的一喜一怒都表現在臉上，彷彿從不善於偽裝。

她就像個謎一樣，恍若窗外的月亮，朦朧、模糊。

翌日清晨，蕭雲早早起身，自己穿衣梳洗。侍女送進水盆時，多帶了一個人來，說是要貼身伺候她。

「奴婢吟月，是王爺派來貼身伺候蕭大夫的。」她對蕭雲甜美地笑了笑，自我介紹道。

又是一個「月」，蕭雲不禁想起六月坊，唉，一去不復返啊！

蕭雲說道：「替我謝過王爺，不過我真的不需要別人伺候。」

「蕭大夫對王府不熟悉，難免不習慣，平日的生活總是需要奴婢照顧周全的，還請蕭大夫不要推卻王爺的一番好意。」吟月不緊不慢道。

蕭雲想想，覺得也有道理，畢竟在人家的地盤上，衝撞了人家的生活總是不好的。「那好吧，不過，妳不用一直跟著我，按時送來梳洗的清水就行了。」

吟月點頭應下，然後拿出一件粉紅色的絲質長裙讓她換上。

「今天有什麼特別嗎？」蕭雲不解地問道。

吟月柔聲答道：「蕭大夫近來辛苦了，聽聞工匠們已完工，沒什麼要忙了。蕭大夫不必要再穿著昔日的粗衣麻布，所以奴婢拿了新衣過來給蕭大夫。」

蕭雲不以為意，拎起衣服看了看，好漂亮！她想試一試，可是，一想到穿起來會很麻煩，走路、吃飯不方便，就打消了這個念頭。以後沒事了再慢慢臭美吧！

執意穿上自己的衣服後，蕭雲正欲出門去，吟月急忙拉住了她，說道：「蕭大夫還沒有整理妝容呢！衣服不換，臉蛋總要裝飾一番吧？」

蕭雲感到莫名其妙。「還要上妝？不用了吧？」

「蕭大夫素顏，何以討王爺歡心？」

「討他歡心？」蕭雲被雷了一下，反應過來後不由得悶笑道：「我是大夫，是給王爺治腿疾的，妳不會以為我是來侍寢的吧？」

吟月一臉迷茫道：「蕭大夫若能治好王爺腿疾，王爺必然會視小姐為恩人，以禮相報。況且小姐一介女子，終日與男人接觸，對清譽不好。王爺是頂天立地的男兒，定會負責的。如此一來，不是兩全其美嗎？」

她倒是想得周全啊！

「難道我這些天的忙碌，在你們看來是我在對王爺獻殷勤？」蕭雲好笑道。「妳覺得你們王爺現在還能那什麼嗎？你們王爺是不是特別好色？經常找女人？」

那為什麼在王府裡沒看到一個小妾呢？

「正是因為王爺心情低落，才需要找人安慰啊！」呤月道。「可惜皇上賜給王爺的十位美人都被王爺送給別人了，估計王爺是沒有那個心情。現在好了，王爺身邊終於出現了一位女子。」

十位美人？皇上待他的親外甥可真不薄。蕭雲清了清嗓子，堅定的語氣裡帶著一點恐嚇的意味，說道：「我呢，志不在此。王爺的腿一好，我馬上就走人。絕對、絕對不會發生你們想的那些事情，明白不？再敢對我絮叨這些，我不客氣了啊！」

說完，蕭雲出去了。臨走前，她指著呤月說道：「不准跟著我喔！」

她跑到後花園裡，深吸了一口新鮮的空氣，大大地伸了個懶腰，然後開始活動四肢，先熱個身。

搖擺身體時，她看到了趙長輕正向這邊來，便舉起手臂朝他揮了揮，禮貌地打招呼道：「嗨，早上好。你也來晨練啊？」

趙長輕神情微滯，淡淡地點了點頭，轉動輪椅往回走。

「唉，怎麼來了又走啦？」

「蕭大夫先用吧！」趙長輕面無表情道。

蕭雲嗤笑。這又不是廁所，還誰先用？她跑過去一把拉住他的輪椅，不讓他走。「這麼大的花園，再來幾個人也站得下。你聞聞，空氣多新鮮呀！正好，教你一個腹式呼吸法，聽說可以練氣。」

「腹式呼吸？」這又是什麼？

「來，先靜下心來，輕輕閉上雙眼。」蕭雲直直站立著，慢慢閉上眼睛，集中精力緩聲說道：「跟著我深深吸氣，將新鮮的空氣由鼻腔輸送至肺部，下壓橫膈膜，腹部微微隆起，將所有的力量聚集在丹田處……」

做了五分鐘的腹式呼吸，蕭雲睜開眼睛，偏頭問道：「感覺如何？」

趙長輕神情怪異地盯著她，語調不明深意。「我習武多年，打坐於我而言習以為常，沒什麼特殊感覺。」

「打坐？原來這個就是打坐！」蕭雲一副才知道的樣子。「你的武功是不是很厲害？能不能教我兩招？」

「妳學這個做甚？」

「當然是防身了。女子出門在外，難免會遇上一些登徒子。」

「習武之路異常艱辛，何況妳這年齡，早過了練武的時期。」趙長輕直言道。他想起上次在玉容閣裡，若非他貿然闖入，她是不是就任由子煦欺負了呢？她真的沒有自保的能力嗎？趙長輕驀然說道：「妳的腿功倒是不錯。」

「什麼腿功？」

自然是踢子煦的那一腳了，趙長輕暗道。「若只是防身之用，妳可每日站在木樁上紮馬步，假以時日，自保一時的能力還是可以練出來的。」

「紮馬步就行了嗎？要不要練踢腿？」蕭雲精神抖擻地諮詢道。

趙長輕奇異地看著她。她真想學？「速度固然重要，等妳單腿能站穩了以後，再練不遲。」若她能吃得了那些苦，並且持之以恆，還有什麼事是難的呢？

蕭雲突然感覺胸腔裡有一股熱血在沸騰，使她充滿了鬥志。「以後你復健，我練功，大家一起進步。加油！」

復健室一正式啟用，趙長輕就開始了復健過程，由白錄在旁輔助，蕭雲則找沈風借了練武的地方，弄了一塊木樁陣地，果真紮起了馬步。

可惜不到一個星期，蕭雲就再也不想練了。

乾站在那兒沒人說話，實在太無聊了！

安心地待在房間裡，蕭雲問吟月。「妳平常都是拿什麼打發時間的？」

「刺繡。」

蕭雲直翻白眼。「有沒有有Fu一點的？」

「有Fu一點的？」吟月一頭霧水，問了一下才明白意思，搖了搖頭，又反問道：「蕭大夫以前都是靠什麼打發閒暇的呢？」

「這個說來可就話長了。妳聽過玉容閣嗎？」蕭雲口沫橫飛地給她講述了一遍自己的光輝史，然後拍掌說道：「正好，妳的名字裡也有個『月』字，不如我教妳唱歌、跳舞吧？」

吟月驚訝得大讚道：「蕭大夫好厲害！不僅會醫術，還懂經商，更擅歌舞。蕭大夫的師傳一定更厲害吧？」

師傅？蕭雲乾笑了兩聲，隨口敷衍道：「厲害、厲害！」

吟月滿臉崇拜地問道：「那蕭大夫的師傅除了會醫術和歌舞外，還會些什麼呢？」

「這個……說起來可複雜了，說了妳也不信。不說了。來來來，我們來跳舞。」

吟月還想問下去，無奈蕭雲已經抓住她的手，大聲唱起歌來。

玩了一會兒，吃午飯的時間終於到了。蕭雲坐到桌子前，拿起碗筷，望著豐盛的午餐嘸了嘸口水，一顆米粒一顆米粒地挾起來送進嘴裡。

吟月問道：「蕭大夫有什麼心事嗎？」

蕭雲懨懨的，回答道：「沒有啊，我只是覺得吃完飯也沒事做，所以吃慢一些，這樣時間可以過得快一點。」

送飯的侍女插嘴說道：「其實以前皇上御賜了舞姬的，只要覺得悶了可以隨時點她們表演，可是王爺喜歡清靜，不喜歡看歌舞，所以把那些舞姬送走了。」

「用膝蓋想也知道她們不如六月坊。」蕭雲嘟囔道。忽然，她想起趙王爺的書房裡有很多的書。「對了，我可以去借兩本來看看！」

思及此，蕭雲神速地扒光了碗裡的飯。

來到趙長輕的書房外，沈風攔住了她。不等他說話，蕭雲猛一拍腦門，先開口說道：

「唉呀，這時間王爺是不是午休了？」

「王爺沒有午休的習慣，不過蕭大夫有事要見王爺的話，卑職需要先去通報一聲。」沈風不卑不亢道。

規矩真多！蕭雲挑挑眉，告訴自己：入鄉隨俗，入鄉隨俗！她咧嘴露出大白牙，笑道：「我是來借書的，沒別的事。」

「請稍等。」

片刻後，蕭雲跨步進了書房。

趙王爺坐在窗前的榻上，一手拿著一塊成形的木頭，一手拿著刻刀。蕭雲意外道：「你還會雕刻呀？好厲害。」

「閒著無事，練練手腕的靈活。」趙長輕淡淡回道。「妳要借什麼書？」

「嗯……你這兒有沒有地理圖志，或者介紹風土人情的書籍？反正別是冗長繁瑣的文獻。」說話間，蕭雲人已走到書櫃前隨手抽出了幾本。

「與其花時間看那些，為何不好好練練妳的字？」趙長輕不冷不淡地道。

蕭雲聳肩，自認不行。「我沒那個天賦。透過習武這件事，我發現，凡是單調的，我都幹不來。」

「習武的苦本就非常人所能忍，練字卻是用心便能做好的事情。」趙長輕一邊自如地坐回輪椅上，行至書桌前，一邊慢聲說道：「妳過來，我教妳。不出一個月，便能收效。」

蕭雲「啊」了聲，癟癟嘴。她的字就這麼難看到他都看不下去，不惜犧牲個人時間來矯正的地步了嗎？蕭雲不情願地走過去，坐到趙長輕旁邊的椅子上。

「先練筆畫吧。」趙長輕衝著蕭雲頷首，示意她下筆。

蕭雲像模像樣地拿著毛筆裝起了才女，寫了幾筆後，趙長輕深鎖劍眉，忍不住側身靠近她，大掌一把將她的手包住，帶著她轉動手腕，嚴厲教導著。「要巧用手腕的力氣，手臂不要動，一筆一畫間不要停頓，一氣呵成。」

蕭雲的大腦瞬間一片空白，手腳僵硬。一個男人的吐息近在咫尺，這個男人還是那麼美，稍稍轉個頭，彷彿就能碰觸到，她的小心臟有點受不了這個刺激。

「妳在想什麼？」趙長輕覺察到身旁的人心不在焉，便停下來，厲聲詢問。

蕭雲連忙搖頭，使勁地搖。要是讓他知道自己心猿意馬，豈不糗死了?!

趙長輕揮筆，在她眼皮下的宣紙上唰唰寫下四個大字。

「心無旁騖？」蕭雲疑惑地看向他，臉容尷尬了一下，眨眨眼，馬上作恍然大悟狀。「喔，我知道了，是不是就是那句什麼『如行雲流水般』？」

趙長輕瞥了她一眼，似笑非笑道：「讓妳說妳就會，讓妳寫為何如此之難？」

蕭雲窘然低下頭，有點被家長教誨的感覺。

「妳和謝三小姐是不是一個夫子教出來的？前幾年時，我在太后的壽宴上見過她的書法，連我爹都讚不絕口。」趙長輕隨口道。

蕭雲暗叫冤枉，都是謝容雪不認真學習，謝容嫣又太認真了，所以謝老頭請來教她們的夫子偏心，對謝容雪不管不問。

她在心中吶喊道：有本事跟我比硬筆字呀！

「妳不見得比她笨，定然是她在背後下了許多苦工。刻苦些，三、五年內，妳或可超越她。」

「我幹麼要超越她？」蕭雲不服氣地脫口說道。「我比她能幹的地方多著呢。」

趙長輕眼底深處含著一抹笑意。「妳每一樣都超越她，不就可以不動聲色地氣死她和二夫人了嗎？」

「哈！」蕭雲聞言，大喜。「說得有道理！我們繼續。」

趙長輕淺笑。

「等等。」蕭雲睜大眼睛偏頭瞪著趙長輕，不解道：「你怎麼知道我想氣死她們？」

「不難猜出。」趙長輕表情淡漠，答道：「自妳出閣那日，妳的身世也隨之傳出。妳既不喜歡子煦，卻無奈地嫁給他，必然是受了別人的逼迫。」

「你怎麼知道我不喜歡他？」蕭雲又被嚇了一跳。他怎麼好像什麼都懂？

趙長輕從容回道：「那日我就坐在你們旁側，妳眼中的算計我瞧得一清二楚。」

蕭雲轉回頭，不敢再與他對視。總感覺他如星空般的眼睛恍若可以洞悉一切。

目光無意間掃過宣紙上，趙長輕蒼勁有力的大字赫然在目，蕭雲心裡有股怪怪的感覺。過了許久，她猛地一下想了起來，指著趙長輕大呼道：「原來是你！」

趙長輕不明所以地看著她。

「我記得這個筆跡。我被休的那天恰好生病，在路邊暈倒了，是你救了我，還留了字條讓我去出家。」

趙長輕斜睨了她一眼，語氣平淡道：「是我又如何？舉手之勞，不提也罷。」

「你既然好心救人，幹麼不送佛送到西，留點銀子給我？」蕭雲心裡感激了一下，嘴上玩笑道。

「妳想不勞而獲？」

蕭雲癟嘴，不服道：「那也不用叫我出家吧？我是無肉不歡的人。」

「正常人都以為棄婦會無顏苟活，從而投河自盡。所以我奉勸妳出家，是想妳保住一條性命。」

「我會自盡？開玩笑，我還有大好的青春沒有揮霍呢，幹麼要去死呀？」

趙長輕深眸掠過一絲銳利。「那妳為何為了太子懸梁自縊？」

蕭雲怔了一下，旋即抓狂道：「你不是一直在邊關打仗嗎？這你也知道？」

第十二章

「真正的統領者，就該將一切運籌帷幄之中。」

「別人的私事也管，八卦！」蕭雲嘀咕了一聲，忽然想嚇唬嚇唬他這個沒有表情的人。她翻了個白眼，吐出舌頭使勁伸長，顫巍巍地說道：「其實，我不是謝容雪，我是鬼～～魂～～附～～身～～」

「鬼魂？」趙長輕腦子裡瞬間閃過一道光。他想起以前聽過有個部落擅長勾魂一類的術法，這個部落後來被蒼弩收歸麾下……

若是這樣，那麼一切不合理的事情，就都有了解釋。

趙長輕怔怔地凝視著蕭雲，思緒萬千。

蕭雲竊喜，以為他被她唬住了。嘿嘿，怕了吧？她齜起門牙，擰起五官，伸出利爪作勢欲撲過去。

趙長輕一下抓住她的爪子，嗔道：「頑皮。」

蕭雲撲閃著晶亮的雙眼，衝他嘿嘿笑了兩聲，神情自然了許多。相處久了，直視他驚為天人的臉時，已經有了一些免疫力，不會不好意思了。她當即恢復常色，拍了趙長輕一下，大笑道：「被我嚇到了吧？你看我演得像不像？」

趙長輕眼中的審視漸漸變得迷離。她就好像一個天真的頑童那樣，淘氣、毫無心機，他越來越分辨不出真假。

「話說回來，真的很感謝你當時救了我。你看吧，你救了我，現在我又來救你。你當時要是不救我的話，我很有可能病死街頭，那現在就沒人來救你了。這個就叫做『善有善報』。」

「善有善報？」趙長輕收回心神，臉上浮現一抹輕蔑之色。「死在我刀下的敵兵，也不盡然全是壞人，他們也是為了保衛自己的國家。」

蕭雲看他打了勝仗卻不開心，隱隱能感受到他的無奈。她不敢多說廢話，惹煩他，便閉上嘴巴，不再說話。

兩人一直默默無語，直到白錄的到來打破了這份沈默。

蕭雲知道這會兒是白錄給趙王爺針灸、推拿的時間，需要脫下衣褲，在他們看來有異性在場不合禮數，所以蕭雲很自覺地主動告辭。

「妳先別急著走。」白錄叫住她，說道：「正好妳今日在這兒，看看我的手法是不是有問題。已十來日了，可王爺仍沒有任何感覺。」

「嗯，也好。」從開始到現在，不論是針灸還是治療，蕭雲都沒有在旁督導，心裡也擔心趙王爺動作做不到位，耽誤了時間。

書房的後面有個休息的隔間，白錄他們準備好了便喚蕭雲進去。

趙長輕修長的雙腿毫無掩飾地展現在一個女子眼前，顯得有些侷促，蕭雲臉上也閃過一絲不自然。她儘量將注意力放在白錄的手法上，不斷和白錄交流，漸漸的，大家都坦然了。

蕭雲站在一旁耐心觀看著白錄行針、按摩，沒有發現絲毫不對。做完這一切，已經接近傍晚。蕭雲看著窗外，興沖沖地說道：「太陽下山了，我要去盪秋千了，你們要不要一起出去走走？」

趙長輕拒絕了，白錄拿起醫箱，說：「正好我回房會經過那兒，一起走吧。」

「白大夫，你有沒有什麼祖傳的秘方，可以讓人變白？」蕭雲在路上問道。

白錄瞅了她一眼，道：「妳已經夠白了。」

「一曬不就黑了嘛，還會長斑，多難看。你不是『白大夫』的始祖嗎？」蕭雲打趣道：「就沒研製些『天下無斑白大夫』的秘方？」

「什麼天下無斑？『白大夫的始祖』又是何意？」白錄再次被蕭雲嘴裡蹦出的新詞弄暈了。

蕭雲嘿嘿笑道：「跟你開個玩笑。沒有就算了，反正有太陽我就少出門。」

「看妳穿得男不男女不女的，也不梳妝打扮，還在意自己的肌膚？」白錄開玩笑道。跟蕭雲混熟了，受她愛開玩笑的性情影響，他也學會了取笑別人。

「我這身打扮還不夠淑女呀？」蕭雲不滿地反駁道。她帶來的那些男裝已經全部拋在了一邊，現在穿的衣服雖然寬鬆，但都是王府的繡娘一針一線做出來的純手工製品，衣服樣式雖然不夠華麗，至少能看出是女的吧？頭髮也不是全部束起的那種衝天髻，而是上半邊用絲帶紮好，下半邊披散的淑女頭。

他什麼眼神呀！懂不懂欣賞？

「可能是我對著草藥看多了，不懂如何欣賞女子的美。」白錄正經八百道。

蕭雲坐到秋千上，滿意地誇獎道：「嗯，知錯能改就是好孩子。」

白錄朗聲笑了笑，突然話鋒一轉，問道：「恕我直言，我也是擔心王爺。都這麼多天了，若是妳的方法管用的話，王爺不可能一點知覺也無。方才我沒在王爺面前問妳，是不想澆滅王爺最後的希望。倘若妳有心行騙，我和沈風不會放過妳。」

蕭雲正色道：「其實我也覺得有點蹊蹺，若不是怕王爺在外人面前復健時重重摔倒，損了大將威嚴，讓他尷尬，我會一直在他身邊監督。」

「摔倒？」白錄擰眉說道：「王爺從不曾摔倒這麼狼狽過，況且他一身武藝，即使失去重心，也可用雙手支撐身體。」

蕭雲陷入了沈思。許久，她說道：「我想，問題可能出現在著力點上。明天我過去看看。」

晚上，趙長輕在書房裡用過膳食後，外面忽然傳來喧譁。沈風無奈道：「是蕭大夫。」

蕭雲讓侍衛抬來一樣東西，送給趙長輕。她笑道：「秋千你用不上，這個你絕對用得上。這個搖椅比你那軟榻舒服多了，我特意讓工匠給你做的，沒白用你的人吧？」她讓侍衛將它抬到軟榻那兒，順便將軟榻抬走。

侍衛瞄了瞄趙長輕。王府誰是正主他們分得清，沒有王爺的准許，他們哪敢擅動王爺的東西？

「唉唷，這個真的很舒服，特別加厚的，超柔軟，還可以晃悠晃悠的，不信我試給你看。」蕭雲不由分說地躺到搖椅上，閉上眼睛，一副享受的樣子。

趙長輕雙目含笑地斜睨著她，想他的臥室裡短短幾日內便充滿了她送的東西，什麼浴袍、拖鞋，旋轉鞋櫃等，都是一些從沒見過的，但是，確實方便實用，思及此，趙長輕便由著她了。

等侍衛們都退出去後，趙長輕來到蕭雲面前，瞧了她一眼，輕笑道：「既然是贈我的，自然是我來試。」

蕭雲笑咪咪地讓座，期待地看著趙長輕露出享受的樣子。

這個長椅正好適合他的身形，腰背處緊密貼合，躺在上面很舒適，輕微的晃動可以放鬆心神，全身的疲憊都漸漸散去。如果在外面辛苦了一天，晚上回到家在這上面躺上片刻，一定很幸福。

「怎麼樣、怎麼樣？」蕭雲急不可耐地問道。

趙長輕雙目半合，說道：「妳倒是會享受。」

「嘿嘿，人生得意須盡歡嘛！」蕭雲歡笑道。聽說皇上已經將那些工匠賜給趙王府了，反正他們閒著也是閒著，正好練練手藝嘛！

趙長輕睜開雙目，身體停下來，讚道：「好心境，夠灑脫，妳的文采不錯，有無整首詩？」

蕭雲剛要說這首詩是某位隱世高人所作，突地想起自己曾經將這首詩賣給李辰煜，還奪得了賽詩會冠軍，被廣為流傳，他爹又是太學大人，他沒理由不知道呀？蕭雲疑惑道：「這首詩並非我所作，約半年多前有個賽詩會，一個叫李辰煜的公子寫了這首〈將進酒〉，你沒聽過？你爹不是太學大人嗎？」

趙長輕深眸緊緊凝視著她，緩緩說道：「妳這一說我便想起來了。我還想起家父曾說過，他的心智僅有十歲，謝三小姐三言兩語便哄得他說出了實話。這首詩，是他花了幾千兩銀子，從一位名喚牡丹的女子那兒買來的。」

蕭雲愣然地眨眨眼，扮無辜。「喔，原來如此。」

她不願說，趙長輕也不戳破。起身坐回輪椅上，他淡淡說道：「妳回去吧，我該處理軍務了。」

「你不是賦閒在家了嗎？」蕭雲隨口問道。

「御國見我廢了雙腿，欲謀再起，這場戰爭一時半會兒結束不了。我雖不能披掛上陣，卻可在後方指揮作戰。」趙長輕來到書桌後，拿起一疊文件埋頭看了起來。

蕭雲默默退了出去。

房間裡很安靜，甚至安靜得有些可怕，只見案後的趙長輕濃眉緊蹙，一臉冰霜。

又是朐陽傳來的加急密函！

他們為何還是不肯甘休？最後一戰御國慘敗，除了投降賠款割地，他們根本無路可走，如今一直拖著不肯簽下公文，是不是以為他沒了雙腿就無力對付他們了？

趙長輕單手撐在額頭上，閉目思忖了一會兒。再次睜開時，眉頭舒展，兩眼射出兩束狠戾的光芒。

既然他們想拖著，便成全他們。他會從背後悄悄著手安排軍隊，給他們來個突擊，看他們能不能抵擋得了！

趙長輕提筆回了一封信，落款時，他沒有寫上自己的名字。他們之間一直是用一枚花紋獨特的印章作為聯繫暗語，那枚章子放在哪兒了？

趙長輕掃了一眼書案上方的東西，確定沒有後彎下身，在書桌下方的抽屜裡翻找。很快，他便找到了那枚印章。

拿起印章時，視線不經意地瞥見它旁邊的那個長方形木匣子。趙長輕覺得眼生，拿起來打開看看。

盒子一打開，一陣幽然的沈香霎時飄散出來，溢滿了整間屋子。

匣子裡面靜靜躺著一根深褐色的簪子。趙長輕認得這根簪子，小時候經常看母親戴著。這根簪子看似木製，實際上裡面是一塊千年玄鐵，外面染了千年的檀木屑，經過特殊工藝而製成的。

許是它沈寂了太久，才會這般爆發出來吧？

聽母親說，這是先皇登基之前許給太后的「正妻」諾言，也同時比喻著他們之間堅固的情意。後來傳到了母親那裡，想著兒子快成親了，便在趙王府落成時連著他的東西一併搬了過來，讓他在新婚夜時送給顧千金。

如今，怕是用不上了……

趙長輕面色無波地將它隨手放到一邊，拿過信封蓋戳印，然後喚沈風進來，把信送走。

「王爺，只回一封嗎？」沈風小心翼翼觀察著趙長輕的表情，問道。

趙長輕揚眉，直覺低下頭，盯著那封來信又細瞧了一遍。終於，他看出了端倪，原來信封的中間還有一個夾層。

竟用上了這麼謹慎的辦法，出了什麼大事？

趙長輕拿出一把鋒利的匕首，俐落地割開封口，取出裡面的信件。他半眯起黑眸，細看內容。竟是來自她的問候，他不禁一怔。

這時候來關心他的身體，顯然是想看看他到底廢了沒有，還有沒有能力再帶兵攻打御國。他有那麼蠢嗎？這麼明顯的目的都看不出來？趙長輕心頭掠過一絲憤怒，隨即揚手一揮，拋上空中的信瞬間變成一團火光，在落地之前燃燒殆盡。

「我與此人不會再有任何交集，不要再讓她利用你們聯繫上我。」他冷聲說道。

「是，屬下會通知他們。」沈風低頭應道。

他領命出去後，趙長輕取過一本名冊，打開看看上面一連串的閨名，陷入了深思中。

外面的敲門聲打破了屋裡的寂靜，是哈月前來彙報蕭雲的事。她每日單獨做了什麼、說了什麼話、有過什麼行為，哈月都會事無鉅細一一向趙長輕彙報。

聽完之後，趙長輕又一次無奈地搖了搖頭。還是沒有破綻。

他隨口吩咐道：「妳拿幾本書和書帖帶回去，讓她明日在屋中好好習字。」

「是。」

翌日，又到了復健的時間。蕭雲在屋裡吃完早餐，準時趕到了復健室。

趙長輕輕裝前來，見到蕭雲時目光微閃，似乎在問：妳怎麼會在這兒？

「我今日特意來看看王爺的動作，希望王爺如往常一樣，以前怎麼做的現在就怎麼做，讓我看看是不是哪裡出錯了。」蕭雲解釋道。

趙長輕按照以前的動作，雙手放於鐵桿之上，用力站住腳，一步一步緩緩向前方挪動。

「我終於知道錯在哪兒了！」蕭雲看了沒兩分鐘就大呼道。

她過去捏了捏趙長輕的前臂和前胸，發現他的肱二頭肌特別發達。果然如此，他復健時用的全是手臂的力氣，而不讓兩腿施力。敢情他這幾天練的都是上身的力量？

聽蕭雲如此一說，他們也覺得十分有道理。

「算了，我看以後還是由我來親自訓練王爺吧！白大夫就負責下午的針灸治療，這樣才是名副其實的『雙管齊下』。」蕭雲不容否決地分配了工作。當初在復健中心訓練的記憶湧上心頭，一切彷彿只是昨天的事。

決心和鬥志熊熊燃起，蕭雲馬上喊開始。

她站在趙長輕的身邊，像個導師一樣，嚴厲中帶著鼓勵，步步緊跟著他，糾正他的錯誤。

腳踏實地練了半個時辰，一滴滴汗水從趙長輕的頭頂冒出，順著臉頰緩緩滴落雙肩，最後落到地上，他漸感吃力，身體不受控制地向結實的臂膀借力。蕭雲及早發現，阻止了他。

她攙扶住他的手臂，說道：「坐下歇會兒。」

一坐下，蕭雲立刻倒了杯水遞過去。趙長輕接過去時，蕭雲像變戲法似的又拿出一塊柔軟的絲絹，替他擦汗。

「蕭大夫，這樣不妥，還是讓我來吧。」一旁的沈風急忙說道。

蕭雲道：「有什麼區別嗎？」

沈風凜然地說道：「妳是女子，但又不是侍女。」

「算了，我自己來吧。」趙長輕從蕭雲手裡拿過絲絹自己動手，不想在無謂的事情上爭執。

休息了一會兒，蕭雲讓趙長輕起來，繼續。

又練了半小時的平衡桿，蕭雲才叫停。

「現在你已經基本掌握了動作要領，以後都得照這樣練，這樣才算正式進入復健過程。可能會非常艱辛，其間還可能會出現停滯，但是相信王爺軍人出身，這點苦算不了什麼，咬咬牙就熬過去了。」

趙長輕點了點頭。只要能恢復行走，再多的苦他也能承受下去。

「今天辛苦了，正好還有點時間，我去做頓豐盛的午餐，好好獎勵你一下。等我一起吃午飯喔！」蕭雲拍著趙長輕的肩膀說道。

她正好藉這個名頭，用一下王府的廚房和食材，好好解解饞，嘻嘻！

廚房她借用過幾次，和裡面的伙夫、廚娘都熟悉了，她一到裡面，那些人就笑臉相迎，有個廚子客氣地對她說道：「蕭大夫今兒個怎麼這時候來了？我們正好要給王爺準備午膳哩，恐怕沒時間給妳打下手了。」

「誤會誤會，我已經跟王爺說好了，今天的午膳由我親自操刀，不過你們可以先聞到菜香，哈哈哈！」

廚子和廚娘們很高興地幫她摘菜、打水、控制火候。以前每次給她幫忙，她都會特意為他們留一份吃食，讓他們也嚐嚐鮮，所以他們特別喜歡蕭雲來廚房，順便還可以學學新菜式。

這次和以前幾次不同，以前做的都是小吃、點心，這次是正經的一桌膳食。他們不敢分心，一步一步都嚴格按照蕭雲的指揮去做。

近晌午時分，趙王府主院的客廳裡擺滿了一桌色香味俱全的美食，蕭雲在等待趙長輕出席之前，一直對著它們流口水。

盼星星盼月亮，終於把趙長輕給盼來了。

「你怎麼才來呀？我都快餓死了。」蕭雲語氣辛酸地嚷嚷道。趙長輕一坐下，她就立刻拿起筷子，準備下手。

「嗯嗯嗯。」沈風刻意哼了幾聲，似乎在提醒蕭雲什麼。

蕭雲可憐兮兮地望著他們，問道：「我可一口都沒敢偷吃，我現在真的很餓，還有什麼事嗎？」

「蕭大夫若以『朋友』的身分與王爺一同用膳，按禮儀該先起身問候主人家，行完禮，等王爺點頭再坐下。」沈風盡職說道。

「那，不以朋友的身分呢？」

「那麼蕭大夫不可與王爺同桌用膳。」

蕭雲仰頭長吼一聲，欲哭無淚。「不會是要我挾點菜到碗裡，然後端著碗去沒人的地方吃吧？」

「不行。」沈風面無表情道。「要等王爺用完了，妳才可挑選食物。」

第十三章

「天——哪——」蕭雲痛呼，欲起身行禮。

趙長輕低低悶笑了一聲，出言相助道：「行了，沈風，你退下吧！」

沈風沒再囉嗦，二話不說退了出去，連同一旁的侍女全部帶了出去。他知道王爺在軍中獨立慣了，不喜歡有侍女為他布菜。

屋裡只剩下他們兩個人，就好像在家裡一樣，沒有任何規矩，也不談尊卑禮儀，趙長輕雖然沒有說話，但是蕭雲卻放鬆了下來，言行舉止很隨意。

近來相處，蕭雲發現趙長輕是一個對自身要求很高，對別人，或者說只是對她，卻幾乎沒什麼要求。只在看不慣她言行的時候嘴上教育兩句，也從不厲聲呵斥，所以蕭雲越來越沒規矩了。

「快吃吧，免得餓壞了身子。」趙長輕柔聲說道。

「還是你最貼心了。」蕭雲感動道：「不枉我為你做了一桌好吃的。你嚐嚐這個，你肯定從來沒吃過。」

「這是什麼？」趙長輕挾起已經到了他碗裡的白肉，低頭品嚐了一口，肉質鮮嫩，有點酸，還有點辣。

「這個是酸菜魚，是從魚的身上一片一片取下來的肉，不帶刺的。聽廚子說你的口味比較淡，所以我沒敢放太多辣椒。怎麼樣？」

「酸辣爽口，正適中。」

「再嚐嚐這個，還有這個……」蕭雲每樣菜都挾了一口給趙長輕品嚐，沒想到他居然都喜歡吃。

趙長輕讚賞道：「這些菜式所用的食材雖然很常見，但口感獨特，配在一起很可口。」

「我告訴你喔，這些都是我的拿手好菜，也是我最愛吃的。」蕭雲不好意思地說道。

「妳的最愛？」趙長輕眼底浮起一絲笑意，道：「妳以前做的那些小食，也都說是最愛。」

蕭雲不以為然道：「是啊，這不相矛盾呀，一起做我的最愛有什麼不可嗎？」

「妳愛的東西還真不少，還有嗎？」

「當然還有一大堆了，就是因為有了這些愛，我的人生才如此美好，不然多枯燥、多乏味啊？」

趙長輕認同地點了點頭。她的人生的確是多彩多姿，充滿了趣味，看得出來。

「我還有好幾道拿手的菜呢，以後有機會一一做給你吃。」蕭雲嘴裡嚼著飯菜含糊地說道。

趙長輕好聲拒絕道：「不必了。吃多了，上癮就不好了。」

「怕什麼？這些菜不但口味好，營養價值也不低，食材都是綠色，純天然無污染的，我可以教給你家的廚子，即使我走了，你也吃得上。」

綠色？趙長輕瞄了一眼桌前，只有一道菜裡面帶了一點點的綠色。「純天然無污染」又是什麼新詞？

「你待會兒是回內室休息還是去書房？你要是去書房的話，我跟你一起。」蕭雲忍不住又在吃飯的時候和同桌人閒聊起來。

趙長輕嚥下嘴裡的食物，才回問道：「妳是要借書還是習字？」

蕭雲頓了頓，嬉笑道：「你覺得我一把年紀了，每天要花多長時間練字，才能達到將就湊合看的程度？」

一把年紀？她說話總愛這麼誇張。趙長輕斜睨了她一眼，道：「若要練到看得過眼的程度，以妳的悟性，每日花上兩個時辰，大概需要三個月吧！」

兩個時辰……四個小時？「這麼慢啊？」蕭雲哭喪著臉，翻眼想了想，說道：「其實我以後也用不上。」

「練字不僅可以修身養性，還可磨練一個人的性子。妳若閒著無事，多練練是好的。」趙長輕提議道：「妳上午訓練我，不妨我下午訓練妳。」

呃？這樣整天時間都有安排了，過起來就會特別快。蕭雲想了一下，舉手贊成道：「好，成交。」

吃完飯到了書房，趙長輕雙臂拄著枴杖將身體撐起來，到書櫃前找幾本適合臨摹的帖子。

蕭雲像對待正常人一樣，沒有搶著去做。她逕自坐到書桌前，準備磨墨。

她的左手邊有個打開的摺子，蕭雲無意中瞄了一眼，上面有一長排名單，開頭是個「顧」字，雖然很好奇，但她並沒有多瞄兩眼，而是將它合上放到了一邊。

磨好墨汁，準備狼毫筆，再將宣紙鋪上，蕭雲活動了一下肩頸。

轉動脖子時，有一綹頭髮從額前掉了下來，蕭雲抬手將它撥了回去，使勁往束頭髮的絲帶裡塞。很快，絲帶就被她弄鬆，掉了下來。

「唉，為什麼這裡沒有橡皮筋呢？」她苦惱地嘀咕道。在臨南買的那幾根簪子都斷了，吟月就說用絲帶幫她束髮，很方便，可是真的不緊，弄著弄著就鬆了。都怪她不好，當初沒聽秀兒的，買根銀簪子。

視線無意間掃過書桌的左上方，蕭雲眼尖地發現那個黑色筆筒裡豎著一根木簪子，顏色深沈，簪子頭部是流雲鏤空的紋色，分不清是男用的還是女用的，反正古代男子也是用頭冠或者簪子束髮的，她沒多想，伸手過去拿。

簪子散發著淡淡的木頭香氣，質感較沈，想必王爺也不會用什麼劣質貨。蕭雲把玩了兩下便愛不釋手，心動地想試試。

她十分嫻熟地將全部頭髮攏在一起，從拇指上繞了一圈，在腦後盤成一個髻，然後將簪子插進頭髮裡，旋轉了半圈，固定起來。晃晃腦袋，很緊，毫無鬆脫的跡象，蕭雲立刻就喜歡上了。她忘乎所以地正欲問「老闆這個怎麼賣」，陡然想起自己現在不是在逛街。

趙長輕正好找到那本書帖，放到蕭雲面前。

蕭雲低下頭讓他看她腦後的簪子，解釋道：「你看，我原本的那條髮帶鬆了，我還是用簪子比較順手。正好看到你筆筒裡有一根，就拿過來用了，要是你不急用的話，哪天我出去給你買一根新的。」

趙長輕怔怔盯著蕭雲，微微失神。

「怎麼樣？」蕭雲詢問道。

趙長輕沒有說話，而是愣愣地凝望著她。

「你是不是不喜歡別人碰你的東西？不好意思，我只是……我真的不是故意的，我來了之後一直沒出府，所以也沒去買，正好剛才看到了，我就順手……我現在就拿下來！」蕭雲緊張得連忙抬手摸索髮簪，欲抽出。

不經過人家的同意就拿人家的東西，實在是很不禮貌。蕭雲覺得自己太失禮了。

「合適就戴著吧。」趙長輕抬起手，握住她的手腕，阻止道：「我暫時用不上，妳不必急著還。」

「喔……那謝謝了。」蕭雲想要補償他。「要不我給你買根新的吧？純金打造的，你看怎麼樣？」

趙長輕失笑。純金打造的簪子？太俗氣了吧！若以後娶的正妻是她，她應該會很高興收到這樣的新婚之禮吧？

嗯……他怎麼會有這種想法？他怎麼可能娶她為正妻？

趙長輕為自己產生這種莫名其妙的念頭而感到疑惑。

「好像有點俗了，不大符合你的氣質。」蕭雲真心思考著。「不如用翡翠吧？」謫仙般的人物用翡翠、碧玉之類的最合適不過了。

「不必麻煩，我不常用髮簪，妳頭上那根，用完還我便是。」趙長輕回神，淡然說道：「開始練字吧！」

聽他這麼一說，蕭雲發現他的確很少用簪子束髮，那她頭上這根不是他的？可能是別人送的吧。既然他這麼說了，蕭雲也不想再多說廢話。直接去買來多有誠意啊，問人家，人家當然要推辭一下了。

「這是正楷？」蕭雲翻開那本書帖，問趙長輕。「我是不是把它墊在宣紙下面，照著印子描寫，也可以達到練字的效果？」

「這倒不失為一個好方法。」趙長輕拄著枴杖重新坐回輪椅上，道：「不過這是孤本，我可捨不得讓妳亂畫。這樣吧，我臨一本給妳用。」

「那我去泡壺水果茶來喝。」

有蕭雲在，趙長輕的屋子裡總少不了新鮮，對於來自她的新詞新物，他逐漸習以為常。下午，蕭雲臨摹時，趙長輕在一旁看書，不時傾身過去指點兩筆，兩人同飲一壺茶，共度了一個安靜的下午。

到了做針灸的時間，正好太子過來了。他進去跟趙長輕打了個招呼，說了片刻的話，便到外面去找蕭雲。

蕭雲在院子裡盪秋千，她兩腿互搭著，身體一前一後搖晃著秋千，嘴裡哼著不知名的曲調，看上去無憂無慮，彷彿塵世在她眼下都如浮雲一般。

「看到妳如此安然自得，真是羨煞旁人。」太子含笑著慢慢向她走去。他的微笑如同四月裡的春風一樣，輕柔吹拂在人的臉上。

「看著你笑若春風，也以為你不知民間疾苦。」蕭雲訕訕地回道。「每個人都有自己的苦惱，只不過有的人不表現在臉上罷了。」

「喔，妳苦惱什麼？說出來，或許我可以幫妳解決。」太子雙手負於身後，一張俊顏直對著蕭雲，目光溫和。

蕭雲天天對著趙長輕那種男神，對帥哥已經免疫了。她沒好氣地說道：「你先管好你的『修身齊家治國平天下』吧！小老百姓的個人苦惱你也管，忙得過來嗎？」

太子正色問道：「『修身齊家治國平天下』？具體何意，妳可否跟我講講？」

蕭雲撇撇嘴，從秋千上下來，坐到一邊的石凳子上，緩緩道來。「古之欲明明德於天下者，先治其國；欲治其國者，先齊其家；欲齊其家者，先修其身；欲修其身者，先正其心。心正而後身修，身修而後家齊，家齊而後國治，國治而後天下平。」

太子皺眉沈思，而後點頭。「有道理。」

蕭雲繼續問道：「那你的家齊了沒有？你跟謝三小姐怎麼樣了？這麼久還沒傳出你們的喜訊，該望眼欲穿了吧？」

「妳大哥……」太子望向蕭雲，改口說道：「謝副將領功而歸，父皇對統領府另有重賞。我與謝三小姐從未有過明媒，何談嫁娶？」

蕭雲聞言，大惑不解。謝容嫣不可能會炫耀沒把握的事情，這其中……蕭雲轉動腦子，結合政治局勢想了想，便什麼都明白了。

太子看她恍然的表情，便知她已想通，戚然道：「果然瞞不住妳。」

蕭雲仍然陷在自己的思緒中沒有出來，她想，可能是謝容嫣自信過了頭，沒以為自己會被男人犧牲。從現代過來的她就深刻知道，男人永遠是以事業為先，感情什麼的都是浮雲。

可惜呀可惜，謝容嫣那麼聰明的人，不放在後宮裡跟那群同樣聰明的女人玩弄陰謀，鬥來鬥去，簡直就是浪費人才嘛！

蕭雲一臉痛惜。

太子以為她心疼妹妹，忍不住誇道：「妳真善良，她那麼對妳，妳還為她痛心。」

呵，為她痛心？我可沒那空閒！蕭雲冷笑了一聲。

「聰明如妳，該理解我並無心傷害她，這一切，實在身不由己。」太子解釋加安慰地道：「她非愚蠢之人，不至於淒慘收場。再不濟，也可嫁個世家公子做正室。我想只要她願意，子煦還是會娶她的。」

「是嗎？」蕭雲一聽到這個，頓時來了精神。賤人配賤人，絕配啊！蕭雲得意地壞笑道：「他們終於有情人成眷屬了。」

太子愕然。

「他們毀了妳的一生，妳不但不恨他們，還祝福他們，妳的心胸……」太子被蕭雲的寬懷大度所感動，他敬重地道：「逸之折服。」

蕭雲笑得更嗨了。要是他知道她其實是在腹黑，可能就真的服了她了。

「妳能從他們的傷害中走出來，活得肆意歡快，真的很難得。」太子頓了頓說道：「子煦以前去太學府中探望過長輕兩次，後來被父皇派了事，長輕搬了府邸後也不曾來過，最近他剛閒下，估計很快就會來這裡探望長輕，妳要不要到我那兒避一避？」

提起此人此事，蕭雲就一肚子怨火，她恨聲道：「要避也是他避我。他親手毀了我的事業，我還沒跟他算帳呢！我還有一大堆的理想沒有完成，全部被他給毀了。最好別讓我看見他，否則我……我……」

她一介草民，能把一個王爺怎麼樣呢？蕭雲心裡的小火苗瞬間熄滅了。「不說了，說出來全是淚。」

太子心疼地看著蕭雲，面露愧色，試問道：「妳未完成的理想，是不是讓玉容閣成為舉世無雙的歌舞坊？」

蕭雲訝異道：「你怎麼知道？」

「妳走後，我去過玉容閣，從幽素她們嘴裡聽說了妳曾經與她們說過的抱負。」太子說道。

「她們過得好嗎？」蕭雲興奮道：「玉容閣現在怎麼樣了？我聽說汐月嫁給了周公子，是不是真的？」

玉容閣的生意大不如從前，李辰煜到處吵嚷著要見她，幽素她們常念叨著她，這些還是不要告訴她了吧，免得讓她更傷心。

「還算過得去。」太子略微思索，便用一句話帶了過去。「緣分的事，說來就來，他們本人也道不清。」

「那是真的了？那就好。只要她們過得開心，我就放心了。」蕭雲臉上溢滿柔和的笑意，烏眸中卻夾雜著淡淡的失落。

那些與她們共同進退的日子，每每回憶起來總是能勾起她對現實的失望。蕭雲語意淒涼道：「其實我的理想歸根結柢，就是改變舞娘在這個世界上卑微的地位，希望她們不被人歧視，讓那些底層出身的女子可以透過自己的努力改變命運，不用被惡勢力壓迫。」

「我答應妳，待將來我執政，定會努力幫妳實現它。」太子覺得蕭雲的想法很好，利國利民，並且，他很想幫助這個讓他欣賞的女子。

「若能實現，這個世界的文明可就前進了一大步，所以不能單單說是為了我，我只是隨便想想，你這個執行者才是功不可沒的。」蕭雲說道。

太子看她的眼神中夾雜著一些她看不明白的東西，她不想知道那是什麼，於是選擇逃避。「唉呀，天色不早了，王爺應該也差不多好了。我回去吃飯了，你是王爺的客人，應該由他來招呼你，我就不妨礙你們了，再見。」

說完，蕭雲飛快地向自己房間跑去。

不巧的是，她在迴廊上碰見了趙長輕。

趙長輕皺皺眉，輕斥道：「慌張什麼？沒有半點淑女的樣子，急著去哪兒？」

「呃……」蕭雲想了一下，答道：「我餓了，回去吃飯。」

「我已吩咐人備了膳，晚上我們三人同桌而食。」

「不行！」蕭雲大呼一聲。趙長輕的眉頭皺了皺，蕭雲意識到自己的反應有點過了，馬上壓低聲音，故作沒事地扯謊道：「我突然覺得好睏，先去睡一覺，你們慢慢聊吧。」

「妳不是說飢餓會令妳大腦停滯，無法入眠，所以吃乃妳人生頭等大事嗎？還自詡是個飯桶。」趙長輕嘴角噙著笑說道。

蕭雲滿臉黑線，字正腔圓地糾正道：「是吃貨，不是飯桶，這是兩回事。」

「兩個詞意思相差無幾，有何區別？」

「區別就在於……」跟古人溝通好難！蕭雲擺擺手，說道：「算了，我不做吃貨了。我剛說錯了，我是睏了，不是餓了。你們吃你們的，不用管我。」

吃的確是她人生裡的頭等大事，所以她不會白白挨餓的。

等到肚子餓時，蕭雲悄悄溜進廚房。趙王府這麼大，大廚房裡隨便翻幾個蒸籠就能摸到好吃的。趙長輕那邊差不多結束用膳後，她也飽了。

太子本不用頻繁來此，他已經很克制自己每日往這裡跑的期盼，好不容易壓抑了多天，今日尋了一個好理由，卻奈何佳人不解他的心情。

趙長輕近來除了夜晚和早餐，幾乎全是和蕭雲在一起度過，沒了她在耳旁嘰嘰喳喳地吵鬧，竟感到有點不習慣。

這頓飯，兩人幾乎食不知味，都是一副若有所思的表情。

不過第二天，一切又如以前那樣，訓練、寫字、看書……

不同的是，蕭雲開始加強了對趙長輕的訓練，鼓勵著他不靠平衡桿支撐身體，試著用雙腿站穩。

就在趙長輕兩腿有了輕微知覺的同時，蕭雲的書法也突飛猛進了。

這種共同進步的感覺，真的很激勵人心。

第十四章

「想不到我也可以做到我認為做不到的事情。」蕭雲看著自己寫下的娟秀小楷，快要得意忘形了。

趙長輕看她高興得幾乎連眉毛都在飛揚，也忍不住替她開心。

「我決定做頓大餐，好好獎勵一下自己。」蕭雲一高興，就想給自己做頓好吃的。

自從被趙長輕取笑飯桶，蕭雲好久沒有下廚了。趙長輕有點懷念那些別具風味的吃食，他現在知道了，蕭雲認真起來非同小可，以後可再也不能惹她了。

像蕭雲這種懂得享受的人，生活總是能過得有滋有味，趙長輕無形之中受她的潛移默化，漸漸也學會了如何享受閒暇。看書前會沏上一壺好茶，累了便躺到搖椅上晃一會兒，享受窗外傳進來的鳥語花香。

日子一天一天過去，盛夏逐步逼近。

這天上午，兩人在復健室裡，蕭雲拉著趙長輕站到一旁的空地上，扶著他先站穩了，控制好身體平衡後，她站在他前方，拍了拍手掌，道：「來，勇敢地邁出第一步。」

趙長輕抬眸，眼中射出一束堅毅之光，微微閉上眼睛，尋找著以前走路的感覺。許久不曾行走，他差點要忘了那種行如風的痛快。

「先說服自己的內心，告訴自己我一定可以做到，然後試著抬起腳。」蕭雲緊張地睜大雙眼瞧著他，鼓勵道。

趙長輕深吸一口氣，緩緩抬起了右腳，跨前一步。

恍若萬眾矚目，當他的腳底穩穩落到地面上，身體沒有任何傾斜的跡象時，蕭雲興奮地縱身跳起，高呼一聲。「耶絲！」

趙長輕眼光發亮地瞧著蕭雲，粲然一笑，嘴角綻放出柔軟的線條。她竟比他還激動。

「來，再走一步。」蕭雲向他攤開雙手，迎接他。

趙長輕又抬起了左腳，接著是右腳、再左腳……一連走了五步，每一步都很穩固。雖然每一步都耗費了不短的時間，讓趙長輕汗流浹背，但是從不能站立到站姿如松，再到獨自行走，這其中的辛酸與汗水，還有無數次低落甚至絕望的心情，只有他們親身體驗過的人才懂。

「你太棒了！」蕭雲毫不吝嗇誇讚之詞。

趙長輕臉上的笑意逐漸擴大，隱藏在他內心深處多日的陰霾終於一掃而空，射進屋裡的陽光都抵擋不了他內心的晴朗。他記得，當他們的大軍打贏御國時，士兵們的歡呼聲在他耳旁連綿不絕，他卻沒有過多的喜悅，因為他早已勝券在握。

此時雀躍的心情，是他人生中第一次體會到。他有一股衝動，想要跟蕭雲一起縱身跳起，大聲歡呼、慶祝。可是……他還差一點點時間。

再練上一段時間，他就可以了。

趙長輕沈浸在喜悅中，完全忘了自己已經練了很長時間。當他抱著堅持下去的心情試著再向前走一步的時候，雙腿驟然一軟，身體重心不穩地摔向地面。

近在咫尺的蕭雲眼疾手快地伸手去扶他，無奈她身體瘦小，沒抱住趙長輕，反倒被他帶著一起倒地。

就在他們將撞擊地面的前一刻，趙長輕用力一帶，將蕭雲緊緊圈入懷中，免得她後腦勺著地。

只聽「砰」一聲，兩人重重倒下。時值夏季，兩人皆是薄衫裹身，這麼一摔，不疼才怪。趙長輕忍痛悶哼一聲，蕭雲在他懷裡，被他的兩隻手臂保護著，毫髮無損，只是被他的胳膊墊住的地方有點疼。

兩人的臉頰摩擦，蕭雲抬一下眼，睫毛便從他臉上劃過。她第一次如此近距離審視這張美得令人窒息的臉容，他的臉上覆著一層細密的汗珠，卻看不到一個毛孔，每一個五官都像是雕刻出來的藝術品，尤其是他的眼睛，彷彿一個漩渦，不用說話，單單看著便能被深深地吸進去。蕭雲不禁看癡了。

世上怎麼會有這麼完美的人？

趙長輕掀起眼簾，與她四目相對，時光在這一刻驀然靜止了。

這好像是他第一次這麼近地注視著她，從她的眉頭，清澈的雙眸，到鼻翼、唇角，每一樣都很普通，與「漂亮」相差甚遠。

但是，抱著她嬌小的身體，他平靜的心湖卻泛起了一層又一層波瀾，全身的血液都在湧動，眼前不停重播著她以前的畫面。心情好時，她會爽朗大笑，甚至會拍著腿笑得前仰後合；生氣時，兩眼一翻，連鼻孔都在吐氣。她的表情豐富多彩，每一次喜怒哀樂都完全表現在臉上，毫不矯揉造作。

趙長輕心頭漾起一抹難以形容的感覺。蕭雲每個一顰一笑狠狠向他的心湖砸去，她臉容紅潤，渾身散發出少女般的靈韻之氣，他情不自禁被吸引住了，眼神越來越柔和，身體越來越低……

蕭雲的瞳孔越瞪越大，渾身僵硬。天哪，他怎麼了？這麼溫柔的眼神，這麼深情的注視，是要溺死她嗎？

忽然，趙長輕猛一下驚覺過來，目光微怒地甩甩頭，他一向引以為傲的自持力哪兒去了？怎麼會如此失禮？

他迅速恢復常色，單手撐地坐起，努力平復心情，調整好語氣，生硬說道：「唐突妳了，抱歉。」

沒有任何不自然，就像以前無數次在蕭雲面前狼狽摔倒一樣，趙長輕一直都是從容冷淡的。

剛才，只是個小小的意外，他不會再讓它發生。

「喔。」蕭雲愕然回神，急忙從地上坐起來，略顯急促地說道：「沒、沒關係，這是個意外，你也不想的嘛！」

趙長輕張了張嘴，終是什麼話也沒說。

蕭雲摸了摸脖子，藉此掩飾尷尬。趙長輕欲起身，蕭雲忙過去扶他，卻被他輕輕推開了。兩人之間一下子陷入了凝滯的狀態。蕭雲低頭，片刻反應過來後，連忙過去將輪椅推來。

蕭雲說道：「今天練習的時間有點長了，你也累了，回去休息吧！」

趙長輕肅然點點頭。可能因為他是軍人的關係吧，不笑的時候渾身散發著冷冽的氣勢，讓人不敢靠近。

這才是他嘛！人家都沒有一絲尷尬，她瞎緊張什麼呀？蕭雲釋然，展眉微笑，向門口走去。

「明日妳不必來了。」趙長輕突然說道。

蕭雲一愣，不解道：「為什麼？」

「這些天辛苦妳了。我想我已經能夠掌握復健的基本要領，我可以自己一個人。」趙長輕語氣裡不含一絲溫度。

「唔……」蕭雲本想說剛有起色，中斷了不大好，但是看到趙長輕那副不容反駁的表情，到嘴的話又嚥了回去。既然他喜歡安排，就讓他安排吧！剛才那麼尷尬，他們的確需要避避嫌。

這時，沈風從外面辦事回來。他神色匆忙，好像有很重要的事情要彙報。

果然，他說道：「王爺，公主來了。」

公主？蕭雲愣了一下，旋即明白過來。

趙長輕垂眸，片刻抬頭問沈風。「沒有告訴她蕭大夫這件事吧？」

「回王爺，沒有王爺的授意，卑職不敢。」

趙長輕點點頭，側眸對蕭雲說道：「等我康復之後再告訴她，以免再次失敗，讓她空歡喜一場。」

「這樣也好。那我回房去了，不然見到了不好解釋。」蕭雲急忙跑出去。

但是她剛過長廊，還沒出這個偏院，就撞見一群女人正朝這邊走來。用膝蓋想也能想到來的是誰了，唯一的出口又在她們後面，蕭雲只好選擇掉頭，退回去再說。

「你媽已經到門口了。」蕭雲回到復健室，氣喘吁吁地指著外面說道：「喔，不是，是你娘。」

趙長輕擰眉思忖了一下，說道：「若說妳是我的故友，她會對妳盤問許多話，妳還是站到我身後，當作侍女吧。」

「喔。」蕭雲慌忙站到趙長輕背後，抓住輪椅的把手，又突然問道：「我能不能不跪她？」

趙長輕睨了她一眼，以似是安撫的口吻說道：「家母性格嬌柔，待人接物十分寬厚，妳不必緊張，福身即可。」

那她就放心了。

推著輪椅走向外面，蕭雲見到了最前頭的那個宮裝美婦人。剛才情勢緊急，來不及細看她，現在仔細一看，蕭雲驚呆了。她終於知道趙王爺的美貌是怎麼來的。

在眾人的簇擁下，平真公主邁著蓮步向他們款款而來，她穿著一身深紫色的宮裝綢緞絲裙，白色滾邊，頭戴珠冠，一張俏麗的鵝蛋臉柔媚動人，走路時高昂著頭，目不斜視，一副雍容華貴之姿，皇家公主的風範儀態在她身上一覽無遺。

「孩兒給娘親請安。」趙長輕垂首，朗聲說道。

沈風雙手舉起，埋頭行禮。蕭雲順勢福了福身，將問安的聲音掩在他的聲音中。「公主金安。」

平真公主見到兒子，露出柔美的笑容，眼神中流淌著濃濃的疼愛，微嗔道：「怎麼跑這偏院來了？」她的聲音細柔輕緩，一聽便知是個性格溫婉的女子。

蕭雲偷瞄著她，越近看越發覺得她長得好像影星趙雅芝，美翻了，歲月沒有奪走她一絲的光華，只在她臉上留下成熟的印記。同樣是女人，為什麼人家可以長得那麼完美？蕭雲咬住下唇，羨慕嫉妒恨地盯著她。

「沒事四處走動走動。」趙長輕和聲答道。

「你負傷在身，該待在屋裡安養才是。」

又是這個理論。

「孩兒在屋裡悶壞了，想出來轉轉。」

「輕兒，委屈你了。」平真公主聞言，眼裡湧出晶瑩的淚花。「我苦命的兒啊……」

趙長輕無奈地垂了垂眼眸。就是不忍看著母親終日以淚洗面，他才搬到新府邸來，更揚言自己要安靜休養，不想見人，所以讓他們沒事不要來探望。他長年在邊關打仗，不能在雙親面前盡孝道，好不容易歸朝，卻發生這樣的事，更加傷了雙親的心……趙長輕深感內疚。

公主的啜泣聲彷彿一層陰影，籠罩在眾人的心上。

「公主……」蕭雲不忍心，輕輕開口道。

第十五章

平真微怔，嚶嚶聲戛然而止。「妳……」

「不知公主可願聽奴婢一言？」

平真柳眉輕蹙，不解地看了看兒子。趙長輕挑眉，神情複雜地側眸回望著蕭雲。

「本宮准了，妳說吧！」平真說道。

蕭雲掃了他們一眼，緩緩說道：「王爺長年在外行軍，無法在公主身前盡孝，對公主本就懷有愧疚之心，如今又身負重傷，不能行走，惹得公主眼淚漣漣，傷心不已，王爺看了，定是心疼，從而更加責備自己。」

平真訝然看向兒子，用自責的語氣說道：「輕兒，這不是你的錯，你千萬別怪自己。都是為娘不好，為娘不該……」說著說著，平真的眼角又泛出了淚光。

「公主若是真為了王爺好，相信唯有公主的笑容，才能抒解王爺心頭的慚愧。」蕭雲柔聲說道。

平真一怔，連忙擦了擦眼睛。這個侍婢說得對，事已至此，一切都無可挽回，哭又有何用呢？只會讓輕兒更加內疚。她迅速收拾起心情，對蕭雲笑道：「妳這個侍婢真是觀察入微，想得周到。如此聰慧可人，難怪輕兒准妳做貼身侍女。」

呃……

蕭雲乾笑了兩聲。這算是誇獎嗎？嘴上說道：「公主過獎了。」

平真不禁仔細端詳起蕭雲來。她長得是普通了點，但貴在溫柔體貼，這麼舒心的解語花，納為妾倒也還可以。對了，她今日前來就是為了輕兒的婚事。思及此，平真這才進入正題。「輕兒，為娘是特意來此等候顧相國的。」

「顧相國要來？」趙長輕猜到他遲早會來找自己，但是，娘為何要在這裡等他？

「你應該猜到了他是為何而來的吧？」平真的杏眼中流露出一抹傷感，優雅地轉過身去，眾人跟著她向外走去。

蕭雲便推著趙長輕，也跟了過去。

「娘聽皇后說，顧相國找了熙貴妃給皇上吹枕邊風，皇上已默許了退親一事。今日，顧相國來了太學府，聽說你不在，估計猜到了你在自己的府邸，想必下午就會來。他怕你不見，不敢遞拜帖。娘就是想告訴你，你不可藉此為由推拒他。別人不守信用，我們不能如此，否則，與那種人又有何區別？」

哇，好正直！想不到她一點也不溺愛自己的兒子，好崇高的人品！蕭雲對平真公主簡直佩服得五體投地。

「放心吧，娘，孩兒自有分寸。」

蕭雲心想，他好歹是王爺，想來那個顧相國也不敢說太過分的話，可能公主長年沒有跟兒子相處，不清楚他的辦事方法吧！

「輕兒，你真的不必太傷心。這個顧千金為娘見過，並非絕色，若不是你親自點她，為娘根本看不上她做兒媳。還記得為娘與皇后給你說的那個蘭——」平真又忍不住貶低一下那個顧千金來安慰自己的兒子。

趙長輕不緊不慢地打斷了公主的推薦。「不必了，娘，我暫時無心娶親。」

「輕兒——」平真柳眉微蹙，道：「若不是為了打仗，你這年紀早該兒女繞膝了，可不能再耽誤了。」

「娘……」

平真退而求其次道：「不若，先立個側妃也可，或者從名冊裡本該立為側妃的那幾位千金中選一個出來，提為正妃。她們雖然身分低了些，畢竟是嫡女，你如今又……」

名冊？

蕭雲聯想到在趙長輕書桌上看到過的那本名冊，上面大約有五、六個人的名字，頭一個字好像是「顧」……

哦～～原來那些都是趙長輕準備一個一個娶進門的。蕭雲知道這個數目在王爺級別中算少的，可是，她還是在心裡狠狠地鄙視了他一下。

古代男人果然都是種豬！

「娘也知道我如今這般不適宜娶親，還是過些日子再說吧。」趙長輕語氣平和，態度卻很堅定，說這話時，他不經意地側眸掃了一眼身後。

「過些日子還不是如此？當初就是你急著走，才沒跟顧千金訂下婚約，只是口頭上說了一下。不然，顧相國如何也不好來退親。」平真公主急了。

「您還記得孩兒臨走前說過的話嗎？孩兒當著皇上的面，親口承諾，洛國一日不贏御國，便一日不娶親。如今國難未了，御國仍然虎視眈眈，孩兒哪有心情顧及私事？」趙長輕拿出皇帝舅舅做擋箭牌，似乎鐵了心不娶親。

「你都這樣了，還想著國事？」平真恨嘆了一聲。「唉。」再無話可說了。

在男人眼中，事業永遠比家業更重要。看來這個道理不僅蕭雲懂，平真公主也是深知。

「雲兒。」趙長輕突然喚道。

蕭雲眨眨眼睛，沒有反應。過了一會兒，她恍然明白過來，表情驚訝道：「你是在叫我嗎？」

平真皺眉，也很驚訝地看著她。趙長輕偏頭深深睇了她一眼。

「唔……」蕭雲看懂了他的眼神，忙清了清嗓子，進入角色，恭聲回道：「奴婢在，請問王爺有何吩咐？」

「妳替本王哄哄公主。」

「什麼？」蕭雲錯愕。

趙長輕一雙黑眸側睨著她，那眼神彷彿是在說：妳不是最擅長講笑話的嗎？

蕭雲用委屈的眼神回過去：可每次我跟你講笑話，你都不笑啊！

她現在對自己的笑話一點信心也沒有了。

平真聽兒子這麼一說，心裡再不高興也只能強顏歡笑，否則只會給他增加負擔。她看著蕭雲，佯裝期盼地問道：「輕兒天生性格冷淡，不易討好，既然他這般說，可見妳有幾分本事。可否讓本宮見識見識呢？」

蕭雲訕訕的，公主沒有一點強勢之態，若她推辭，就太不給面子了。她先給平真打個預防針。「都是些小把戲，是王爺盛讚了。若公主不嫌棄，奴婢便說幾個，公主聽了覺得不好，可別怪奴婢。」

「不怪，妳說便是了。」平真好脾氣地安慰道。

「公主可知，包子最怕誰？」

「包子怕誰？」這是什麼稀奇古怪的問題？平真被問住了，迷惑地看向趙長輕。

趙長輕雖然不知道答案，但是知道她的笑話向來無厘頭，所以他一聽便隨口笑道：「孩兒也猜不出，不如讓雲兒直說了吧！」

兩人一齊看向蕭雲。

「豆子呀！」蕭雲一本正經地抬手做出一個殺的手勢，報出答案。「豆沙（殺）包嘛！」

平真「噗哧」一聲，用帕子掩嘴大笑，連聲道：「有趣、有趣！」

蕭雲一連講了好幾個笑話，去主院的一路上，平真公主笑聲不斷，尾隨她的那群侍女也是忍不住掩嘴偷笑，整座院子充滿了歡樂。

進了主院前廳，有侍女過來問膳，平真公主的心情一下子低落了，她表情懨懨地說道：「簡單備些清淡的吧，不知是不是最近天氣熱，總沒什麼胃口。」

「公主每年一到夏至便是這個毛病，人也消瘦了一大圈。」平真身邊一個年紀稍微大些的侍女語氣擔憂地斗膽說道。

「多嘴！」平真嘴上嗔怪，眼神卻甚是柔和。侍女不但沒有害怕，還一副無奈的表情，估計她跟隨公主多年了，與公主感情十分親厚。

趙長輕說道：「最近天氣是悶熱了些，但也不可少食。雲兒。」

蕭雲一聽到這聲呼喚，後脊梁就不由自主地冒寒氣。

好、肉、麻啊！他居然叫得那麼自然，真是服了他了。蕭雲咬著牙僵硬地說道：「王爺有事只管吩咐。」

「妳去做幾道開胃小菜來。」

蕭雲翻白眼，就知道是這樣。做好吃的她不抗拒，可是她不能上桌一起吃，還有什麼動力做嗎？懶懶地道：「遵命。」

趙長輕對著她的背影慢悠悠地加了一句。「公主若能胃口大開，重重有賞。」

蕭雲聞言，頓時來了精神。她轉頭跑到剛才那說話的侍女身邊，嘻笑道：「您一定知道公主的飲食偏好吧？」

侍女和聲答道：「奴婢跟隨公主三十個年頭，自然知道。」

「那能不能跟我一起去廚房？」

侍女看了看平真，趙長輕開口說道：「碧竹姑姑，雲兒做得一手好菜。」

換言之，她正好可以偷個師。

碧竹當即同意，跟蕭雲一起去了廚房。

「這個侍女是太子特意為你物色的嗎？倒是很會討人歡心。」待她們走後，平真問趙長輕。

「古靈精怪的。」趙長輕眼角劃過一絲笑意，簡單答道：「許是太子怕孩兒心情欠佳，所以特地找了個有趣的人兒為孩兒解悶吧！」

王府裡的下人一般都是從內務府送來的，但這次趙長輕回朝途中遭人刺殺，太子怕敵人在趙王新府邸安插人手，便將已經送來趙王府的下人大洗牌，親自把關，重新篩選了一批底子乾淨的下人。

「是挺有趣的。」平真轉眸思索著什麼。「她雖是蒲柳之姿，但據為娘觀察，她的神韻、氣質非普通人可比，不像個下人，會不會是太子的妾室？」

趙長輕端過茶杯淺抿一口，直接跳過這個話題，淡淡問道：「娘問這個做何？」

「若曾是太子的妾，你再喜歡也只可允她做個通房大丫頭，懂嗎？」平真拿出傳統禮教教育道。

「娘多心了。孩兒正妻之位空缺，側室不是已經由娘替孩兒全部選好了嗎？何必再多此一舉。」趙長輕冷聲表明了自己的立場。

平真說道：「你堂堂一個王爺，怎可只有三、五名妻妾？況且那些都是為了鞏固和平衡各大權臣，才不得不娶的女子，並非你真心喜歡。正、側妻不容你選，納個自己喜歡的妾還是可以的。」

平真突然咦了一聲，繼續說道：「對了，有一點娘一直想不明白，顧相國一家十幾年前才遷至洛京，沒幾年你就去了邊關，你與顧千金是何時認識的？為何會親自點她為正妻？」

她對兒子在外的行事作風一概不知，當然也不知道兒子聽說她要親自挑選兒媳後，便派人將所有一品大員的嫡女都查清了，最後選了一個最敦厚純樸的。

趙長輕不想騙母親，但是又不知該從何解釋。他不禁想起蕭雲慣用的那套措詞，伸手摸了摸眉毛，借用道：「此事，說來話長……總之，一言難盡。」

「不急，你慢慢說。」

「過去的事不提也罷。爹最近怎樣？太后的身體可安好？」趙長輕又用了一套轉移法，成功跳過了那個話題。

兩人聊了半個時辰，蕭雲和碧竹就回來了，她們身後的侍女將菜式擺上主院前廳的紅木圓桌。

「公主，奴婢今兒個可真是長見識了。」碧竹歡聲說道：「您快過來嚐嚐。」

「是嗎？」平真意外道。碧竹陪她出嫁前在宮中可是御前宮女，什麼山珍海味、奇珍異寶沒見過？連她都說好，平真可真是好奇了。

到桌子前一看，確實都是些新鮮的菜式。

「我的菜最講究的就是色、香、味俱全，怎麼樣？看了之後是不是食指大動？」蕭雲得意得連身分都忘了。

「嗯嗯。」碧竹輕輕搗了搗她的胳膊，友善地提醒她注意用語。

趙長輕注意到了這一幕，不禁再次對蕭雲刮目相看。這麼短的時間內就和碧竹姑姑建立出友情，她又用什麼絕招了？

「色相倒是一般。」平真掃了一眼，微微笑了下，如實說道：「御廚做的菜比這花稍多了。」

「所以口味就稍差了一些。」碧竹拿筷子挾了一塊魚肉放到平真面前的碗碟裡，幫襯著蕭雲說道：「這個起菜前奴婢嚐過，酸爽入味，很是可口。」

平真優雅地挾起魚肉送進嘴裡，抿嘴細品。片刻，她滿意地點頭讚道：「嗯，酸中帶辣，辣不過酸，恰到好處。」

蕭雲聽著公主的讚美之詞，得意地衝趙長輕揚揚眉，那眼神好像是在邀功。

趙長輕好笑地瞋了她一眼。小財迷！

吃完了之後，平真才嚐出食材，驚訝道：「這竟是魚肉？」

「嗯，每一塊都剔了魚刺，不會卡到喉嚨，公主放心食用。」蕭雲介紹道。

碧竹體貼地又挾了滿滿一筷子酸辣魚肉放到她面前，等她過癮了，再每樣菜式都為她挾一口。

「妳為何不給王爺布菜？」平真忽然停下來，疑惑地看著蕭雲問道。

蕭雲無辜地眨眨眼，演戲要演全套嘛！「喔，奴婢真是該死，被油煙燒糊塗了。」她連忙挾菜放到趙長輕碗裡。

吃完小半碗米飯，平真又讓人添了一碗。碧竹喜上眉梢。公主今日吃的是平時的兩倍，這些菜可是對胃口了。

「公主是否將雲兒借了去，專門教教太學府的那些廚子們？」碧竹馬上提議道。

趙長輕一口嚥下食物，說道：「本王習慣了雲兒服侍，身邊離不了她。碧竹姑姑可留下幾個手巧的跟著學習。」

平真從這幾句話中聽出了兒子的心思，她不緊不慢地拿出絲絹擦拭了一下嘴角，笑道：「為娘方才還想要了雲兒去太學府相陪呢！既然是輕兒的心頭好，便算了。」

心頭好？蕭雲悍然瞥向趙長輕，等他對公主解釋。

可是趙長輕正埋頭與碗裡的食物奮戰，不再說話，好似默認了。

主人家都沒說什麼，她一個奴婢說什麼呀？好在公主又不是常來。蕭雲啞忍了。

「碧竹，妳待會兒留兩個聰慧點的，跟雲兒好好學學。」

「是。」

用完午膳，侍女上了淨口的茶水。然後，趙長輕安排平真去清幽點的院子午休，平真卻道：「不必大費周章，就在主院的偏房裡準備個房間，本宮小憩片刻即可。」

趙長輕對侍女揚了揚下巴，讓她們儘快去安排。

「輕兒，你也回屋休息吧。」平真在碧竹的攙扶下，走在了前面。

蕭雲只能餓著肚子推著趙長輕跟上去。

關上門，蕭雲忍不住大呼：「好餓呀，我現在可以撤了吧？」

「哪有主子休息，侍女不在一旁候著的理？方才誇過妳。」趙長輕像變戲法似的，拿出一盤點心遞給蕭雲。「妳將就墊墊肚子，別餓壞了。」

「你從哪裡拿出來的？」蕭雲驚奇地一把奪過點心，坐到凳子上開始吃起來。
「回屋前讓侍女先送來的。」趙長輕過去為她倒了杯水，在她即將噎著之前遞給她。
「謝謝。」蕭雲含糊地衝趙長輕感激一笑。
趙長輕說道：「辛苦了一上午，待會兒妳去我的床榻上休息一會兒。下午顧大人來，我娘不可能走，只好委屈妳繼續裝作侍女跟在我身側。」
蕭雲停下嘴，嘿嘿笑道：「能否先兌現你的重賞？」
果然是財迷，一心惦記著這個呢！趙長輕嘴角含笑地問道：「妳想要什麼？」
「重賞不就是錢嗎？」蕭雲清澈的眼睛迷糊地看著趙長輕。
她的嘴角沾了一些點心屑，樣子有幾分呆呆的，趙長輕情不自禁地伸手過去，輕輕幫她擦乾淨。
蕭雲有些傻住了，一股很複雜的情緒在她心間激盪。
趙長輕陡然意識到這個動作有點踰矩了，便收了回去，慢慢轉身道：「少不了妳的。吃完了就去休息吧，免得下午人前失禮。若教外人看了笑話，我可要罰妳的錢了。」
「我又不是自願做你的侍女，做不好也不能扣錢。」蕭雲噘嘴抱怨道，但還是起身去了裡間。不管三七二十一，先睡一覺再說。
下午，顧大人如預料之中前來拜訪。
他和謝松差不多年齡，不過行為謙遜有禮，雙眼飽含著歉意，看上去為人正派。
平真的出現讓顧相國愣了一下。給她請過安後，顧相國虛擦了一下額頭，在一旁坐下。

他此番也是顧著情面拖了許久，可眼瞧著女兒到了婚嫁的年齡，這門口頭約下的親事阻礙了她出嫁，他才顧不得老臉，拉上許多關係，得皇上免責。平真公主是個女人，又是個母親，她會不會言詞激烈，設計阻止呢？

「相國大人，什麼風把您給吹來了？」平真和和氣氣地笑道。

蕭雲滿臉黑線，您不是知道他下午會來，才急匆匆地過來給兒子打預防針的嗎？看來要開戰了。

口頭上的寬容總是輕而易舉，要想對傷害自己的人和顏悅色，還真是難！

第十六章

「自然是上午在太學府中提及的事。微臣覺得，理應與王爺再說一次。」顧相國回答得不卑不亢，很有一品大臣的氣派。

「顧大人既誠意來拜會，為何不先送拜帖？顧大人不怕落空嗎？還是聽聞我孩兒腿殘，行動不便，只能留在府中？」平真忍不住厲聲問道。

「微臣不敢，怕耽誤王爺休養，便自作主張，免去俗禮，不請自來，唯恐遲人之後，失禮人前，不合情理之處，還望王爺多多見諒。」

趙長輕對平真暗暗搖了搖頭，平真無奈，甩袖坐到另一旁，閉口不言。趙長輕不冷不淡地道：「相國大人言重了，本王乃一介武夫，無謂繁文縟節，相國大人不必拘禮。」

「小女三生有幸，得王爺眷顧，小女對王爺也是十分崇拜。但是，微臣思想頑固，執意不想她嫁進趙王府，還請王爺責罰。」

好父親啊！古代人不是都重男輕女的嗎？這個顧相國，不想女兒嫁個廢人，守一輩子活寡，不惜得罪皇親國戚，把所有的罪都往自己身上攬。有這麼疼愛女兒的爸爸，蕭雲敬佩。

不過，他就不能編個感人一點的故事，非要這樣，就差沒直接說「你是個瘸子，我要飯也不能把女兒嫁給你」。

「王爺，」蕭雲突然俯下身，在趙長輕耳邊小聲說道。「以我專業的判斷，你的腿用不到三個月一定能恢復行走。」

趙長輕不著痕跡地推開蕭雲，恍若沒聽見。他對顧相國淡淡說道：「相國大人不必內疚，上次我們也只是隨口說到此事，尚未正式訂親，一切為時未晚。」

「多謝王爺深明大義。」顧大人感激得差點流眼淚了。王爺不論身分地位，還是相貌品格，無一不出眾，只可惜……天妒英才啊！

顧大人惋嘆一聲，然後起身告辭了。

「哼！」平真公主氣憤地冷哼一聲。

趙長輕對蕭雲使了使眼色，示意她去哄哄。蕭雲兩手一攤。公主正在氣頭上，這時候說笑話合適嗎？再說，一萬個笑話也抵不上給她一個希望，他的情況又不是一成不變。

靜默了一盞茶的時間，平真公主回過神來，想起了一個東西，於是問道：「輕兒還記得那根簪子吧？你府邸落成時，為娘專門派人將它送了過來，留給你新婚之夜贈嬌娘的。後來你負傷歸來，為娘便一直忘了跟你提及此事。」

「孩兒知道，搬來之後便有人向孩兒彙報了此事。」

「嗯，就放你這兒吧，遲早用得上，你好生收著。」平真目光放遠，回憶道：「這根簪子締結了先皇和太后的一世姻緣。顧千金沒那個福氣，非你良緣。為娘相信，有福氣的女子才能戴上它。」

簪子？

蕭雲下意識摸了摸自己的頭髮，隱約想起自己上次好像在王爺的書房裡隨手拿起一根簪子綰頭髮的，後來忘記還給他了，不會就是她頭上這根吧？

不可能不可能，從先皇那兒傳下來的，至少有三代人了，這種木簪子能用這麼長時間？不過這個簪子確實要比別的木簪子沈一些，上面的香味也經久不散，不像是普通的簪子。

「娘不必再為孩兒的親事操心憂慮，孩兒的腿或許終生如此，但是心情不可能一直低落，還請娘給孩兒一點時間。」

「娘相信你。」平真按住趙長輕的手背，睇了蕭雲一眼，說道：「既然你說了這話，為娘知道該怎麼做了。皇后的盛意，為娘會幫你推卻的。」

「多謝娘。」

「輕兒……」平真突然哽咽。「都是娘害了你。若不是娘盼著你早點回來，那點小病還派人通知你，你也不會只帶幾個隨從就上路了。」

趙長輕劍眉深鎖，語氣薄怒。「娘，不是說好莫再提此事了嗎？」

平真抽泣道：「娘看著你這樣子，心裡難受呀……」

趙長輕面色沈重，不知該怎麼安慰母親。

蕭雲急忙插嘴道：「可是王爺見公主自責，會更難受的。」

她剛才被公主的哭泣嚇了一跳，仔細聽她說的話，猜想悲劇可能是這樣釀成的：公主那時生病了，得知兒子打贏了御國後，便派人送信去催兒子回來。趙長輕得知母親病了，心急火燎，怕人多事多，耽誤時間，所以只帶了幾個隨從就回來了。然後在路上遇到了劫殺，他們這方人數太少，所以他才負了傷。

於是平真一直自責，認為是自己害了兒子。

蕭雲慷慨激昂地勸慰道：「我們做人應該向前看。過去的事情我們回不去，但是未來還有很多美好的事情在等著我們，難道我們要因為一個挫折，就要一輩子止步不前，永遠停留在傷心的地方嗎？」

平真公主被她說得一愣一愣的。

「公主，雲兒說得對極了。」碧竹拿出絲絹給平真擦淚，幫腔道：「奴婢不懂什麼大道理，但是也知道眼睛長在人的前面，做人就得向前看。您總這樣，王爺的心情便永遠都好不起來。」

「所謂當局者迷，旁觀者清啊！」蕭雲噼哩啪啦又海說了一通，有碧竹在一旁幫著說話，平真終於對這件事漸漸釋懷。

一直默默聽著的趙長輕不禁莞爾。她這份口才，不派她去跟御國談判真是浪費了。

平真走了，趙長輕也差不多到時間該針灸了。

「怎麼還沒看到白錄？」蕭雲伸頭張望，這麼一說，她就想起來了。「最近好像很少在院子裡碰到他。」

「他在研製一種新藥。」趙長輕讓沈風去喊他，然後慢慢對蕭雲解釋。「他對藥理十分癡迷，每想到一種藥物方子，便會廢寢忘食地鑽研。」

「那會不會影響到你的治療？」

趙長輕搖頭，對白錄的盡職毫不質疑。

回到自己的屋裡，蕭雲跟吟月要了一條帶子，重新學會了綁頭髮，然後去找趙長輕，把簪子還給了他。

「喏，這根簪子還給你。霸占了它這麼久，真是不好意思，還好一直沒磕過碰過，沒有一點刮痕。要不是今天聽公主提起簪子，我還想不起來該還你呢！」

趙長輕的眸子深深睨著她，沒有去接過來的意思。「那就當沒聽到。」

「那怎麼可以？」蕭雲將趙長輕的手拿過來，將簪子放到他手裡，好奇地多問了一句：「這根不會就是你要送給新娘的新婚禮物吧？」

趙長輕握著手中的簪子，靜靜看著它，聲音低沈而富有磁性地答道：「妳以後便會知曉。」

蕭雲不以為意，轉身去書櫃那兒。「唉，你這兒有沒有什麼催眠的書？我最近老失眠。」

「催眠？」趙長輕滑著輪椅來到書桌後，將簪子放回匣子裡，一邊說道：「那是什麼奇怪的書？」

「就是複雜的、難懂的，看著看著就能睡著的。」蕭雲解釋道。

趙長輕做恍然大悟狀，揶揄道：「那上面所有的書，應該都符合妳的要求。」

三滴汗華麗麗地從蕭雲額頭滑落，她嘴角抽了抽。想不到以一張冷臉著稱的趙王爺，居然也學會了開別人的玩笑。

「難怪昨天妳拿回來的那本書上有皺巴巴的印子。」趙長輕忽然想起什麼，一臉厭棄道：「該不會是妳的口水吧？」

口——水？

「啦啦啦啦啦啦……」蕭雲眨眨眼睛，高聲唱起歌曲，當什麼都沒聽到。「月亮在白蓮花般的雲朵裡穿行，晚風吹來一陣陣快樂的歌聲，我們坐在高高的蘆葦旁邊，聽媽媽講那過去的事情……」

甜美的歌聲縈繞在趙長輕耳旁，彷彿穿透了他的心靈，奔向他心中最柔軟的那個地方。趙長輕不由得雙目迷離，癡癡看著蕭雲。柔美的月光灑在她身上，她全身籠罩著一層銀白的光暈，好比落入人間的仙子。

趙長輕忽然覺得，和她就這麼相處著，也很好。

一首歌唱完了，蕭雲也選定了催眠的書。她揚了揚手，說道：「就這兩本。我保證好好愛護它們，要是下雨了我會把它們揣在懷裡，絕不會再有印子了。」

趙長輕微微一笑，沒有拆穿。

「我回去啦，晚安。」

一想到她走了後這裡就冷清了，趙長輕便不想再待下去，他轉動輪椅，說道：「我也該回屋休息了，一道吧。」

「喔。」蕭雲將書本放到他腿上，扶著輪椅的手把說道：「你幫我拿著書，我推你。」路上，蕭雲歡快地哼著小曲，似乎很開心的樣子。趙長輕被冷落了，心中鬱結，忍不住酸酸地說道：「以前如此倒也罷了。」

蕭雲一愣，覺察話裡有話，於是停止哼歌，問道：「什麼意思？」

「妳不覺得我應該心情不好嗎？妳說過心情不好會影響治療，卻連隻言片語的安慰都沒有。」

「你為何應該心情不好？」蕭雲大感疑惑。

趙長輕不滿地用明知故問的眼神睇了她一眼，涼涼吐出四個字。「被人退婚。」

蕭雲奇道：「你跟顧千金有舊情？」

趙長輕不明所以地搖了搖頭。

「那你見過她？還一見鍾情，再見傾心？」

趙長輕又搖了搖頭，迷惑地看著她，等著她說下去。她腦子裡想的總是與別人不同，他猜不出她在想什麼。

「那不就是了嘛！」蕭雲大剌剌地攤開手掌，聳肩說道：「你都沒見過，又沒有感情基礎，有什麼好傷心的？」

「被人以殘廢的理由而退婚，世間有幾個男人能受得了這種侮辱？」

蕭雲真想大笑。他說得這麼冠冕堂皇的，一點也不像受了侮辱的樣子，居然還理直氣壯地求安慰。蕭雲真想捏住他的臉頰，說：「你怎麼這麼可愛呢？」

剛認識他那幾天，心想這個「冷面戰神」的外號果然名不虛傳，整日擺著一張千年不化的寒冰臉，差點凍死她。如果不是看見他在太子面前笑過，蕭雲真以為他打仗時臉部受了傷，面癱了呢！

「以我對你淺薄的瞭解，足以相信你是個內心強大的人，才不會因為這點小打擊就心情不好呢。」蕭雲自信地說道：「一開始我以為你是身分需要，必須喜怒不形於色，把什麼事都藏在心裡。但是相處久了，我才發現你其實是什麼事都不放在眼裡，更不放在心上，可能是你見慣了生離死別，所以任何事物，都難以激起你內心的起伏吧？」

黯淡的月光悄悄藏起了趙長輕眸子裡的震驚之色。這個女子，竟能洞悉到他的內心深處……

「有時候想想，覺得你也挺有趣的，只不過你講笑話的時候一本正經的，不瞭解你的人還以為你是認真的，不是在開玩笑。所以，你的黑色幽默只有像我這種也很幽默的人才懂，嘿嘿嘿嘿。」蕭雲傻笑著，像是在自言自語。

趙長輕收起複雜的心緒，沈聲道：「妳倒是很瞭解我。」

「嗯哼，我可不是那麼膚淺的人，我知道，看人是不能光看表面的。」

趙長輕眼神變得複雜，探究地問道：「那看什麼？」

「透過形象看本質啊！看你平時酷酷的，我做得不好時你雖然會說我，但是不會真的怪罪我，更不會發脾氣；你對誰都繃著臉，但是不苛刻，可見你的內心很寬大，不拘泥於小節，可能是在軍隊裡鍛鍊出來的素質吧！」

蕭雲好似恭維的解釋令趙長輕莫名的心情大好，他笑問道：「說得頭頭是道，那倘若我真的很傷心，妳會如何安慰我？」

「不是有句話叫做『大丈夫何患無妻』嗎？等你的腿好了，就宴請群雄，讓大家看到你玉樹臨風的模樣，憑著一張俊俏的臉和尊貴的身分，橫掃洛國，成為大家心目中的男神，讓那個顧大人和顧小姐悔得腸子都青了。」

「男神？」

「就是備受美女歡迎的美男子。」

趙長輕理解了之後，再看蕭雲那誇張的表情和想起那誇大的詞語時，忍俊不禁。

聊著聊著，他們已經到了趙長輕的臥室前。

蕭雲道了聲晚安後回自己的房間去了。趙長輕頓時感到周圍絲絲涼意，耳邊靜謐得可怕。

他在原地乾乾地待了一會兒，又折身回到了書房。

透過昏黃的燭光，他弓著背趴在桌子上，一手拿著刀子，一手拿著木頭，專心致志地鑿著手裡的東西。

翌日上午，蕭雲像往常一樣吃完早餐後便去復健室。半途，她才想起趙長輕昨天說過的話，想了一下，轉身欲回去。

「怎麼來了又走？」趙長輕正從對面過來。

「你昨天說自己也可以的，讓我以後別來了，我走到這兒才想起來。」蕭雲看向他。兩人視線交會，不約而同想到了那個親密接觸，蕭雲頓時臉一紅，別開了頭。

趙長輕驀然垂首。

靜默片刻，趙長輕對蕭雲伸出手，攤開掌心，是一根彎月狀的髮簪。他凝視著蕭雲，說道：「送給妳。」

「咦？」蕭雲眼睛一亮，拿過來仔細看了看，簪子打磨得很光滑，上面還有木頭的香味，便順口問道：「哪來的？」

「昨晚睡不著，拿來練練手。」趙長輕低聲說道：「妳說用簪子順手。」

「想不到你還有這個手藝，謝啦！」蕭雲歡喜地扯下頭上的絲帶，三繞兩繞，髮簪穩穩綰住了她的青絲。

趙長輕目光悠長地說道：「在邊關荒漠之處，每日不是操練士兵就是打仗，靠雕刻來打發時間，也可舒緩心情。」

蕭雲非常認同。「沒有電器的時代，培養一個長遠的興趣、愛好的確很重要。一輩子實在太長了。」

「店契？」趙長輕微愣。

蕭雲埋頭思索著自己有什麼愛好，沒有解釋。半晌，她突然打了一個響指，臉上神采飛揚。「我想到了！你一個人可以的吧？那我回去嘍。」

趙長輕斂了斂眸光，正欲啟齒，蕭雲又急著說道：「我得趕緊去找吟月，讓她幫我培養出一個興趣愛好來！」

趙長輕便收回挽留的話，點了點頭。

「欸，對了，沈風哪兒去了？他也癡迷上什麼了？」

「他出去辦事了。」

「喔。」蕭雲再次問道：「你一個人真的可以？」不等趙長輕回答，又說道：「那我走了，有什麼事讓侍女來找我。」

她興沖沖地回到房間，吟月奇怪地問道：「怎麼又回來了？」

「王爺他另有安排。以後我要閉關了。」

吟月柔美一笑，問道：「閉關做何？妳的頭髮怎麼了？」早上出去前，明明給她梳了髮髻的。

「喏，絲帶還給妳，以後就不麻煩妳幫我梳頭了。王爺送了我一根髮簪，妳看——」蕭雲轉頭，指著頭髮裡的簪子笑讚道：「你們王爺可真是心靈手巧。」

吟月臉容驟然一僵，十分訝異道：「王爺……送妳髮簪？」

「嗯，怎麼了？」蕭雲看向她，半瞇起眼睛，指著她笑道：「思想不純潔啊妳！一看妳這表情，我就知道妳在想什麼。他有沒有把我當朋友我不知道，但是我把他當成是好朋友，好朋友送個東西有什麼？他房間裡的拖鞋、搖椅，好多東西都是我送的，他送我東西是禮尚往來。」

要是讓吟月知道他們昨天有過肌膚接觸，會不會把她送去浸豬籠？

吟月目光微滯。她竟然不知道男子送女子髮簪的涵義，難道主上也不知嗎？或者——主上就是這個意思？

想到這裡，吟月看蕭雲的眼神瞬間變了。

「快過來，我們來下飛行棋。要是我連續玩十天半月都不嫌煩，那我就拿它當我的終生愛好。」蕭雲鬥志滿滿地鋪好麻布棋譜，拿出木頭刻的棋子。

御用工匠的手藝精湛得沒話說，每一粒棋上面刻的圖案都很逼真，凹槽的地方後來又被她自己塗上了不同的顏色，絕對比現代版的飛行棋更高級，更具有收藏價值。

蕭雲幻想未來的某一天，當有考古學家挖到這副飛行棋時，會不會跌破眼鏡，大呼：「喔，原來幾百年前就有飛行棋了，古人好有智慧！」

「哈哈哈哈哈！」蕭雲突然發神經地放聲大笑。

吟月被她嚇了一跳。「蕭大夫想到什麼了，笑得這麼……這麼……」狡猾！

蕭雲抿嘴偷笑，搖搖頭，將注意力全部放到飛行棋上。

鬥到一半，一個侍女突然惶恐地跑來找蕭雲，說白大夫請她去做復健的那個院子裡。

蕭雲臉一沈。「發生什麼事了？」

第十七章

「奴婢不知，只看到白大夫臉色沈重，王爺一臉怒氣。」侍女害怕地答道。

蕭雲丟下手裡的棋子就往外跑，吟月在後面喊道：「奴婢一起去！」

很快，她們到了那裡。蕭雲看見白錄神色沈重地站在一旁，而趙長輕坐在一堆器材中，面色陰沈駭人。

見此情景，蕭雲不解地走上前，用眼神質問白錄怎麼了。

「昨日王爺做完針灸，腿上有了些感覺，可今日只練了一刻鐘不到，兩腿便同時沒了力氣。」白錄鎖眉說道。

原來是這樣。他一定是覺得本來有希望，現在卻感到沒有希望了，一下子從天堂掉到了地獄。

蕭雲走到趙長輕身前，蹲下身體，低頭看向他，將手輕輕地放在他的腿上，柔聲問道：「你如實告訴我，這兩天是不是另外多練了？」

趙長輕抬起頭，聲音有些嘶啞地說道：「多練了一個時辰。」

「所謂欲速則不達，王爺你太操之過急了。何況人的身體是有週期的，不管是減肥也好，健身也好，都有一個停滯期。」

「那該如何是好？就此止步不前了？」白錄頗為不耐道。

「自然不是。就好比你每天不鍛鍊身體，突然有一天去爬山，第二天就會感到渾身痠痛無力一樣。你突然給自己額外增加了一個時辰的訓練，當然會覺得疲勞無力。」

「王爺現在雙腿有了知覺，不是該延長鍛鍊時間，如此才可早些日子康復嗎？」白錄不解。

蕭雲耐心地解釋著。「不是多出兩倍的努力，就能收到兩倍的效果。凡事要循序漸進。我們可以慢慢增加時間，今日先加半刻鐘，適應了一段時間後再增加半刻鐘，這樣慢慢來。」

聞言，原本面色陰鬱的趙長輕露出了微微的欣喜和期盼，像個孩子似的。

趙長輕雖然平時冷酷嚴厲，但並不是性格陰暗暴戾的人，只不過因為被人們視為神人的他變成了如今生活不能自理的廢人，這種落差太大，所以他變得有點敏感，看到的希望又突然沒了，自然而然氣惱。如今困惑解除，他臉上的陰鬱之色盡散。

看來日後做復健，她還是要在旁邊叮囑嘮叨，還要管住他，不讓他偷練。

這樣一來，蕭雲除了晚上睡覺之外，一天幾乎十六個小時跟著趙長輕。除了規定的訓練時間和針灸時間，其餘一概用來吃、喝、聊天、看書、練字、下棋。

「會下軍棋有什麼了不起？有本事跟我下飛行棋。」蕭雲不服氣地說道。

趙長輕手癢想找人對弈時，便讓蕭雲為對手，可是蕭雲怎麼學都是三招就被打敗，於是她反過來教趙長輕學會下飛行棋。

「耶，我又贏了！」蕭雲歡呼道。下軍棋，她不是趙長輕的對手；下飛行棋還是有點勝算的，畢竟這個一半是靠運氣。

「小孩的玩意兒。」趙長輕薄唇裡涼涼吐出一句話，詮釋了對飛行棋的理解。

「喂，這可是根據空軍作戰戰術研究出來的，不比你的軍棋膚淺好不好？你就是不服我。」蕭雲爭辯道。

趙長輕數著格子向前，落定棋子後，眼神一定，慢言道：「空軍作戰？」

唉呀，說漏嘴了！

蕭雲手裡的棋一下子擲偏了，落到了地上。她慢吞吞地過去撿起，腦子裡想著該怎麼解釋。

就當她尋思著怎麼說時，太子的聲音飄來。「在玩什麼呢？」

蕭雲一瞥眼，眉頭自然地擰了一下，一副「他怎麼又來了」的膩煩表情。

這個表情很快閃過去，不過還是被正等著她扯謊的趙長輕捕捉到了。

「雲兒也會下軍棋？」太子面帶微笑地由遠至近。

蕭雲嘴角抽了抽，一臉黑線。「你叫誰雲兒？」

「我在宮裡遇見姑姑，她感謝我送了個妙人兒給長輕，難道不是指妳？」太子俊逸的臉上劃過一絲鬱色。

「聽起來好肉麻。」蕭雲誇張地渾身抖了一下雞皮疙瘩，說道：「拜託你別再叫了，直接叫我蕭雲即可。」

太子目光恍惚，不經意掃過石桌時，被上面奇怪的東西驚了一下，他奇道：「嗯，這是什麼？」

「這個是蕭大夫拿來打發時間的小遊戲。」趙長輕漫不經心地說道。

蕭雲癟癟嘴，雙手抱胸轉過身去，怨惱地斜了他一眼。

「皇兄！」

一個清朗的男子聲音忽然傳來。

蕭雲身體陡然一僵，眼睛驀地一下睜大。太子和趙長輕臉上皆有不同程度的驚訝。

「皇兄。」

男子的聲音越來越近，蕭雲感覺得出，他就在離她不到一百米之內。

「子煦，你怎麼來了？」太子迅速恢復常色，以掩飾自己輕微的慌亂。他轉動身體將蕭雲擋在身後，看向來人，不自然地笑了一下，問道。

「我想跟皇兄說一聲關於容嫣的事。方才下朝後，皇兄便疾步離去，我在後面喊了許久，皇兄都沒有理睬我，我以為皇兄是在生我的氣。」洛子煦頗為內疚地說道。

太子並無所謂。「你能得償所願，為兄替你高興還來不及，何來生你氣一說？」

洛子煦大喜，感激地看著太子，說道：「皇兄果真不怪我橫刀奪愛？那為何不理我，疾步走開？」

橫刀奪愛？

剛想趁他們不注意，偷偷溜走的蕭雲聽到這個後，愕然收回腳步。

「我急著來探望長輕，所以沒有聽到。」太子溫聲回答道。

說到趙長輕，洛子煦方才想起，來了這麼久，自己還沒有給主人家問好呢！洛子煦大剌剌地衝著趙長輕笑道：「許久沒來看你，兄弟一場，你不會怪我吧？」

「不算久，幾個月而已。」趙長輕淡然笑道。子煦不拘禮的性子眾所周知，除非在極正式的場合下才會遵守禮儀，否則在眾多平輩的兄弟面前，他從來都是這樣隨興，三天三夜可也怪不完。

洛子煦不好意思地笑了笑，坦然說道：「你我都是男人，之間又沒有什麼政事要談，何必天天見呢？」

對於有這樣一個對待男性和女性完全不同的兄弟，趙長輕實在沒什麼話可說。

「欸，妳去給本王倒杯水來，本王渴了。」洛子煦衝著蕭雲的背影，大聲命令道。

蕭雲愣了一下，譏笑不已。他是在叫誰呢？

「雲兒，還不快去？」趙長輕及時出聲提醒道。

蕭雲知道趙長輕是在給自己解圍，便給面子地應了一聲。「奴婢遵命。」

「慢著。」洛子煦眉頭一皺。

太子和趙長輕一臉平靜，心裡卻波瀾起伏。太子略微緊張地問道：「怎麼了，子煦？」

「來時急著追趕皇兄，施展了輕功，現在有些餓了。」洛子煦再次命令道：「妳去給本王端盤點心來。」

真把這兒當成自己家了，小心噎死你！蕭雲背對著他狠狠做了個鄙視表情，嘴上卻還是要說：「是。」

「等一下！」洛子煦又想起了什麼，再次叫住了她。

蕭雲真想不爽地回瞪他一眼。又怎麼了？不過太子已經用表情將她的意思表達出來了，語氣裡也含著一絲不耐煩。「子煦，你又有何事？」

洛子煦乾笑一聲，道：「我們兄弟三人好久沒有單獨小聚了，長輕自立門戶以來，我一次都沒來拜訪過呢！擇日不如撞日，就今日中午吧！」

「頭回來人家府上拜訪，是否該帶點什麼？」太子皺眉嗔道：「兩手空空來蹭吃蹭喝，還美其名曰拜訪，傳到父皇耳朵裡，又該責怪你沒個規矩，壞了皇家名譽。」

「我們三兄弟從小一塊兒長大，長輕雖然性子冷了些，但是我知道他比我更不注重這些規矩，更不會去父皇面前說道我。除非……」洛子煦將視線轉移到蕭雲那兒，昂著下巴沈聲道：「是這個侍女亂嚼舌根。」

「你胡說什麼！」太子當即為她辯護道。

趙長輕終於看不下去，開口主持局面。「雲兒，妳速去傳本王的命令，叫廚房備一桌豐盛的酒菜，本王要款待太子殿下和煦王。」

蕭雲暗吁一口氣。這回她終於可以走了吧？

「等等！」洛子煦再次喊道。

「你今日是怎麼了？」太子臉色越來越黑。

洛子煦星眸轉動，直直盯向蕭雲的後背，帶著試探的語氣問道：「妳叫『雲兒』？」

蕭雲駭然。他該不會是想到什麼了吧？她怎麼不記得以前對他說過自己的名字裡有一個

「雲」字？

趙長輕將輪椅滑到洛子煦和蕭雲中間，擋在了蕭雲面前。「子煦對我府上的侍女有何不滿嗎？」

趙長輕的態度顯然有維護的成分在裡面，這讓洛子煦感到十分訝異。他嘴角噙著一抹不明深意的笑，說道：「看來我猜得沒錯，你果然藏了一個寵妾。」

蕭雲一個趔趄，險些摔倒。寵妾？

「子煦！」太子眼中隱忍的怒意即將爆發。

洛子煦卻還沒有覺察太子的異常，只顧著取笑趙長輕。「姑姑與皇兄說話時，我恰好在附近，不小心聽到了一些，便猜測長輕身邊這位有趣的妙人兒是長輕的寵妾。自我進來到現在，她不但沒有給我行禮，還一直背對著我，可見，背後有人撐腰。」

話都說到這分上了，洛子煦以為這個「雲兒」如何也會轉個身，滿足他的好奇心，讓他看一下究竟是何等國色天香迷惑了長輕，可她就是不轉過來。

「素聞長輕在外行軍時性情冷漠，身邊從無那些鶯鶯燕燕，這些年我一直在想，究竟長輕會對什麼樣的女子動情呢，為何不讓我見見？」洛子煦忍不住開口要求。

蕭雲心裡止不住冷哼。真希望她轉過頭時，他還能笑得出來。反正今天有另外兩個人在，她不信這個變態王敢當著他們的面把她怎麼樣，乾脆豁出去了。

蕭雲露出陰沈的笑容，正欲轉身。

「我不喜歡，」趙長輕突然開口說話，他大方回視著洛子煦，表情肅然道。「心愛的女子被別的男子瞧了去。」

太子聞言，臉上閃過無數個表情，心裡五味雜陳，說不出是什麼滋味。他已經分不清這句話到底是長輕的真心話，還是僅為蕭雲解圍而已。

洛子煦臉上的嘻笑僵了片刻，旋即了然地壞笑道：「這麼寶貝？那我可更好奇了，到底是什麼樣的女子能有這個魅力，如此吸引你？」

趙長輕一臉肅然，眼神似笑非笑，沒有答應他，這便是很直接的拒絕。

洛子煦知道長輕的決定無人可以撼動得了，只好無奈地說道：「寶貝，當然是私人收藏的好。」

蕭雲翻了個白眼，就這麼讓他走了還真不甘心。不過，她能有什麼辦法呢？趙長輕又不真的是她男朋友，怎麼可能叫他幫她報仇呢？

算了，回去吧！

「進屋坐吧！」趙長輕不自覺地瞥了石桌一眼，生出了帶他們離開這裡的念頭。他不動聲色地轉動輪椅，領先走向前院。

不知道為什麼，他不想別人看到那個飛行棋盤。

蕭雲回到自己的房間，將趙長輕的命令轉達給吟月，讓她去辦這件事，自己則悶在屋子裡，不再出去走動，免得碰上那個死變態，燃起她心中熊熊的仇恨。

一想到自己的事業被摧毀，她就恨不得海扁他一頓，以洩心頭之恨。

而在前院的大廳裡，三兄弟把酒言歡。

酒過三巡，幾人聊起了小時候的糗事。說著說著，洛子煦藉著酒勁跟太子再次提起了與謝容嫣的婚事，還讓他到時無論如何也要去觀禮。

太子了然於心，之前他只是稍微提點一下謝容嫣而已，她便挽回了這樣的局面，這般靈活的心思，正妃之位早晚是她的。早知如此，當初又何必逼姊姊代嫁呢？雲兒做了犧牲品，卻得了個被休的下場。

「長輕，你……」洛子煦醉醺醺地指著趙長輕，含糊不清地說道：「我第一次來你新、新府邸，沒帶、上門禮，這次、我立側妃，盛情邀請你、去、去參加，你也可、可以什麼、什麼都不帶。做兄弟的、不講究這個……你說，對也不對？」

「我可沒你這麼無賴。」趙長輕微微吐著酒氣，瞋他一眼，含笑道。

三人酒足飯飽，太子和子煦已喝得酩酊大醉，唯有趙長輕一人獨醒。邊關酒烈，練就了他的好酒量。

「來人。」趙長輕朗聲喚道。

沈風已經辦完事回來，聞言進去，躬身等著王爺吩咐。

「去門廳把太子的隨從喚來，送太子回宮，再將煦王送回煦王府。」趙長輕重重呼出一口氣，抬手扶額，用力揉了揉太陽穴。

「王爺，您也醉了？」沈風擔憂道：「卑職先扶您回屋休息？」

「不……」

「走開！」太子突然跳起來張牙舞爪，含糊不清地喊道：「我要去找雲兒。雲兒——雲兒——」

沈風問道：「王爺，這……」

趙長輕對沈風揮揮手。「速去將他的隨從喚來，將他帶回去。」

話音剛落，太子已經飛身穿過側門，奔向主院內。

趙長輕蹙眉，追了過去，順口吩咐道：「你先派人將煦王爺送回。」

「雲兒、雲兒！」太子準確無誤地找到了蕭雲的房間，把門敲得砰砰作響，不停吶喊道。

正在睡夢中的蕭雲被驚擾起來，一股起床氣爆發，她衝過去一把拉開門，大吼道：「幹什麼呀？你不睡覺人家要睡啊！」

「雲兒，對不起。」太子想靠她近一點，可是腳下不穩，竟然一下子撲到了蕭雲身上。

蕭雲迅速抬手撐住他，勉強拉開點距離，不然就被他抱個滿懷了。一聞到撲鼻的酒味，蕭雲臉上的五官整個都糾結了，她不爽道：「你發什麼酒瘋呀！」

眼角的餘光瞥見一道身影停在不遠處，蕭雲不滿地求救道：「趙長輕，你愣著幹什麼，快過來幫忙啊！」

第一次被女子直呼名諱，趙長輕有點愣怔，心間陡升起一抹異樣的感覺。

「你再不過來扶著他，我就把他推倒了，摔死了別怨我！」蕭雲咬牙叫道。她兩腿傾斜往後蹬，這樣才能勉強支撐住太子精壯的身軀。

趙長輕收回心神，迅速轉動輪椅過去，將太子扶到外面的小亭子裡坐下。

「雲兒……」太子兩眼緊閉，揮舞著手一通亂抓，居然也被他抓到了蕭雲的手。

蕭雲頓時怒了，使勁將手往外撥。

太子抓得緊緊的，不捨得鬆開。他說道：「我真的、真的不知道，子煦在、我背後……都怪我、怪我、把他給引來了，對不、起……」

蕭雲使勁抽，手還是牢牢被太子握住。於是，她試著放柔聲音，拍拍他的手背，低低哄道：「我沒怪你，你別放在心上，乖乖睡覺，好不好？」

「嚇到妳了……」太子囈語的聲音漸漸小了。

「這點小事還會嚇我？我又不是從沒被嚇過的。」蕭雲沒好氣地白了他一眼，轉而又柔聲道：「沒事沒事，就算他認出我，也沒什麼大不了的。來，把手鬆開，鬆開一點，哎，好……」

趙長輕眉毛微挑，勾了勾嘴角，臉色陰沈。如果蕭雲的手仍然沒有擺脫太子的魔爪，他就要動手點太子身上的麻穴了。

還好太子已經完全失去意識地鬆開了手，趴在桌上大睡。

「你有沒有披風什麼的，給他蓋一下？」蕭雲抬頭問向趙長輕，才發現他臉色不對，便關心地問道：「你怎麼了？」

趙長輕抬起手，用掌心揉了揉腦門，兩道劍眉深鎖。

「頭疼？」蕭雲嗔怪道：「酒喝多了吧。」邊說邊走過去，一手扶住他的胳膊，一手推著輪椅。「我推你回去。」

趙長輕的房間就在旁邊，幾步便到了。

推開門，蕭雲轉起輪椅前端，不知怎麼回事，輪椅怎麼都弄不進去。無奈之下，蕭雲只好抓起趙長輕的胳膊搭在自己的肩膀上，彷彿跋山涉水般，拖著沈重的步伐慢慢往裡面挪。

終於到他的床前了，蕭雲拿開他的手臂，面對著床將他放下。沒奈何他實在太重了，蕭雲被順勢給帶了下去，猛然趴到了他的身上。

第十八章

「唉唷，我的——」蕭雲痛呼一聲，幸好大腦還沒有完全死機，「胸」字被她硬生生吞了回去。

偷瞄趙長輕一眼，他好像睡著了。蕭雲輕輕喚道：「喂？喂？」沒反應。反正很累，蕭雲乾脆在他身上先歇一會兒，等不累了再爬起來。

這麼一想，蕭雲便不再掙扎了，注意力慢慢轉移到了眼前的人身上。

這麼近距離地看他，已經不是第一次了。上次是個意外，他當時還有意識，所以只是短暫地掃了他一眼，這次可以明目張膽地欣賞了。

哇，他的五官好俊挺喔，帥呆了——

睡著的他不同以往那樣，目光犀利，言行中總帶著一股不怒自威的氣場，彷彿天生就包圍著他，那種渾然天成的霸氣讓人覺得他很冷漠，像座冰山一樣，不敢靠太近。

現在可就不一樣了，蕭雲半眯著雙眼，盯著他的睡顏賊賊地壞笑。他雙目緊閉著，安寧得像個完全沒有心機的孩童，想怎麼蹂躪就怎麼蹂躪。蕭雲用手指戳一戳他的臉蛋，又滑又嫩，還很白。

在家悶了小半年，不白才怪呢！

蕭雲又捏了捏他的臉蛋，把他的鼻子戳成了豬鼻孔。「哇哈哈哈哈！」這麼仙人般的一個美男子，被她弄了個豬鼻子，好滑稽啊！想不到他也有今天，要是有照相機留念一下就好了。

他的睫毛好長，微微上翹，難怪看人時總覺得他的眼神很深邃呢！蕭雲忍不住伸出食指用側面刷了一下。

這麼帥的男人，什麼樣的女人才能駕馭得了呢？御姐？蘿莉？

他的存在感太強烈了，站在哪兒都有一股不容忽視的氣勢，還是女王比較合適。

對了，古代男人是可以左擁右抱的。他可以找個女王與自己並肩而站，再找個蘿莉站在他身後仰慕著他。

「哼！」思及此，蕭雲不屑地嗤之以鼻，翻了個白眼。與其考慮在古代找個沒有三妻四妾想法的男人，不如好好想想怎麼回現代呢！

蕭雲雙手撐在他的身體兩側，用力準備起身。

就在這時，趙長輕半邊身體突然動了一下，將蕭雲順勢鎖進了懷裡。蕭雲使勁推無果，卻發現有條縫可以供她喘口氣。

她真懷疑趙長輕到底睡沒睡著。

「你是故意的吧？」蕭雲狐疑地試問道。

沒反應。

蕭雲靈動的雙眸轉了轉，決定詐他一詐。她故意把語氣放得低沈而篤定，說道：「我知道你沒睡著。」

一秒、兩秒、三秒……

就在蕭雲差點要放棄的時候，趙長輕倏地一下睜開了眼睛，抬起頭凝視著她。「被妳看穿了。」

他的吐息中還帶著少許的酒味，不濃烈，反而有點誘人的味道。

「你幹麼裝睡？」蕭雲瞪了他一眼，抬起手輕輕捶了他一拳，順便將手臂撐在床面上欲起來。

不料趙長輕一反常態地將她反壓在身下，目光灼熱地凝視著她。他的眼眸亮晶晶的，就像一個漩渦，彷彿要將她吸了進去。

以前他的眼睛不都是不帶溫度的嗎？今天是怎麼了，酒精刺激？蕭雲猛然想起有一句成語叫做酒後亂那啥，心中頓時警鈴大作。

她一緊張就習慣用乾笑來掩飾。「哈哈哈，既然要裝，幹麼不一直裝下去呢？」

「我以為我不鬆開，妳也會柔聲哄我。」趙長輕有點委屈地眨著眼睛申訴道。

「什麼？」蕭雲被雷到了。就是因為她剛才哄太子鬆手，所以他也想要？太詭異了，這一點也不像他的作風，今天是怎麼了？

靜默了半分鐘，呆滯的蕭雲終於回神，儘量適應他突然的變異，努力平靜下來，試著柔聲哄道：「那你乖，讓我起來，好嗎？」

趙長輕卻伸出大掌，覆上蕭雲的臉頰，溫柔地撫摸著她的髮絲、耳垂。他的掌心彷彿帶著火，每拂過一個地方，就會燃起一片熱。他眼神迷離，聲音有些嘶啞地說道：「我喝醉了。」

「我、我看得出來。」蕭雲的身體已經完全處於僵直狀態，大腦一片空白。

「雲兒……」趙長輕低喃一聲。

「停！」蕭雲忽然大喊一聲，拿出脾氣來。「趙大王爺，你的行為是不是有點輕浮了？還是你認為我曾經出閣，便可以隨便輕薄？」

趙長輕愣怔，像是被點了穴似的，一動不動。

蕭雲直覺有點不對勁，試著推了他一下。

趙長輕驀地眼睛一閉，轟然倒下，歪向了一邊。「喂？喂？」蕭雲使勁推他，又拍了拍他的臉，都沒有反應，不過還好她能起來了。

下了床，她直直站在那兒，皺眉撓頭，怎麼也想不明白他剛才是怎麼回事。今天這一切實在是太令人匪夷所思了。

回到院子裡，看到呼呼大睡的太子，蕭雲猛拍額頭。差點忘了，還要給他找東西蓋一下呢！她又回到趙長輕的房間，看見趙長輕橫躺著，長腿還擱在地面上，看來是真醉了。蕭雲心一軟，不再生氣了，走過去將他靴子脫了，把他的腿搬到床上去，讓他睡得舒服點。

做完這一切，蕭雲累得滿頭大汗，本還想把絲被拽過來給他蓋上，想了想，天氣這麼熱，還用得著蓋被子？於是又算了，誰都不管了，回自己屋子裡該幹麼就幹麼去。

夕陽漸漸西下，外面靜悄悄的。蕭雲吃過晚飯後，就在自己的房間裡來回踱步，沒有出去。

吟月奇道：「蕭大夫今日怎麼不出去散步了？」

「今天外面有點詭異，不宜出門。」蕭雲豎著食指，神秘兮兮地說道。

「奴婢覺得蕭大夫安分地在屋子裡待了半天才詭異呢！」吟月莞爾笑道。

「我有那麼活潑嗎？」蕭雲不認同道：「妳看不出來我很宅嗎？不然我早出去逛街了。我來這裡好幾個月，一次門都沒出過呢！」

蕭雲以前老念叨自己是宅女，所以吟月知道「宅」的意思。她說道：「可您也不像淑女那般，一坐便能安靜地坐上大半天啊？」

蕭雲噘嘴。這點她承認，她並不是個淑女，只不過走了洛國的半壁江山，顛沛流離那麼長時間，對外面的世界已經沒有多少新鮮感了，還是在家裡面舒服。要是在自己家就更好了，她可以親眼看到自己栽植的那些花綻放了。

她在趙王府的確沒人管，想幹什麼就幹什麼，可畢竟是別人家，在心中多多少少還是有點束縛，才不會那麼不客氣地把這兒當成自己家。再說，辛辛苦苦地建設好一切，自己將來又享受不到。

「我什麼時候才能回去呀？好想秀兒。」蕭雲雙手托著下巴，坐在圓桌旁發呆。剛到這裡時，她寫過一封信給秀兒，也不知道秀兒收到沒有？但她沒有標明自己所在地址，秀兒不回信也很正常。

半夜，趙王府裡幾乎所有人都睡下了，靜謐的王府依稀能聽到蟲鳴聲，到處黑漆漆的。

趙長輕屋子裡的燈驀然亮了，熟睡許久的他終於酒醒。

在外面守夜的沈風機警地四處觀望，然後低聲問道：「王爺醒了嗎？」

輕輕的吐息聲從屋子裡傳出，同時伴隨著趙長輕的聲音。「準備了醒酒的湯藥嗎？」

「早已備好，卑職這就去傳。」

喝下解酒的湯藥，他又喝了一小碗米粥，沈風在一旁彙報了送回煦王爺和太子的事。

趙長輕垂首，鬈長的睫毛擋住了他的視線，不知道是在閉目養神還是在思考問題。良久，他轉動輪椅往外而去，邊說道：「我隨處走走，不出府，你不必跟著。」

「是。」

到了一片人工湖前，趙長輕意外發現有個嬌小的人影坐在湖邊。

那個人聽到聲響，轉頭看去，也愣了一下，聲音有點訝異。「王爺？」

夜色掩蓋了趙長輕的身影，但蕭雲仍然尷尬了一下，轉回頭去不敢直視著他，趙長輕也沒有看到她臉上的不自然。

「妳怎會在此？」趙長輕淡然點頭，慢慢過去，問道。

他的語氣十分隨意，顯然已經不記得下午發生了什麼事。蕭雲釋然，無奈地說道：「偌大的王府，只有這一小片人工湖可以納個涼。我不來這兒，還能去哪兒呀？你呢？」

這麼大的地盤，只有這一小片破湖，上面連朵荷花都沒有，假山什麼的就更別提了。占著別墅的地，過著社區般的生活，趙王爺是不是荒涼的沙漠看多了，看不慣有山有水的好風景？

「剛醒了酒，覺得有些悶熱，便出來吹吹涼風。」趙長輕的聲音還有些嘶啞，可能是喝酒的原因。他慢聲說道：「王府初建成時，正逢我遇刺，為防對方在這裡布了人，皇上下令將所有人清出府，所以沒人建造這裡。」

原來如此。

蕭雲說道：「這樣也好。等你的腿好了，你也可以娶妻生子了。到時候，你可以和你的妻子、孩子一起建設你們的家園。」

想想趙長輕抱著自己的孩子在草坪上玩耍，他的孩子調皮得到處撒野，他會是什麼表情呢？難以想像。

「妳似乎很期待有這樣一個家園。」趙長輕想像不到蕭雲口中的家園是什麼樣的，但從她憧憬的眼神中，他能感覺出她對那種生活的嚮往。

「當然了，這樣的生活誰不期待？等我有了家，我絕對不會荒廢家裡的每一寸土地。」蕭雲開始幻想。「我要種上許多許多的花，紅的、白的、藍的、紫的，一年四季各個季節的都要有，還要修建一個小型遊樂場，和我的孩子每日都有親子活動，玩得不亦樂乎。」

趙長輕笑著搖了搖頭。她想得未免太容易了。「即便妳為大，各房也有許多事等妳打理；若妳為小，大房豈會容得下妳如此隨興？」

「各房？」蕭雲一愣，旋即嗤笑。

趙長輕不解。「妳笑什麼？」

「沒什麼。」蕭雲敷衍道。跟他一個古人解釋一夫一妻思想，行得通嗎？

蕭雲不再說話，趙長輕不知她的想法，兩人各自沈默了半晌，趙長輕突然說道：「妳若想嫁太子，此生都不可能活得那般肆意。」

「誰說我要嫁給他了？」蕭雲感到莫名其妙。

「他對妳有意，難道妳看不出？」

蕭雲無語。她真想甩甩頭，傲嬌地告訴他：對我有意的人多了去了，我嫁得過來嗎？不過，清涼的夜晚顯得有些蕭索，她實在沒有心情跟他開玩笑。她語調懶懶地說道：「我知道你想說什麼，以我一個下堂婦的身分，有人收就不錯了，更何況這人還是太子，我該感恩戴德地依附於他，溫順地聽他的話，乖乖等著他的安排，對嗎？」

「我對妳並無偏見，但是妳的身分，的確會阻礙到姻緣。」趙長輕不急不緩地道：「以太子的權勢，足夠給妳想要的安逸生活。」

蕭雲無謂地笑了笑。他們觀念不同，她說得再多他也無法理解，那她還說那麼多幹什麼呢？

「我不喜歡他。」

蕭雲紅潤的唇中不冷不淡地吐出五個字來。

趙長輕微微一怔。他與太子百思不得其解的問題，答案竟只有簡簡單單的五個字。

趙長輕收回視線，目光看著寧靜的湖面，說道：「在我認識的男兒中，太子不論人品、樣貌，皆是最出眾的。如果這樣的男子傾心於妳，妳都不會動心，我只能以為，妳心中還放不下子煦。」

「我放不下他？哈哈！」蕭雲像聽到一個天大的笑話。

「子煦是多情了一點，但太子將來後宮的佳人絕不比他少。」趙長輕淡淡幫蕭雲分析。若她還想與子煦再續前緣，也是無可厚非的，對於下堂婦最好的結局，不就是夫君能夠回心轉意嗎？

蕭雲收住笑聲，臉一冷，說道：「不好意思，他從來就沒有在我心裡待過。」

這次，趙長輕沒有感到意外。這個答案，他有所預料。當初在玉容閣時他就看出，蕭雲對子煦早已沒有任何情分。只是如此一來，他便又想不明白了，蕭雲想的到底是什麼。

「太子和煦王都入不了妳的眼？那究竟什麼樣的男子，可以打動妳的芳心？」

蕭雲沒好氣地偏頭看著他，感覺自己今天如果不說清楚了，他好像就不會放過她似的。或許可能是太子想借他的嘴，來問她的意思吧！

斂眸思忖一下，蕭雲說道：「其實太子是個很好的人，完美到無可挑剔，任何女子嫁給他，他都可以溫柔相待，這輩子都不會慘到哪兒去。」

趙長輕靜默地聽著蕭雲繼續說下去。

「我從小生在謝家，見慣了親人間爾虞我詐，為了自己的利益不念親情，什麼泯滅人性的事都做得出來。愛情，可以讓一個善良的女子變得醜陋，變成怨婦，變得不可理喻。歸根結柢，都是因為一個男人擁有了很多個女人，但是女人卻只能獨守著一個男人，終日盼著他來，終生盼著他寵。所以我寧願獨身，寧願嫁給乞丐，只要……」

趙長輕深眸閃爍，怔怔地注視著蕭雲。

蕭雲回眸一笑，堅定地道：「一生一世一雙人。」

一生一世，一雙人？

趙長輕巋然不動。他想起了母親，為了心目中的愛情，不惜放下高貴的身分，與普通女子共侍一夫，一次又一次放低自己，默默地忍受著父親走向大娘的房間，無聲地流著淚，臉上卻還要裝著笑容。

她說，這是愛情。一生一世一雙人，只是一種妄想。

「倘若真心愛上了，恐怕很難控制住那份情意。」趙長輕說道。這是他母親曾流著淚說過的話。「做不到，無非是不夠愛罷了。」

「是，你說得對。沒有人可以讓我為了他，放棄自我，我最愛的是我自己。」蕭雲一點也不否認，神情十分坦然。「如果連自己都不愛惜自己，又有什麼資格指望別人來愛你？只有先愛自己，才有資格去努力愛別人，不是嗎？」

趙長輕默然垂首。清涼的晚風吹拂著他的衣襬，銀白色的月光包裹在他身上，寒風料峭中的身影顯得有點孤寂。

蕭雲見他不說話，以為他是被自己的想法驚住了。「是不是覺得我的想法很天真？還是覺得太驚世駭俗了？」

趙長輕微微掀起眼簾，黑眸斜向她。她的言行舉止向來比別人奇怪，這番話從她嘴裡說出來，倒也不覺得突兀。只不過，他更深一層地認識了她，她不僅僅是性子比別人鬧騰些，膽子比別人大一些，更有自己的想法和堅守。

「但願妳永遠做得到。」趙長輕真摯地對蕭雲說道。

蕭雲勾起嘴角，笑容好比星空璀璨。「沒問題。」

趙長輕回之一笑。她敢不顧世俗的眼光，拿休書、開歌舞坊，盡情地做自己想做的事情，活得比任何女子都灑脫。這樣充滿活力的人生，教人羨慕，他希望她永遠都可以這樣活著。

同時，他也終於明白太子為何會傾心於她。她不只是獨特有趣，她身上放肆的自由，更是讓從小被宮廷宮規束縛的人嫉妒得發狂。

「如此說來，妳並不想入後宮？」趙長輕有意提醒道：「既然如此，妳該對太子講清楚，莫要惹得他無法自拔。」

蕭雲不滿地瞪了他一眼，被他一說，好像是她拖著太子不放似的。「讓我怎麼說呀？他都從來沒有對我明說過。我也儘量避開他了。」

趙長輕正色道：「或許太子自己也未曾覺察對妳上了心。若妳無意於他，趁現在情意未深，儘早斷了他的念想為好。」

蕭雲睖睜，忿然道：「放心，等復健一結束，我立刻走人，這裡跟我犯沖，我才不想待呢！沒走之前只要他來了，我就閉門不見，這樣總行了吧？」

「生氣了？」趙長輕揚眉，好整以暇地看著她。

蕭雲用鼻孔冷哼一聲。

趙長輕從不會哄人，只能眼看著她生氣，束手無策。

蕭雲沒好氣地斜了他一眼。這種大男人，別的女人生氣了不會哄不要緊，將來他老婆生氣了不哄，哼哼，等著跪洗衣板吧！但願他娶個慓悍一點的。

腦中幻想著趙長輕頭頂個香爐，可憐巴巴地跪在牆腳邊，蕭雲忍不住噗哧一笑。

第十九章

趙長輕不解地看著她。怎麼剛才還氣呼呼的，一下子就笑出來了？

蕭雲銜他得意地挑了個眉，眼睛看向左上方。

靜默片刻，趙長輕猜想她應該已經不氣了，便問道：「遠離洛京，妳打算去哪兒？我統領三軍，洛國各處都有些下屬，或可給妳一方庇佑。」

蕭雲涼涼說道：「高攀不起，我吉人自有天相。」

「外地不比洛京，妳一個女子想要安穩求生，不被地方強權欺壓是不可能的。」趙長輕一本正經地說道：「有些背景庇護，總要好些。妳救我雙腿，如同救我性命，我給妳庇護當是報恩，也沒什麼不可接受。」

蕭雲知道他說的不假，強龍還壓不過地頭蛇呢！她一沒身分沒武功的女子，遇到十惡不赦的大壞人根本無計可施，洛京城裡都有惡霸，何況那些小地方。

但是，她不想依靠任何人。

蕭雲斷然拒絕道：「謝謝你的好意，心領了。」

「若妳堅持這種想法，當真無好歸宿，又如何尋求依靠？」趙長輕直言道。

蕭雲挑了挑眉，趙長輕這番話是為了她好，但確實讓她哭笑不得。若她生在這個時代，或許會歡喜地接受太子，又或者是安心待在煦王府裡期盼著煦王爺臨幸。但是，她受了二十五年的現代教育，無論怎樣，她的想法都不會改變，就算在世人眼中，她的想法荒謬得近乎可笑。

「嫁人不為依附，若遇不到真心待我之人，獨身又有何懼？何況靠山山會倒，靠人人會老，沒有人可以管得了我一輩子，我總要學會自己保護自己。既然這樣，何不早點跌倒，也好早點學會生存，早點站起來。」

趙長輕不由自主將視線投注到蕭雲身上，目光肅然。

她的獨立與自主，令他從身到心為之震動。他倒是忘了，若沒有子煦，她現在還活得風生水起。起初見她時，只覺得這樣的女子有些怪異、衝動和慓悍，即使有點小聰明，也難以令人為之側目。

可是認識的時間越長久，越容易發現她身上獨特的氣質，舉手投足間也會不經意流露出魅人的誘惑，鼓勵他時溫柔細語，說笑時偶爾嬌羞的模樣，閒聊時嫵媚的笑容，女兒家的韻味在她身上顯露無遺。

趙長輕不由得越來越迷惑，他手裡的探子本領了得，幾乎沒有查不到的消息，除非是蒼穹費心雪藏的神秘部落，而她，蕭雲，是個高深的細作。所以，他幾近執著地斷定，現在看到的這些都是假象。

不若如此，為何會尋不到她變化的來源？

她的目的是什麼他探不出，唯有一樣可以確定，她想要的東西，太子給不了。她如今身在趙王府，就在他的身側，或許她的目的，就是身為三軍統帥的他……

她對他完全一副信任的態度，似乎什麼話都對他說了，這麼做，是否想騙取他的信任？

趙長輕黑眸微微閃爍。如若這般，不如將計就計……思及此，他側臉轉向蕭雲。她坐在石階上，雙手抵著臉頰，無精打采的，睏意襲來，她打了個哈欠。

「乏了就回去睡吧。」趙長輕開口說道，語氣竟出奇的輕柔。

可是蕭雲正犯睏，沒聽出來。「你以為我不想呀？屋裡悶熱，睡一睡就被熱醒了。」

「妳怎麼這麼怕熱？」趙長輕淺笑道。「我知道郊外百里處有一個莊園，圍繞在綠茵之中，四周大半是湖水，不如我們明日便搬過去避避暑氣。」

「哇，圍繞在綠茵中？還有湖？是天然的嗎？那豈不是人間仙境？」蕭雲聽到這話，頓時神采飛揚。「我要是愛上了不肯走怎麼辦？」

趙長輕耐心解釋道：「不是什麼人間仙境，是皇家園林。湖是自然形成的，其餘則是御林部專門為皇族人避暑、休養而建立的行宮，不過近幾年來宮中建造得雖不錯，卻鮮少有人去。帶妳去倒不是什麼難事，妳若愛上那裡不肯走，可真教我為難了。」

「那還是算了吧！」

趙長輕搖搖頭，道：「妳若喜歡，我可送妳一處類似的小行宮。不過，住在這樣的地方，冬日可要受罪了。」

「四周都是水，冬天一定很冷對不對？」

「自然比別處要冷上一些。」

蕭雲耷拉著腦袋，實話說道：「那算了。我不僅夏天怕熱，還冬天怕冷，春秋天又怕忽冷忽熱。」

趙長輕勾起唇角絕美地輕笑，亮如星辰的眸子因此更加炫目。

坐了一會兒，趙長輕想到了一個方法，於是說道：「書房臨湖，開著窗入眠，或可涼爽許多，不如妳搬去書房睡吧！」

蕭雲翻了個白眼。「開著窗戶，還對著湖，熱不醒也會被蟲子咬醒了。」

趙長輕微微擰眉，看來還得想個法子驅蚊蟲。

好不容易挨到天色矇矇亮，這個時候是最涼快的，蕭雲哈欠連連地起身，道：「我得趁這個時間去睡一會兒。」

這一睡，竟到了大中午。

蕭雲跑到復健室時裡面已空空如也。她安慰自己，雖然沒有在一旁盯著，但至少說明趙王爺沒有多練。轉念又一想，他不會也睡到大中午吧？

跑去書房一看，趙長輕一身清爽地坐在書案後，執筆正寫著什麼。他今天難得沒有穿黑色的衣服，而是換了深紫色的，看上去多了幾分貴族之氣。

「嗨，中午好。」蕭雲笑嘻嘻地過去跟他打招呼，順便問一下。「你也睡到現在？」

趙長輕抬眸睇了她一眼，隨手拿起一本書放到自己面前，蓋住了下面的信。「做了這麼久的訓練，腿稍微有點知覺，我豈可前功盡棄？」

蕭雲嘿嘿一笑，誇讚道：「你好勤勞。」

「傳膳。」趙長輕對著門外朗聲一喚，外面響起輕微的腳步聲，漸漸走遠。

「正好我餓了。」蕭雲嘻笑著摸了摸肚子，然後盯著趙長輕的臉仔細看了看，非常羡慕道：「你精神好好喔，一夜沒睡也看不出來，還有心情去運動。」

趙長輕淡然說道：「這對習武之人來說並不難。」

「是不是盤腿打坐片刻就能比得上普通人睡一夜？」蕭雲滿臉興奮地問道：「這個是不是叫內功、元氣？」

趙長輕深深看著她，道：「的確如此。」

古代還真有欸！這麼寶貴的東西，可惜後來失傳了。蕭雲為中華武術的博大精深而自豪，也為失傳感到惋惜。

吃完早午飯，蕭雲又被趙長輕抓去練毛筆字。認認真真地臨摹了一首長詞後，她拿給趙長輕看，他點頭讚賞道：「有進步。」

「嚴師出高徒嘛！」蕭雲有些得意，順口說道。

「為師怎麼聽不出來，徒兒這是飲水思源呢？還是責怪為師太苛刻了？」趙長輕失笑道。

蕭雲急忙否認道：「我當然是感激不盡了，喝水不忘挖井人，這個道理我懂。你想吃什麼，今晚我給你做頓豐盛的謝師宴，怎麼樣？」

「謝師？」趙長輕眼底笑意漸濃。「這水準就自鳴得意，準備出師了？」

「差不多就行了吧？」蕭雲囁嚅道。頓了頓，她貧嘴道：「我知道像我這種聰明好學的人才不多見，好不容易遇上一個，你就忍不住想好好栽培，可是……」

蕭雲故作深沈地一字一頓道：「天下，無不散之宴席。」言下之意，你的腿一好我就走了，估計那天也不遠了，就算再辛苦我也練不出書法家的樣子。

看她，多有自知之明。

趙長輕目光驟然一沈，沈默不語，不知道在想什麼。

「我現在就去廚房準備。」蕭雲說完，急著跑了出去。

開玩笑，上學還得放暑假呢！學了這麼多天的毛筆字，就不能放她休息幾天？而且，她又不追求當什麼書法家名垂青史，字拿得出手就行了，幹麼一副非得要讓她練出個名堂來的架勢？蕭雲小心眼地認為，像趙長輕這種對自身要求高的人，就是不想別人看到她的字時，一副「這種字竟然是你教出來」的鄙視狀，覺得沒面子。

天知道趙長輕一手好字源自於他那學問天下第一的父親從小栽培，即使在軍營中，他也養成了每日刻苦練字的習慣，從不鬆懈，連朝中的文官都不如他。許多人盼著他的墨寶都盼不來，蕭雲得他傳授，等同於間接得了太學真傳，她居然還說風涼話，若是讓那些求之不得的人聽到，估計會嘔得吐血。

別說他們了，若是趙長輕得知蕭雲心裡的真實想法，恐怕也會被氣得不輕。

晚上，蕭雲做了一桌的好菜好飯，說是謝師宴，吃得最多的卻是她自己。趙長輕每個動作都十分優雅，咀嚼食物時不疾不徐，有條不紊。

不過他始終微蹙著眉頭，似乎有什麼心事。

「你不會是捨不得我吧？」蕭雲看他的表情，開玩笑道。

趙長輕聞言，停下動作，直直瞅著她。

如果他真的捨不得，應該是悲涼的表情，怎麼看她的眼神有點冷？生氣了？可能他不喜歡開這種玩笑吧！蕭雲趕緊表明。「我開個玩笑而已。」

見趙長輕仍舊那副表情，她又急著補充了一句。「按我預算，離你康復估計還有一段時間，我的書法應該還能再精進一步。」

趙長輕若有所思地收回視線，繼續吃飯。

他果然是在意這個。蕭雲腹誹。可見他教的每一筆一畫都投注了很深的心力。無論怎麼說，她得感激他，將她從毫無基礎拉到筆畫端正這麼高的水準。

蕭雲尊敬之心大發，挾了一大口菜送到他碗裡，衝著他甜甜一笑，說道：「恩師，這段時間您辛苦了，多吃點。」

趙長輕似笑非笑地瞟了她一眼，將碗裡的菜吃了下去，蕭雲忙不迭又挾了別的菜補上，趙長輕終於知道，她都是選著自己愛吃的菜挾給他，剛才那個只是湊巧他也比較喜歡罷了。

「想不到你出身豪門，居然不挑食耶。」蕭雲一邊嚼著菜一邊好奇問道：「還是在軍營裡沒得挑？」

趙長輕淡然答道：「行軍生活清苦，自然沒得可挑。」

「那你有沒有特別喜歡吃的東西？你是大將軍，可以單獨點的吧？」

「大家同一陣地，同禦外敵，怎可吃獨食？」

「所以養成了你不挑食、什麼都吃的好習慣？」

趙長輕抬眼看她，心下明白她是見他把碗裡的菜都吃了所以才這樣認為，於是說道：「每個人都有偏愛的食物，但條件所限，投軍的人都會自學一套控制自己不去喜歡的本事，有什麼便吃什麼。」

「真可憐。」蕭雲同情道。「我就不行了，明知道肉吃多了無益健康，還會變肥，可就是控制不住自己的嘴。我覺得，若是能控制的，就算不上是喜歡了。」

趙長輕略微一怔。

蕭雲繼續自言自語地碎碎唸道：「你從來也沒告訴我你喜歡吃什麼，我就一直以為你什麼都喜歡吃，原來你不喜歡的也可以嚥下去，服了你了。有時候我真佩服你們侯門中人，即使不喜歡的，也可以聯姻，一起過一輩子。」

說著說著，蕭雲不禁有點同情趙長輕。「娶誰不由自主，吃什麼也無所謂，你的人生還有什麼樂趣？」她指了指桌子上的菜，問向趙長輕，準備給他多挾一些他偏愛的。「這裡沒有條件限制，你不用控制自己，想吃什麼儘管告訴我。這個油燜茄子喜歡嗎？這個呢？還有這個？」

趙長輕被她方才的話問住了。他的人生還有什麼樂趣呢？是啊，他的人生有什麼樂趣呢？

「我給你推薦一個，你嚐嚐看怎麼樣。」蕭雲看到他發愣，還以為他是很久沒有選擇，已經忘了自己偏愛吃什麼了，不禁更加同情他。

一頓晚飯，兩人吃了好長時間。蕭雲決定以後每天都下廚做幾道菜，幫趙長輕找到自己的喜好。

飯後，蕭雲摸著圓滾滾的肚皮去院子裡散步。

差不多一個小時後，她又開始奔跑。她今天的目標就是要把自己累得癱倒，爬不動了，這樣才能睡得沈，夜裡也就不會熱醒了。

滿頭大汗地回房後，蕭雲大呼：「快快快，洗澡水，我要舒舒服服地睡個好覺。」

洗了個澡後，蕭雲穿著單薄的涼衫坐在床邊搧扇子。這時，呤月端了一個盆子進來，蕭雲累得很，也懶得問她是什麼。

呤月伶俐地將盆子先放到桌子上，端了一個小板凳放在床尾旁邊，又將桌子上的那盆端過去。

「妳端來端去的，什麼東西啊？」蕭雲忍不住問道。

「王爺說這個法子興許能涼快些。」呤月面帶微笑，語調平穩地回道。

什麼法子能降溫？

蕭雲迷惑地伸長脖子張望了一眼，不禁兩眼圓瞪，驚呼道：「冰塊？」她一下撲過去抱住那個盆子。

頓時，一股冷氣迎面襲來，剛才還在火熱中，現在一下子到了冰山前，身體瞬間歷經了冰火兩重天，蕭雲止不住顫抖了一下。

「小心著涼。」呤月嗔道，欲拿外衣給她披上。

「別！」蕭雲揮手打斷了她的動作，閉上眼睛做享受狀。「讓我再感受一下，被空調凍醒的感覺。」

好——幸——福啊！

被這種久違的感覺包圍著，一股無以言說的鄉愁不覺縈繞上心頭，蕭雲幾乎要飆淚。

吟月疑惑地看著她。「空調是什麼？」

「一種能讓人安然度過冬夏的神器。」蕭雲由衷地答道。舒服透了，她的心漸漸平靜下來，頗為怨惱道：「有冰塊不早說，要是我知道的話，早就可以做刨冰吃了！」

轉念一想，她以前看過歷史書上說，古代人也很懂享受，夏季會冰鎮瓜果來消暑。古代大戶人家幾乎都有冰窖，何況是王府呢！是她自己忘記問了。

吟月卻說：「冰都是冬天時河水凍起來，然後一塊一塊鑿開採回來的。王府這麼大，地下冰窖雖是不小，可惜趙王府去年冬天的時候還沒有竣工，自然沒人想到去河水採冰回來。」

呃？蕭雲不解。「那這個是哪來的？」

「是宮裡送來的。聽說前頭忙活了一天呢，現在冰窖都堆滿了。」

「真是及時雨啊！皇上怎麼會突然想起送這個來？」一想到可以吃上刨冰，蕭雲就又開始激動了，她扳著手指頭算道：「明天我就做刨冰，水果刨冰、雙色刨冰、多色刨冰……每樣都做，全王府的人都有份，太棒了！」

「皇上日理萬機，又是個大男人，哪會想到這些小事？」吟月神情不明地瞅著蕭雲道：

「是王爺親自開的口。」
蕭雲無辜地眨眨眼。「妳的意思……他是為了我？」
「王爺是高高在上的戰神，從未開口跟別人要過什麼。」吟月意有所指道。雖然要點冰沒什麼，但是，她跟隨王爺多年，從不曾見過他為了生活上的瑣事，主動跟別人提要求。
「那是因為以前在軍營裡，受條件限制。現在有這個條件，幹麼不好好享受？」蕭雲不覺得是特別為了她。「有了冰塊，大家夏天都可以過得很涼爽，不是嗎？我只是沾了他的光而已。」
吟月淺笑，不再作聲。有些事，蕭大夫不懂，她卻知道。雖然主上心思深沈，他們做下屬的很難猜測，但她從小跟隨主上身邊，至今十幾載，對主上的脾性也能摸出個一二來。莫消說主上這般明顯的表現，尋常人都能看出幾分。不過，這是主上的私事，輪不到她管，她只需要做好主上交代的任務便是了。
「唉，妳那兒有沒有？」蕭雲特意問吟月。
「奴婢耐熱，不需要。」吟月簡單答道。「蕭大夫若沒什麼事吩咐，奴婢退下了。」
「嗯，晚安。」蕭雲抱著大冰塊，心情特別好。有了冰塊以後，屋子裡陡然涼了幾度，絕對不是她的心理作用。
安然躺下之後，蕭雲左右瞄了瞄，突發奇想。反正床大，不如乾脆收拾出一塊空地，把冰盆端上來？
這樣一想，她立刻就行動了起來。

第二十章

哇靠，好重！

蕭雲費了九牛二虎之力才把冰盆搬上床。

剛才見吟月搬來搬去的，氣都不喘一下。她好鬱悶。吟月看起來又不胖，哪來那麼大的力氣？

冰塊靠得更近一些，周圍的溫度果然又下降了許多。

蕭雲大咧咧地伸展四肢，閉上眼睛。這下終於可以放寬心睡覺了。

她的的確確睡了一個好覺。可是，她忘了一件事——冰塊會吸收熱量，最終化成一灘水。

於是翌日早晨，當她有點清醒又有點迷糊，準備翻身換一個姿勢接著睡時，悲劇發生了——那盆冰化作的水當即把蕭雲澆了個透心涼。她一下子被凍醒了，身體冷得直發抖，一連打了三個噴嚏。

一場傷風感冒是避免不了了。

整張床都沒能倖免，濕了個遍，床邊的地上滴滿了水。蕭雲僵直地下床時沒有注意到，腳下打了滑，華麗麗地摔了個四腳朝天。

「啊！」

新的一天以她這聲悲慘的尖叫拉開了序幕。

緊接著，便聽到她那慘絕人寰的痛呼聲響徹了整個趙王府。

吟月離她最近，第一個趕到了現場。她見到這個場景時，先是一愣，然後連忙過去扶蕭雲。

「小心，地上有水。」蕭雲好聲提醒，可是已經晚了。

吟月腳下一滑，身體立刻失去重心，往地上栽倒。說時遲那時快，她突然凌空旋轉，一隻腳朝天，雙手撐在地上，在離地面還有半尺的地方穩住了。

好敏捷的身手。蕭雲看得傻眼了，半晌才呆呆地說道：「原來妳會武功！」

難怪端起一盆冰不費吹灰之力。

吟月迅速收起動作，眼神不自然地躲閃了一下。須臾，她說道：「奴婢的父母是雜役，所以奴婢學了些花拳繡腿。」

「這還算花拳繡腿？妳剛才那個三百六十度前空翻帥呆了！」蕭雲兩眼都看直了。

「還有心情說笑，摔得不夠疼？」趙長輕冷淡的聲音驀然響起。

蕭雲和吟月一齊朝門口望去，一身黑綢外衫的趙長輕面沈似水地坐在輪椅上，緩緩進來，身後跟著沈風。

「還坐著？地上不涼嗎？」趙長輕肅著容，怫然嗔怪道。

吟月急忙去扶蕭雲。蕭雲一手靠著她，一手支著地面小心地爬起來，坐到一邊的板凳上，心裡納悶。他發哪門子火呀？不過是浸濕了他家的一張床嘛，又不是壞了。

「哈～～啾！」蕭雲冷不防又打了個噴嚏。

趙長輕皺眉吩咐道：「吟月，妳給蕭大夫找身乾淨的衣服，扶她去我房間，先沐浴更衣，再傳白錄診治。沈風，你去吩咐廚房燒點熱水送到我房間。」

「是，王爺。」吟月和沈風齊聲應道，然後有條不紊地分頭行動。

視線落回蕭雲身上，趙長輕不知該說什麼好，低低嗔道：「這麼大的人了……」

蕭雲頓時感覺自己像個做錯事的孩子，被家長抓了個現形。她不好意思地低下了頭。這麼大的人了，還出這種錯，好糗，好丟人！

來到趙長輕的房間，吟月關上門，將帶來的乾衣服、擦身的軟布放到屏風後，對蕭雲說道：「蕭大夫，先把衣服脫了吧，濕衣服貼在身上，會染涼氣進身的。」

「我自己來就行了，妳出去吧！」蕭雲道。被人看光光怪難為情的，所以她洗澡的時候一直不讓別人在場。

「以前可以，這次可不行。王爺在外頭等著呢！奴婢伺候不好，王爺會責罰奴婢的。」吟月噘嘴委屈道：「蕭大夫是不是嫌棄奴婢？不若，去換個侍女來伺候？」

蕭雲很鄭重地表示。「真的不用。妳快出去吧！要不，妳就在外間，反正不許看我，否則我會洗不下去的。」

越是這樣，吟月越覺得蕭雲身上有不可告人的秘密。眼下她已暴露了武功，蕭大夫極有可能對她生了懷疑。今日無論如何，她也要從蕭大夫身上挖出點蛛絲馬跡來。

幾個侍女拎著熱水送進來，蕭雲等她們都走了，才脫下濕漉漉的衣服。幸好她身上還有件涼杉，不然一盆水澆下來，衣服貼在身體上，非把她的身形露出來不可。

泡了十幾分鐘，蕭雲感覺額頭已經出汗了，再泡就會熱暈了，於是起身穿衣服。

呤月躲在死角處，屏住呼吸打量著她身上的每一寸肌膚。可是她身上如玉一般潔白無瑕，沒有任何標記。

待蕭雲坐在那邊的桌子旁，呤月悄無聲息地從死角走出來，默不作聲地退出了房間。

白錄已經在外頭等了一會兒，見呤月出來，便起身進去。

趙長輕沒有動。呤月知道王爺是在等著自己的彙報，於是連同武功曝光的事和盤托出。

「以後，妳安心在她身邊做個侍婢，只需彙報妳認為不尋常之事即可。」趙長輕聽完後，思忖了一下，吩咐道：「她的底細，我另尋辦法刺探。」

「這……」呤月有點猶豫。主上雖然萬事聰明，可是從來沒有經歷過感情的事，蕭大夫那麼特別的性情，別人很難不為之注意。尤其是送髮簪一事，不知主上會不會已經著了她的道而不自知？

趙長輕目光一凜，聲音不帶一絲溫度。「妳有異議？」

呤月惶然垂首。「屬下不敢。」

趙長輕斂回銳利的眸光，目不斜視地從她身邊經過，進了房間。

「拜妳所賜，王爺的一世英明全被妳給毀了。」白錄一邊為蕭雲把脈，一邊涼涼地道。

蕭雲一頭霧水。「我怎麼毀他的英明了？」

「王爺神武，做事果決，大小事宜皆在運籌帷幄中，指揮行軍從不錯斷，這次卻好心做了壞事。」

「是我自己不小心，我又沒有怪他。」

「可是王爺定會自責。」

就好比，上次無意中燙傷了她一樣，他夜裡默默守了她一夜。

想到這個，蕭雲頓時覺得有股暖流從心底莫名湧動起來。

白錄診完脈搏，習慣地拿出清涼的帕子擦了擦自己的手，然後開始下筆開藥。

蕭雲看到他這個動作，自然而然聯想到電視上的大夫，看完病之後就說「照著我的方子去抓藥」這句臺詞，還以為白錄忘了，所以提醒道：「你那兒不全都是藥嗎？還用我去抓？」

「我打算整理出一冊醫書，所以每看一次病，便將之記錄下來。」

蕭雲笑道：「怎麼，想流芳百世？好偉大的理想。」

話音剛落，趙長輕進來了，不等他開口問，白錄便主動說道：「蕭大夫寒邪入侵，喝幾服祛寒的藥，晚上睡覺莫再著涼，三天便可痊癒。」

「從你嘴裡聽到這聲『蕭大夫』，我有種自慚形穢、無地自容的感覺。」蕭雲一臉悻悻的。

白錄撇嘴。「我也覺得渾身不自在。」身為「大夫」，這點小病都不能自醫，還要他親自出馬。

蕭雲很不好意思地笑了笑，眼巴巴地看著他，說道：「那以後還是直接叫我名字吧！我真的不介意。順便問一句，有沒有不苦的藥？」

白錄的眼角飛快地掃了趙長輕一眼，再懶懶睇向蕭雲，不冷不淡道：「良藥苦口利於病，蕭大夫。」

蕭雲五官一揪，心裡叫苦連天。

白錄對趙長輕虛行一禮，然後帶著吟月去抓藥了。

「我遣人送了一盆西域的食蟲花來，妳今晚搬到書房去住吧！」趙長輕看著蕭雲，淡淡說道：「晚上就不必用冰降熱了。」

「喔。」蕭雲生著病，渾身沒精神，說話時也懨懨的樣子，根本沒有細想怎麼這麼快就有這種滅蟲神器了，昨天還沒聽說。

書房臨近人工湖邊，開著窗戶時，微風一陣陣地吹進來。蕭雲被趙長輕強行蓋上毯子躺好。吟月端來煎好的藥，蕭雲瞥了一眼，立刻有股想吐的衝動。

「我真的喝不下去了。」蕭雲苦著臉哀呼道。她連指著門口說「看，有飛碟」，然後想趁趙長輕分神之際把藥從窗口潑出去的招數都用上了，可是趙長輕根本不上當。

「你到時間該訓練了。」蕭雲乾瞪著趙長輕，提醒道。

「等妳喝了它我再去。」趙長輕用下巴點點手裡的碗，說道。別看他一副平淡的口氣，可是態度十分堅定。

蕭雲緊緊咬住下唇，看了看碗，再看看他，猶豫了好一會兒，最終，露出一副赴死的姿態，捏著鼻子一口喝了。

全部喝完後，濃濃的苦味漸漸襲上她的味蕾，在嘴裡慢慢擴散開，彷彿在一瞬間傳到她全身的神經裡。

那種苦澀的滋味甚至蔓延到了她的心裡，簡直無法用言語來表達她的難受。蕭雲被苦得整張臉都皺成了一團。

她的表情太傳神了，看得趙長輕忍俊不禁。他笑著搖了搖頭，拿出早就準備好的糖果，送到蕭雲的唇間，順便揶揄了一句。「苦盡甘來了。」

蕭雲雙眼睜開一條縫看了一下，馬上張開嘴一口含住，頓時，甜甜的滋味驅散了嘴裡的苦，她舒展眉心，一臉幸福道：「甜入心扉啊。」

「妳今日不必陪我，好好在此休息吧。呤月在外面，有事叫一聲即可。」趙長輕交代道。

「那你可別練過度了，知道嗎？」蕭雲不忘叮囑一句。

趙長輕淺笑不語，轉身出去了。

中午，侍女來書房擺膳，趙長輕隨之即到，把蕭雲喚醒。

蕭雲睜開惺忪的睡眼，聽到一聲「吃飯了」，迷迷糊糊地披著毯子就出去了。

趙長輕揚揚眉，沒說什麼。

「味道好淡，是不是忘記放鹽了？」蕭雲剛喝了一口雞湯，就皺起眉頭。

「妳現在宜吃些清淡的，不可挑食。」

啊？這麼說一桌菜都是這樣了？蕭雲帶著濃濃的鼻音嘟囔道：「生病了嘴裡本來就沒什麼味道，還不讓人家吃好的，太殘忍了！」說完，還不忘抽一抽鼻子，用行動來表示自己真的很委屈。

趙長輕似是關切地嗔道：「把身體調理好了再挑嘴。」

「沒味道吃不下東西，人只會越來越沒精神。人家生個病都能養肥十斤、八斤的，看來我要掉肉了。」蕭雲嘟起嘴，裝得可憐兮兮來博同情。

厚重的鼻音加上可憐的樣子，看上去的確惹人憐惜。趙長輕於心不忍，挾了幾口菜給她，柔聲騙道：「先吃點，晚上讓廚子給妳做些好吃的。」

「真的？」蕭雲頓時兩眼放光。

趙長輕笑著點了點頭。

將就湊合了一頓，蕭雲吃完就滾到搖椅上，優哉游哉地閉著眼睛假寐。以前吃完飯怕長小肚子，再累也要先站一會兒，現在生病了，終於有理由給自己偷個懶了。

侍女收拾了桌子，屋裡就剩下他們兩人。趙長輕坐到書桌後，鋪上宣紙，擺好文房四寶，練起了字。

沒一會兒，蕭雲陡然來了興致，哼起了歌。

「太子差人送了些東西來。」趙長輕沒有溫度的聲音突然響起。

蕭雲當作沒聽見，繼續唱。

「是給妳的，還有一封信。」

蕭雲停下來，半睜開雙眼偏頭看趙長輕，懶懶地道：「你看到了，真的不是我的錯。」

「他本想來看妳，可是，一來怕上次那樣引來子煦，惹妳不快；二來怕妳見他反感，便只送了些東西來，衣食皆有。」趙長輕始終埋著頭，視線一直落在宣紙上，彷彿是在自言自語。

「你先幫我收著，等他下次來了幫我還給他。所謂無功不受祿，我受不起。」蕭雲收回視線。

趙長輕語氣平淡地說道：「他畢竟是太子，妳連假以辭色都不屑，不怕他因愛生恨，治妳個藐視皇族之罪？」

「因為害怕而欺騙他的感情，不是更該死嗎？這事我可做不出來。再說，」蕭雲半起身，看著趙長輕，諂媚一笑，問道：「你會護著我的吧？」

趙長輕掀起眼簾睇了她一眼，面無表情道：「妳覺得妳與太子之間，我會偏向誰？」

蕭雲黑著臉，瞪了他一眼。這還用問嗎？可是，她滿臉無所謂道：「你不向著我沒關係，不過，你好歹也得等自己過了河再拆橋吧？」

換言之，你就不怕我留一手，讓你康復不了？

趙長輕眼神似笑非笑地看了她一眼，慢慢說道：「我與妳說笑而已。太子不是心胸狹窄之人。」

蕭雲頓時垂眸不語。說得也是，太子……的確是個很不錯的人。

要是在現代，這種帥氣多金、脾氣又好得不得了的大帥哥如果對自己有意，她肯定會忍不住動心的吧？

蕭雲幻想了一下，假如和他在一起……思緒剛飄忽了一會兒，她猛然又收了回來，連忙在心裡否定。不對不對不對，他各方面條件雖然好得沒話說，但他並不是那種能令她怦然心動的類型，即使在一起了，最多只是相敬如賓，絕對沒有那種觸電的感覺。

那不是愛情。

很多已婚的人說，當初不管愛得有多濃烈，結婚時間長了，也會逐漸平淡如水，最好的結果就是將愛情化作親情。

蕭雲認為，即便結局如此，至少曾經非常濃烈地愛過，體會過那種為愛奮不顧身的激情。然而不能一開始就是親情，若一輩子都沒有那種心動的感覺，豈不是白活了？相反的，只要用心愛過一次，即使最後歸於平淡，也甘心了呀！

「太子那般的人品性情，妳竟看不上？」趙長輕頗為訝異。

「愛情，不關乎身分、學識，具體是什麼，我也說不出來，但是我知道，那個人是讓你一想到，就覺得特別安心，渾身充滿了力量。」

一想到，就覺得特別安心的人？趙長輕斂下黑眸，沈默不語，似在思索。

靜默須臾，蕭雲搖晃著椅子閒聊道：「你的字已經寫得很好了，還要練啊？」以前都是趙長輕坐在上面悠哉，她在書桌前苦練，現在終於輪到她了。

趙長輕收起思緒，注意力重新回到宣紙上。「學無止境，一日不得荒廢。妳以後也要時常練練筆，以免生疏，字體又打回了原形。」

「嗯。」蕭雲點了點頭，表情認真地說道：「我發現，練毛筆字不但可以修練一個人的氣質，改善容易急躁的脾氣，還可以在無形中打發很多無聊的時光，一舉數得。」

趙長輕聞言，無奈地笑著搖了搖頭。讓她練字不認真練，倒存了打發時間的心思，還打發出了心得。

搖椅搖啊搖，蕭雲不知不覺睡著了。

趙長輕沒有管她，安靜地坐在那兒練字，練累了便從身後挑本書來看。

晚上到了吃飯的時間，蕭雲自動醒了過來。一看是粗茶淡飯，頓時咋呼起來。「說好的大餐呢？」

「晚膳過量容易積食，不利睡眠。妳吃點清淡的，明日再說。」趙長輕態度冷酷，不容反駁。

顯然中午是在騙她。蕭雲癟嘴，乾坐著不動。趙長輕視若無睹。蕭雲不爽地哼唧了兩聲，拿起筷子勉強吃了幾口。

吃完飯，又是黑乎乎的藥。

蕭雲皺眉瞄了眼趙長輕，他一臉沈靜，好像非得看著她喝下不可。蕭雲也不動落跑的念頭了，直接問道：「那個糖還有吧？」

「喝了不就知道了嗎？」趙長輕語氣一如往常那樣沒有溫度。

「你不會又說，晚上吃糖對牙齒不好吧？」蕭雲已經對他的誠信度產生了懷疑。一朝被蛇咬，十年怕草繩啊！

趙長輕無奈地拿出一個小盒子，從裡面倒出一顆淡紫色的小顆粒，攤開手心，語氣有了點溫度。「這下可以放心喝了吧？」

「那麼多啊？能不能多給我一顆？」蕭雲眼巴巴地看著他手裡的鐵皮小盒子，滿臉希冀道。

趙長輕用下巴指了一下桌子上的藥碗，語氣平淡，態度卻不容商量。「先喝藥。」

蕭雲立刻捏著鼻子，一口把藥灌下了肚。

含著那顆紫色的糖，她將手伸到趙長輕眼皮下，想多討要幾顆。

「妳方才提醒我了，晚上吃多了確實對牙齒不好。」趙長輕將小盒子收回袖子裡，眼底隱著笑意。

蕭雲後悔不迭，衝動得想過去撓他。

這個人，別看他平時悶不吭聲的，絕對是個腹黑高手。自己那點本事，對付他是無望了，還是好好珍惜眼下吧！

第二十一章

蕭雲氣鼓鼓地把心放到現在擁有的那顆糖上，緊緊地舔著，越舔越覺得香醇，她忍不住好奇道：「這糖味道濃郁，有點葡萄的味兒，又有點奶味，加在一起很香甜，你在哪兒買的？」

「和食蟲花一併從西域送來的。」趙長輕深深睇向蕭雲，問道：「妳沒聽過嗎？」

蕭雲不明所以地搖了搖頭。「我只去過南方，還沒去過西域呢！」

「是嗎？」

蕭雲沒聽出他語氣裡的質疑，繼續好奇地問道：「御國不是在洛國的北邊嗎？那兒才是你的根據地，怎麼，西域你也有熟人？」

趙長輕眼神閃爍了一下，很快便恢復常色，淡淡回道：「行軍時聽說有這些東西，便打發人去問了。」

蕭雲詫異。那邊打發人去問，這邊就送到了，也太快了吧？

古有汗血寶馬，可日行千里，她不懷疑速度，但是，通常這麼急都是非常大的事，他卻為了她這點芝麻綠豆的小事，用了這麼大的排場，他……

蕭雲兩眼斜瞄著趙長輕。他不單單有著攝人心魄的正臉，側面的線條也完美到無可挑剔，十分吸引人的眼球。蕭雲不自覺地被攝住了。

趙長輕覺察到她的視線，疑惑地轉頭看過去。

對上他如漩渦般深沈的星眸，蕭雲渾身一顫，猛然回神。

偷瞄帥哥被抓到，實在太丟人了。為了掩飾尷尬，蕭雲先發制人問道：「你是不是對我施了吸心大法？」

「吸心大法？」趙長輕若有所思地喃喃道：「聞所未聞，聽著像是一種魔功。」

「可能是我精神不好，產生了幻覺吧！」蕭雲自言自語了一句，起身對著空氣說道：「我回去睡一覺。」她不敢再看趙長輕，就怕再多看一眼，自己便會被深深吸進去，不能自拔。所有的猜疑，她都不能再深想下去。

越過書架旁邊的簾幕，後面有一間小房間，以前趙長輕會在這兒小憩片刻，或是針灸。蕭雲躺在床上，感覺鼻尖始終縈繞著一陣陣屬於趙長輕的味道，不禁有些心猿意馬，腦子裡開始不受控制地浮想聯翩。

想著想著，竟入了夢中。外面的人是什麼時候走的她也不知道。

午夜，狹小的空間悄然進來一個人。

他掃了一眼被蕭雲蹬開的毯子，不以為忤，好像料到她會如此，動作輕緩地重新替她蓋好後，又在床邊默默守到了天亮方才離開。

大清早，就聽到蕭雲大吼一聲。「熱死了！」一夜好眠的她被臉上流到脖子裡的幾道汗水給熱醒了，一腳踹開身上的毯子，當即感到一陣舒爽的涼意。

意識逐漸清醒，她不禁納悶，自己什麼時候這麼自覺了，再熱也把身體捂得嚴嚴實實的？

不過流了一身的汗，果然感覺身子輕巧許多。吸吸鼻子，嗯，不錯，也通透了一點。

書房沒有浴桶，呤月過來說廚房已經燒好了熱水，送到了她原來的房間裡。蕭雲裹著毯子就這樣過去了。

洗了身上的汗，換了身乾淨的衣服，蕭雲又回到書房吃了早飯，吃完後又滾回床上去。呤月已經抱了一條新的毯子送過來，蕭雲舒服地抱著毯子，閉著眼睛休息。身子一天沒好透，她就哪兒也不想去。

到了晚上，她老老實實把毯子裹在身上，心想明天早上起來肯定能全好。

果不其然。

第二天早上被熱醒後，蕭雲覺得全身超級有精神，大有「俺老孫又回來了」的氣勢。呤月端了和昨兒早上一樣的清粥小菜來，她卻說：「我現在胃口好得能吞下一隻牛。」

呤月抿嘴笑了笑，說道：「蕭大夫身體好了，可要做頓豐盛的，好好謝謝王爺。」

「謝他？」蕭雲點了點頭，道：「嗯，是該好好謝謝他，多虧了他的食蟲花和葡萄味的奶糖，順便再犒勞一下我自己。我要做一桌重口味的美食，全是肉，這幾天吃青菜，我臉都吃綠了。」

「王爺的功勞可不只這些。若不是王爺衣不解帶地為蕭大夫守夜，怎能捂出一身汗，好得這麼快？」

蕭雲愕然，不可置信地看著吟月。「妳說什麼？」

正好這時，趙長輕進來了，吟月衝蕭雲曖昧一笑，福身退了出去。

「夜裡，是你幫我蓋的毯子？」蕭雲問道。突然，她腦中靈光一閃，不由得被自己的想法震住了，忍不住問出口。「你、你不會是看上我了吧？」

趙長輕怔怔注視著她，眼底的迷霧漸漸散開，覆上了濃濃的笑意，低低自語道：「原來妳是這樣認為的。」

頓了一下，他眼角含笑說道：「妳可以這麼認為。」

蕭雲愕然。我可以這麼認為？那到底是還是不是呢？

趙長輕又淡淡補充了一句。「不過我不會承認。」

呃……他這麼說，應該就不是了吧？蕭雲頓時吁了口氣，同時心底又升起一種怪怪的感覺。難道是失望？蕭雲被這個想法嚇了一跳，連忙否認了，露出放心的笑容，很自然地問道：「那你幹麼對我這麼好？」

「妳可以為我辛苦奔波，遠道而來，我為何不可守護妳？」趙長輕真摯地說道。「朋友間，不是該真心相待的嗎？」

「朋友？」蕭雲有些意外，從他這種外冷內心也不怎麼熱的人嘴裡聽到這兩個字，有點怪異的感覺。

趙長輕道：「我的朋友皆是男子，妳是我第一個女朋友，我不知該如何相待，便按內心想做的去做。」

「哈哈哈哈！」蕭雲忍不住爆笑出聲，來這兒一年多，突然聽到這麼時髦的詞語，感覺好滑稽。她捂著肚子大笑，連連擺手道：「千萬別說我是你女朋友，我可擔不起。在我們那裡，女朋友是戀人的意思。」

趙長輕目光陡然一凜，語調緩慢而深沈。「你們那裡？」

蕭雲霎時笑容一僵，支支吾吾起來。「呃……」但「呃」了半天，她也沒想出一個合理的謊言來掩蓋，索性又保持沈默了。

趙長輕也不逼問，凡事不可操之過急。

試探多日，終於抓到了線索。他這時才想起，當聽到蕭雲說「御國在洛國北邊」時心頭滑過的怪異感覺是什麼。正常人說到自己的國家，都會用「我們洛國」，而說到敵國時，語氣裡都會帶點怒氣，但她說起「洛國」時，感覺和說「御國」是同一個語調，彷彿這兩國和她皆無關係。

如此說來……

只要抓到一點頭緒，後面的就容易了。趙長輕微微勾起唇角，眼神神秘莫測。

「對了，這個時間，你不是應該在訓練嗎？」蕭雲打著哈哈岔開話題。

「最近有些累，便躲個懶。」

蕭雲一聽，急了。「那怎麼行？當你覺得累，那正是向上的時候。走下坡的時候不累，這樣你願意嗎？」

「這幾日感覺腿骨裡有陰寒之氣，很是不舒服。」說到兩條腿，趙長輕臉色沈了下去。

「可能是要下雨的原因。」蕭雲過去蹲下身體，將他的前襬撩起，手撫上他的腿，正色道：「受過傷是這樣的，以後每逢陰雨天氣，可能就會有隱隱疼痛的感覺。我先替你揉一揉，待會兒再用灸草給你熱灸。」

最近天氣是不大好，很悶熱，稍微動一動，汗水就嘩啦啦地往下流，弄得渾身黏糊糊的，非常不舒服。看似要下雨了，雨卻始終不肯下，趙長輕的腿越發覺得沈重。

好在有蕭雲在他身邊悉心照料，幫他治療，雙腿沈滯的感覺才消退了許多。

他卻越發看不清她的目的了。

會在這個節骨眼上來幫他的外族人，他只想到一個。

趙長輕注意著蕭雲的神情，探問道：「是宛露派妳來的？」

「宛露？」蕭雲手裡的動作一頓，愣了一下，輕笑道：「沒聽說過，瑪麗蓮‧夢露我倒是知道。」

趙長輕悱然。莫非是宛露隱瞞了身分？

「宛露是誰啊？」蕭雲好奇地問道。

「妳最好沒聽說過。」趙長輕冷言道。

蕭雲疑惑地抬眼瞟了他一下。叫什麼「宛露」的是他什麼人？竟然讓他瞬間變冷。

越是這樣，她越好奇。既然他不肯說，她可以問別人嘛！

趁空閒，蕭雲笑嘻嘻地將沈風拉到一邊，打聽宛露這人。

誰知沈風一聽到這個名字，神色瞬間變得嚴肅，一臉警戒地問道：「蕭大夫如何得知此人？」

「是王爺告訴我的啊！可是我問他是誰他又不說，真是討厭。」

沈風神情冷漠道：「既然王爺不肯說，那蕭大夫還是別問了。」

「你幹麼不告訴我？你的表情很可疑喔！」蕭雲陰沈地小聲笑道：「這個宛露是不是你們王爺的舊情人啊？」

沈風聞言神情大駭，眼睛直直地盯著蕭雲，厲聲警告道：「蕭大夫沒有根據，千萬不可胡說！」

「你這麼緊張幹麼？」蕭雲嘿嘿一笑，心裡已經有了底。他的表情告訴她，她猜對了一半。

沈風見她一副陰險的眼神，怕她的好奇心害死了王爺，於是鄭重說道：「蕭大夫，別怪在下沒有提醒，此人乃王爺大忌，更是洛國人的大忌，蕭大夫萬不可再提起。聽到沒有？」

這麼嚴重？

愣了半晌，蕭雲驚訝得張大了嘴巴，恍然道：「原來她不是洛國人？」

沈風蹙眉，犀利的眼神裡帶著濃濃的警告。

蕭雲知道事情可能嚴重了，便識趣地閉上了嘴巴，並且在閉上之前承諾道：「你放心，沒人跟我說，我就再也不提這個人，忘了忘了忘了。」

不過心裡還在腹誹，這人八成是敵國的首腦級人物，在和趙長輕交戰時與之產生了惺惺相惜的感情，但礙於身分，兩人只能藏著內心的情意。

或者，他們之間根本就已經發生了什麼……
反正是之間有感情，最後沒能在一起的戲碼。
思及此，蕭雲如醍醐灌頂，當場明白了趙王爺剛才說「是宛露派妳來的」這句話的意思。他肯定是在猜想，心愛的人聽說了他不幸的遭遇，於是尋遍天下名醫，派到他身邊來幫助他，但是因為各自所處的立場是敵對的關係，所以沒有表明身分。
「呵，他以為我是那個宛露派來的？」蕭雲想到這裡，忍不住自言自語地說了出來。
不知道為什麼，感覺心裡堵得慌。蕭雲捶了捶胸口。
趙長輕正好這時出來透透氣。蕭雲一看到他，就忍不住用鼻孔對著他冷哼一聲，瞪了他一眼。趙長輕微怔，不以為然，見她獨自一人站在那兒做那個動作，視線掃了她胸口一眼，嘴角噙著笑意，道：「原來是這樣拍小的。」
蕭雲起初沒聽懂，再細想一下，馬上明白了過來，手再也不敢捶胸了，而是氣得指著他。「你——」低頭看看自己尚未發育完全的胸部，不爭氣啊！她恨恨地一跺腳，羞愧外加惱怒地跑開了。
跑出沒幾步，她又突然折了回來，到趙長輕面前莫名地來了一句。「我是天使派來的。」
天使？趙長輕一愣，心裡迷惑，天使是哪個國家的使臣？
陰霾了好幾天之後，終於下起了一場瓢潑大雨，不過轉眼就過去了。

這場雨下完之後，天氣更加悶熱了。

蕭雲就著一場大病，順便賴在了書房。上午做復健時，趙長輕沒有讓她伴在身側，她便終日窩在書房裡，像冬眠一樣，哪兒也不去。

這天中午，兩人在書房裡一同用了午飯。

這邊剛丟下飯碗，蕭雲那邊就爬到了搖椅上去。養成一個好習慣需要很多天，壞習慣一下子就培養出來了。

「要是再來點飯後水果，就太完美了。」蕭雲摸摸肚皮幻想道。

「蕭大夫好福氣，想什麼便來什麼。」吟月的聲音響起。

嗯？蕭雲一個激靈坐起來，轉頭一看，吟月正捧著一個粼光琉璃盞，面帶微笑地向她走來。伸長脖子張望了一眼，白色的冰塊中間一片深紫，蕭雲大喜過望，語氣激動道：「冰鎮楊梅？」

「快擦擦吧！口水都流出來了，一點女人家的樣子都沒有。」一旁的趙長輕故意板著臉嗔道。

對於他老氣橫秋的語調，蕭雲早習以為常。他只會動嘴說說，從不會真的對她怎麼樣，她的膽子也越發變得大起來，不滿時可以瞪他一眼，或者冷哼一聲，直接無視他。

「一、二、三……」楊梅拿到手裡，蕭雲發現只有少少的幾顆，她眨眨眼，不相信地用手指仔細數了一遍，真的一共就是十顆。「太小氣了吧？」

趙長輕手下筆走龍蛇，臉上淡然，慢聲道：「這些冰寒的東西最好少吃，食過量有害於脾胃。」

「但也太少了吧？還不夠塞牙縫呢！楊梅很貴嗎？」蕭雲埋怨了幾句，拿起一顆大的一口塞進嘴裡，氣鼓鼓的小臉登時掛滿了享受的表情。「好冰，好甜，好好吃！」

趙長輕手下練著書法，目光卻不時掃過蕭雲。這個女人到底是屬什麼的？剛才還像個不滿的潑婦一樣大聲喧譁，此時又變成一副滿足的小女人模樣。

蕭雲吃完一顆，再拿時，忽然想起屋子裡現在有她和王爺兩個人，人家主人還沒吃呢，她居然獨自霸占著一整盤。於是不好意思地過去，拿一顆遞到趙長輕眼底下，說道：「喏，給你。」

趙長輕視線繞開她的手，看著宣紙。「都給妳吧。」

「同一屋簷下，哪有吃獨食的道理？」蕭雲看他一手壓著宣紙，一手拿著筆，便將楊梅送到他的唇上，十分自然地說道：「啊——張嘴。」

楊梅被他的嘴唇碰過了，他不吃也不行。蕭雲得意地嘻嘻笑，趙長輕斜眉睨了她一眼，無奈地微微張嘴，就著她的手咬住梅子。

他清涼的薄唇碰到蕭雲的指尖，宛若溫柔地輕啄了一口，蕭雲瞬間感覺一陣電流竄入全身，臉倏地一下被紅暈取代，嘴裡的楊梅不斷傳遞著酸酸甜甜的滋味，彷彿甜到了她的心坎裡去。

「妳的臉怎麼這般紅？」趙長輕不經意地瞥了她一眼，微微訝異道：「身子還沒好透？」他以為是楊梅的涼氣導致的，便伸手過去，欲將她手中的琉璃盞拿過來，不讓她再吃。

「你幹麼！」蕭雲一把將琉璃盞收到身後挺胸護著，作勢不給。

她一臉防備的樣子，好像是要了她的命似的。趙長輕好氣又好笑，無奈地哄道：「等身子好全了再吃。」

「一共才這些，還要收著？你也太吝嗇了吧！」蕭雲一邊回嘴，一邊從身後摸出一個楊梅送進嘴裡，一副分秒必爭的姿態，彷彿生怕趙長輕將它一把奪了去。

趙長輕不由得被她這個童真的動作逗笑了，也不忍心再剝奪她享受美食的權利，收回手，道：「妳贏了。」

「耶！」蕭雲開心地比了個勝利手勢。

趙長輕斜睨她，頗為無奈道：「妳怎麼這麼潑皮？」

蕭雲搖頭晃腦地得意中，有點汁液流到了嘴角邊也不知道，臉上還掛著憨憨的笑容，看上去傻呆呆的。趙長輕忍不住抬手過去，替她擦拭乾淨嘴角。「瞧妳，吃得跟小花貓似的。」

蕭雲頓時如遭雷擊，身體完全僵直。這個趙長輕，怎麼就生得這麼美？他僅是站在那兒不動，懶洋洋地睥睨著她，她便覺得那雙眼睛帶著十足的電力，多與之對視一秒都會深陷進去，更別說是他柔情的關心，這麼曖昧的動作……

簡直讓人窒息。

蕭雲登時心緒大亂，身體不受控制地放下已經所剩無幾的琉璃盞，落荒而逃。

她一邊奔跑一邊在心裡勸告自己：蕭雲啊蕭雲，妳好歹是二十一世紀來的，受的是開放式教育，怎麼被一個稍微親密的動作就搞得方寸大亂了呢？韓劇裡面的帥哥比比皆是，鏡頭特寫的時候整個大螢幕都在對妳放電，妳用得著跟沒見過男人一樣嗎？淡定！

第二十二章

蕭雲一鼓作氣地跑到了荒涼的人工湖邊，深吸一口氣，但是無法阻止自己的內心不停數落。

妳想想，人家不但心裡有個舊情人，等腿好了……即使他的腿不好，以他的身分地位，遲早也會有數不盡的美女擠破頭爭相給他當大老婆小老婆。他自己不也為自己立了一個花名冊，誰做大誰做小安排得好好的嗎？妳……

等等！她想這些幹什麼？

蕭雲越想越覺得自己可笑。即使趙長輕這廝是個情場老手，習慣了對女人這樣，他畢竟是古人，她這個受過高等教育、獨立自主的現代人，居然被一個小動作攪得心神不寧的，太丟人了！

這樣一想，蕭雲的心情平靜許多，臉上的紅暈也逐漸散去。她想，被這樣一個風華絕代的美男子關心過，以後面對別的男人的花言巧語，也就不會輕易上當受騙了。

再說，這個時代的感情沒有現代快速，卻比現代多情得多。

在外面晃悠了很久，蕭雲想了許多，確定自己的情緒絕不會再受影響，大幅波動，即使和趙長輕對視個一、兩分鐘也不會敗下陣來，她才照著原路返回。

回到書房時，蕭雲意外看到白錄也在。

「喲，出關啦？」蕭雲揶揄道。

白錄沒好氣地瞪了她一眼，頗為不悅地道：「王爺說妳身子發燙，燒還沒退，讓我過來給妳看看。」

蕭雲攤開雙手，聳聳肩，清澈的水眸裡透出自信的光彩，真摯地說道：「我已經沒事了。不好意思，讓你白跑了一趟。」

白錄揚揚眉，轉頭無聲地詢問趙長輕。

「妳粗枝大葉的，還是切個脈穩妥些。」趙長輕一臉嚴謹，老成持重地道。

蕭雲撇嘴，坐到凳子上，伸出右手腕，懶懶道：「好吧。」

白錄撩起前襬坐到一邊，右手中間三指搭上她的脈。

靜默片刻，白錄面無表情地收回手，拿出帕子擦了擦，又掏出紙和筆。

蕭雲一愣，十分不解。明明沒什麼的嘛！「這也要記錄？」

「開服藥，吃兩天就沒事了。」白錄低頭揮筆，語氣涼涼地道。

什麼？

「你公報私仇了吧？」蕭雲愕然，旋即怒眼相瞪。這個傢伙，絕對是氣王爺無緣無故打擾了他的半閉關，心中惱火卻又不敢對王爺發洩出來，知道她害怕吃藥，於是拿她出氣。

白錄眼都沒抬一下，簡單對趙長輕說了幾句，就走了。

「我不吃。」蕭雲恨聲聲明道。

趙長輕輕睇了她一眼，不以為意。等藥拿來了再說。他彎下身體，說道：「妳出去沒多久，有個工匠送了個東西過來，說是妳讓他做的？」

蕭雲先是迷茫，然後大喜，激動地飛速衝過去問道：「做好了？在哪兒呢？」

趙長輕從書案下面取上來一個葫蘆狀的木盒子。

「你怎麼放地上？」蕭雲看到心愛的寶貝被人不尊重地放在地上，不禁皺眉責備了一句。當她看到葫蘆狀的大木盒子時，心頭驟然湧起一陣酸澀，五味雜陳，很寶貝地將它抱過來放到那邊的大圓桌上，她伸出雙手愛惜地在上面摸索。

木盒子上面一層刷了光釉，表面鋥亮，和在現代的那把幾乎一樣。這是她來古代到現在，看到的最為相似的琴盒，她不由得對裡面的小提琴產生了巨大的期盼。

輕輕打開，一把八分相似的小提琴呈現在她眼前。蕭雲伸出雙手細細撫摸，小時候辛苦學琴的時光不停在眼前重播。

闊別多日，她終於找回它了。

小提琴在她的生命中有著不可替代的重要性，多少個傷心孤獨的日子，是在它不離不棄的陪伴下度過的。這把小提琴雖然不是十分像，但也勾起她心中無以名之的思念。

蕭雲將它拿起來放到肩膀上，用臉頰抵住，另一隻手拿起琴弓，輕輕閉上眼睛，拉起了熟悉的旋律。

清揚的樂聲緩緩響起，片刻，蕭雲皺了皺眉頭，臉上掠過一絲失望。

還是不行，音色還是相差許多。

「怎麼？御用工匠的手藝不得妳心？」趙長輕將她從驚喜到失落的過程看在眼裡，忍不住開口關心道。

「手藝的確非常好，可是，音色才是這把琴的靈魂所在。外形仿得再像，也奏不出它的精華。」蕭雲長嘆了一聲，苦澀一笑，道：「不過它應該會是我的餘生中，遇到最好的一把小提琴了。」

蕭雲一直以明亮的笑容示人，趙長輕極少見到她憂鬱的一面，陡然竟生起惻隱之心，不想看到她憂傷的眉眼。

趙長輕過去拿起小提琴看了看，仔細研究了一下，既然外形沒有問題，那就是弦的問題了？他決定向工匠要回蕭雲的原稿，試著自己動手做一把。不過在沒有成功之前，他不想讓蕭雲知道，以免給了她希望，最終又讓她失望。

想到蕭雲看到滿意的琴時，全身迸發出的驚喜和歡呼，趙長輕情不自禁地勾起了唇角。

「妳是從什麼地方得知這把琴的原樣？」趙長輕疑問道：「既然得到過，卻為何又失去了？」

「這個……」蕭雲支吾起來，眼珠子不停地轉。

趙長輕揚眉，主動給了她一個理由。「又是說來話長？」

蕭雲不好意思地衝他笑了笑，點點頭，然後慚愧地低了下去。她好像用了好多個「說來話長」來打發他的問題，幸好他從來不打破砂鍋問到底。

「世間帶琴弓的琴極少，我所知道的也就胡琴和雷琴兩種，妳口中的小提琴真是聞所未聞。」趙長輕看著蕭雲，這次並沒有試探之意，純粹是出於好奇。

蕭雲眼神飄忽，似在閃躲。他的眼神太有殺傷力了，彷彿帶著透視，可能是在戰場上練出來的，心底有什麼秘密被他銳利的眼神一掃，就會忍不住不打自招。可是——要她怎麼說呢？

蕭雲心思千迴百轉，趙長輕不急不躁地等待她坦誠相告。

但最終，蕭雲選擇了緘口不言。

趙長輕無可奈何。依照她的性子，恐怕拿刀架在她脖子上也問不出什麼。強迫要來的答案，未必是最真實的。他會耐心等著她主動交代出一切。到時，他便可以化被動為主動，不但得悉她的目的，還能將她掌握在手，作為自己的棋子反將一軍。

「對了。」蕭雲坐著坐著，感到有點熱，才猛然想起一件事。「前幾天一直生病，差點忘了有冰。我去做個水果刨冰來吃，化失望為力量。」

說完，她起身匆匆跑了出去。

「妳知道冰窖在哪兒？」趙長輕的聲音懶懶地在背後響起。

蕭雲一下頓住腳，笑吟吟地轉過身問道：「在哪兒呀？」心裡祈禱，拜託拜託，他可千萬不要再以什麼「傷脾胃」之類的話來堵她了。

趙長輕不知道她嘴中的刨冰是什麼，只知道她做出來的東西都比較可口，所以心裡也有點期待。不過看到蕭雲急匆匆的樣子，就忍不住逗逗她。看到她對自己討好的笑臉，趙長輕滿足地莞爾一笑，道：「讓沈風帶妳去。」

收到他的話，蕭雲立刻跑出去了。

當她的身影出現在廚房時，廚房的廚娘們一臉喜色，紛紛圍上來噓寒問暖的。「蕭大夫，許久不見妳了。」

「聽說妳最近生病了？現在怎麼樣？」

「我們一聽妳病了可著急了，但是又不敢上主院找妳。」

「妳喝的藥又是吟月那大丫頭親自煎的，我們也沒辦法對妳表示一下，心裡真是過意不去。」

面對七嘴八舌的關心問候，蕭雲非常感動。聽了一會兒，她拍了拍手，示意大家安靜下來，然後笑盈盈說道：「首先，承蒙各位厚愛，鄙人在下我身體已經完全好了，今天我特意來這裡，當然是大展身手嘍！妳們又有口福了。」

眾人聞言，歡呼聲驟然響起一片，大家爭相問道：「蕭大夫今天要準備些什麼吃食？」

蕭雲說道：「我今天要做的東西叫水果刨冰，消暑效果非常神奇。不過不在廚房做，我是來廚房拿東西的。待會兒做好了，會給妳們送一份過來的。」

「唉，蕭大夫，要不要幫忙？我去給妳打下手吧！」

「我給妳拿東西。」

大家自告奮勇要出一分力，順便看看她是怎麼做的。

「大家這麼熱情，我怎麼好意思拒絕呢？」蕭雲壞笑道。就等著她們主動開口呢，嘿嘿嘿！她分派道：「來，妳去拿些水果，切成丁，順便打汁。妳拿食盆，妳去拿鐵勺子。妳拿些白砂糖做糖漿。好了，大家一起行動。」

蕭雲差點忘情地脫口喊道：「Go、Go、Go！」

刨冰不難做，難的是鑿冰。冰窖裡的冰塊都是一大塊一大塊的，要弄成碎冰，得費多大的力氣呀！守冰窖的長工只負責把大冰塊鑿成可以冰鎮瓜果的大小，送出冰窖，剩下來的就不管了。

蕭雲也不想為難他們，因為冰窖裡也有很多事情要做。她專門找了兩個身體強壯些的廚娘，借了工具來，讓她們負責鑿碎冰。

分好工，蕭雲開始領著大家動手了。

沈風在一旁好奇觀看著。不擅言辭的他向來不喜歡湊熱鬧，除了王爺的吩咐，對什麼事都漠不關心，這次卻被蕭雲鼓動起來的氣氛所吸引，想知道她到底要做什麼。

「喂，你一個大男人好意思乾站著什麼也不做，讓我們這些小女子給你做吃的做喝的？」蕭雲瞥到沈風雙手抱胸站在那兒看著，嚷也不嚷一聲，太沒紳士風度，她不滿地對他指手畫腳了一通。

妳們是小女子？沈風冷眼掃了一群身圓腰粗的廚娘，嗤之以鼻。想她也沒什麼事了，便回了書房。

回去的路上他在心裡懊惱，自己也真是的，明明是王爺的人，理當在王爺身側等候王爺的差遣才是，站在那兒看什麼熱鬧！

回到書房，沈風悶悶地向趙長輕一字不落地彙報了蕭雲的行蹤。趙長輕聽完之後，失聲笑了笑，點頭說道：「號召力很強啊！瞭解得越深刻，越是不容人小覷。」一手不由自主地覆上雙腿，深邃的眸光瞬間沈了下去。

「王爺的腿……」沈風兩眉一擰，擔憂道。

「快了。」趙長輕視線投向遠處，慢然說道：「她還是有幾分真本事的。」

沈風緊繃的臉容終於有了一絲鬆懈，轉而又想到另一個問題，便問道：「那，是否繼續隱瞞下去？」

這個問題……趙長輕斂了斂眸光，長眉微蹙，半轉身體，沈吟未決。半晌，他才道：「我還未想出對策，且先瞞著吧。」

沈風表面波瀾不驚，心裡卻大感疑惑。王爺有通天徹地的文韜武略，十面埋伏之下尚且能快速想出脫身之計，何以這麼長久的時間，卻想不到應對蕭大夫的計策？莫非真如吟月猜想的那般，王爺動了別的心思？

如果蕭大夫不是敵人派來的細作，王爺納了她倒也是美事一樁，至少從她來到王府以後，王爺笑的時間比以前多了很多。以前不覺得，但她生病臥床那兩日，王爺整天繃著臉，整座王府便一片死氣沈沈。她一復原，王府立刻又充滿了歡聲笑語，書房裡也很熱鬧，朝氣蓬勃的。

雖然蕭大夫行為怪異了些，總是聽不明白她在說什麼，但只要王爺高興，他這個做屬下的也會替王爺感到高興。

時間悄悄地溜走，蕭雲那邊已經大功告成了。

「哇，好漂亮！」五彩斑斕的刨冰一做好，便立刻吸引了眾人的目光。在場的廚娘們無不驚嘆於它的美麗光彩，紛紛忍不住湊過去聞一聞。

她們一個個像劉姥姥進大觀園似的，蕭雲真是啼笑皆非，笑著說道：「美女們，刨冰的味道是嚐出來的，不是聞出來的。來來來，大家快拿碗，自己盛。」

「這怎麼行呢？」廚房裡說話比較有分量的大廚娘朗聲喊道：「該喊大丫頭先來試吃，然後先送給王爺品嚐，之後才輪到我們下人。」

蕭雲無語了。階級觀念太嚴重了吧！什麼都要試吃，還要分身分等級誰先吃，要想改變她們的思想是不大現實的，她就不白費那個勁了。

蕭雲端起一盆小的，然後說道：「今天做了這麼多，每人都有份，不用客氣。裝完了自己的碗，其餘的分給王府裡其他人吧！這些我拿去和王爺吃。」

她又另外盛了一碗，叫了個人給白錄送去。

邁出幾步，蕭雲又折回來，提醒道：「別怪我沒告訴妳們喔，這東西消暑不錯，但是大涼，有癸水在身的女子暫時不要吃；沒有癸水的也不要多吃，吃多了容易拉肚子。反正我以後每天都會做的，不要貪嘴喔！」

「蕭大夫，妳姑娘家的，怎麼……」一個年紀輕一點的廚娘聽到蕭雲光天化日之下，當著這麼多人的面毫不遮掩地說出癸水二字，頓時滿臉羞紅，很是難為情的樣子。

蕭雲無奈一笑。

去書房之前，她先找到沈風和吟月，分別給他們裝了一碗，然後讓吟月去找兩個琉璃杯來，將碎冰放了進去。

「哇，好美！」吟月頓時眼睛一亮，驚呼道。當她見到刨冰的第一眼時，就深深喜歡上這五彩斑斕的色彩。而當刨冰裝進琉璃杯之後，吟月看到它散發出的流光溢彩，更是讚不絕口。「好漂亮。」

「漂亮吧？」蕭雲興奮道：「告訴妳，這還不算什麼，最漂亮的是多色刨冰。妳趕緊去買個琉璃杯回來，以後就可以用它裝刨冰吃啦！」

嘿嘿，別怪她厚此薄彼喔！趙王府的琉璃杯一共就幾個，規定只讓什麼主人用。她想找回現代吃刨冰的那種感覺，所以就自私地獨用了一個，別人都用碗。至於王爺，當然得好好巴結巴結他，給他最好的，當是回報嘍！

吟月嘟嘴，嘆息道：「唉……琉璃可是世間難得的奇珍異寶，即使外頭有賣的，也是價值連城。蕭大夫，您就別取笑奴婢了。」

「這麼寶貴？」蕭雲乾笑了兩聲。她本來還很遺憾，這種琉璃杯透明度一般，沒有玻璃杯裝刨冰好看，但是條件有限，就湊合著用吧！沒想到在吟月眼中，這種琉璃杯竟還是個稀罕物。

她的內心陡然升起一股身為現代人的優越感。

「不過能吃到這麼冰爽又美麗的東西，奴婢這輩子也值了。」吟月不捨地小口啜飲著碗裡的碎冰。

蕭雲含笑道：「妳真有出息，這點小東西就滿足妳啦？我告訴妳，我還會做很多既好吃又好看的美食呢！小心把妳的嘴給吃刁了。」

「蕭大夫，您就別再做好看的東西給奴婢吃了，奴婢真心捨不得將這麼好看的東西吃進肚子裡去。」

蕭雲噗哧一笑，取笑了她一句。「妳是捨不得把它們拉出來吧？」

「蕭大夫是女人家，怎可如此粗魯？」吟月皺眉，被蕭雲的話逗得哭笑不得。

「我開個玩笑啦。」蕭雲撞了撞她的肩膀，撒嬌道：「妳認識我又不是一天兩天了，我也就偶爾笑妳一下嘛，妳幹麼跟妳家王爺一個口氣？」

「因為我們都是這般認為的。」一旁的沈風忽然冷冷插了一句，似乎是在提醒她們，還有一個男人在，能不能別把他當空氣，隨便開玩笑？

他呼嚕嚕地幾口喝光一碗刨冰，說道：「難道換個容器，口味會不一樣嗎？」

蕭雲和吟月對視一眼，臉色黑了下去，一齊向他丟了個白眼。吟月低聲嗤道：「你一個男人家，懂什麼呀！」

「至少我懂，冰很快便會化成水。」他涼涼地道。

「啊！」蕭雲這才猛然想起還沒有去給王爺送刨冰呢！她對吟月說道：「女人之間的話題總是沒完沒了的，我進去了，有空再聊。」

吟月瞥了沈風一眼，雙眼茫然道：「她好像對王爺並不是太上心？」

「王爺自己喜歡就是了。」沈風不置可否。

第二十三章

「咚咚咚。」

到了書房門口，蕭雲禮貌地敲了三下，聽到裡面傳出熟悉的聲音，讓她進去，她把兩隻手收在身後，用腳輕輕踢門而入。

趙長輕孑然坐在書案後，低垂著頭，披瀉的長髮擋住了他半張臉的風華，卻難以遮掩他渾身散發的霸者之氣。他手中捧著一本書，目不轉睛地看著，眼睛抬也不抬一下。

「猜猜我給你做什麼好吃的了？」蕭雲走進，送上一張神秘的笑臉。

趙長輕淡然說道：「妳不是嚷嚷著要做刨冰的嗎？」

呃……好像是這樣的。蕭雲眨了眨眼睛，訕笑了兩聲，心裡腹誹：哼，裝酷，等你嚐過我的刨冰，停不了口時，還求著我給你做！

她將雙手從身後抽回來，還配上了隆重的音樂。「噔噔噔噔噔，看！」

趙長輕稍稍掀起眼簾，看到繽紛的色彩時，不禁微微動容，視線終於緩緩爬上了蕭雲嬌俏的臉。

「怎麼樣？是不是看著就很有食慾？」蕭雲神采飛揚，十分神氣的樣子，將琉璃杯擺放在趙長輕眼前，插入鐵勺，催促道：「快嚐嚐。」然後端著自己那杯，用力吸了一下，接著發出愉悅的聲音。「啊～～太棒了！」

看到她這張生動的笑臉，心情總會莫名跟著飛揚起來。趙長輕勾起嘴角，丟下手頭的東西，優雅地拿著勺子舀了一點點碎冰放進嘴裡。嗯，果然不錯。他長眉微挑，點了點頭，讚譽道：「妳這個飯桶做得名副其實，不但能吃，也很會吃。」

「我都說了，是吃貨，不是飯桶。」蕭雲白了他一眼，脫口反擊道：「這些天我們除了不一起睡，幾乎是我吃什麼你吃什麼，如果我是飯桶，那你不也是嘍？」

話說出口，總覺得哪裡不對，尤其是被趙長輕不明深意的眼神睨了下，這種感覺就會越發強烈。擰眉想了想，她不禁懊悔，什麼叫做「除了不一起睡」？說得他們好像有多親密似的，這話太難聽了。

蕭雲恨恨地咬了咬自己的舌頭，頓了頓，奇道：「咦，你這回怎麼不說我說話直接又粗魯了？」

「妳說的，的確不假。」趙長輕笑著瞥了她一眼，繼續低頭吃東西。靜默片刻，趙長輕停了下來，為保自己的清白，他只好改口，不過不是飯桶，也不是吃貨。他含笑地看著蕭雲，道：「小饞貓。」

他的語氣裡盡是寵溺，蕭雲的心湖不禁漾起一絲漣漪，有些失神了。

不過只是片刻，她便清醒過來，面容清澈而坦然。

猶豫了半晌，蕭雲開口說道：「趙王爺，你不懂如何對待異性朋友，我覺得我有必要提醒你一下。我可以接受王爺用對待同性朋友的方式來對待我，但是接受不了王爺像對待自己的妻室那樣對待我。」

蕭雲神情嚴肅，很是認真，不像在說笑，趙長輕側身正視著蕭雲，等待她繼續說下去。

「我雖然成過婚，性格大而化之，但不代表我是個輕浮的女子。有些不該有的動作和話語，連同語氣，還請王爺自己斟酌好了，三思而後行。」

趙長輕深不見底的黑眸緊緊盯著蕭雲的眼睛，蕭雲毫不閃躲，坦率地與他對視。很久很久，久到蕭雲以為他想用眼神穿過她的五臟六腑，直達她的內心，久到她已經快支撐不住，想要逃脫時，趙長輕才斂下濃密的睫毛，語氣清淡如水。「若我有些地方無意中輕薄了妳，致使妳產生誤解，實非我有心之過，還請見諒。」

蕭雲的心驟然被什麼東西生生地撞擊了一下，有點不舒服。她低下頭，眼裡似染了一層氤氳之色。沈默了片刻，她掀起眼簾，清秀的臉容覆上淡淡的笑。「沒事，說開了就好。」

說開了，有些略顯親暱的動作，就不可以再做，甚至說句話，也要考慮考慮是否守住男女大防。

自從他們說開了，關係一下子疏離了許多。不過睡習慣了書房，她真不想搬回去，既然趙長輕沒開口趕她，她也就沒有主動提出來。反正遲早要走，搬來搬去的多麻煩呀！

所以一日三餐他們還是一起吃，只不過吃飯時，蕭雲的話少了。

她想，時間也差不多了，早點抽離，這樣也好，畢竟朝夕相處了那麼長時間，難免會產生一些不捨之情。像現在這樣及早疏離一點，離開時也就不會太難受了。

唉，她最怕的就是分離的場面了。

想想趙王府一大票的人，那些囉嗦但有時也挺可愛的廚娘們，如秀兒般悉心照顧她生活起居的呤月，總是忽然插一句嘴的沈風，一想到這輩子都可能再也見不到他們了，蕭雲心裡就抑鬱得無以復加。

趁著有一天，呤月和沈風都在，蕭雲忽然傷感地問道：「我走了，你們會想我嗎？」

沈風面容微動，冷眼瞟著她。呤月則花容一沈，過去抓住她的手，關心道：「蕭大夫，妳怎麼了？怎麼突然說這話？」

「我總不能賴在王府一輩子吧？天下無不散的宴席。」蕭雲苦澀一笑，說道：「我會想你們的。」

呤月和沈風互相看了看，又複雜地看著蕭雲。

「蕭大夫……」呤月猶豫了一下，最後還是忍不住問道：「和王爺怎麼了？」

蕭雲佯裝無所謂地大笑，一語雙關道：「我跟他沒怎麼呀，是你們想多了。」

他們的封建思想一定會認為，男人和女人之間沒有單純的朋友關係，甚至全王府的人都認為，她跟王爺之間一定有什麼。

她承認，對趙長輕的確是日久生情，但生的不是愛情，只是一些人性間的基礎友情罷了。但凡有血有肉的人，和另一個有血有肉的人相處久了，分別時也會不捨呀！人非草木，誰能無情？就算是相處了兩個月的補習班同學，結業了還有點捨不得呢！

不過，她不能當著他們的面說出來，因為他們絕對會想偏了。

反正趙長輕要求單獨練習，蕭雲索性把所有的精神都花在製造美食上。有了冰窖，她試著用寒氣做出類似於果凍的東西，最後果凍沒做成，倒是無意中做出了一種水晶糕點，還順便做出了一種亮晶晶的晶狀物體。

她的全身心投入，換來了全王府的人受惠。有了她的清涼冷飲和水晶糕點，趙王府所有人安然度過了炎熱的夏天。

轉眼間就要入秋，天空又下起了綿綿細雨，好不容易盼到一個晴天，又突然來了個雷陣雨。

蕭雲對著淅淅瀝瀝的雨水無聲嘆息。吟月取笑道：「認識蕭大夫這麼久，難得看見蕭大夫還有悲秋傷春的一面。」

「陰霾的天氣，給了我憂鬱的氣質。」蕭雲故作深沈地慢聲誦了一句，還不忘配上林妹妹嬌弱的嫵媚動作。

「這句話聽著怪抒情的，可被蕭大夫這語調唸出來，就只剩下笑意了。」吟月揶揄道。

蕭雲無語地笑了笑，繼續倚在門口聽雨聲。搞笑習慣了，真的憂傷時別人也以為你在搞笑呢！

其實她心裡真的有些著急，都過了這麼久了，趙長輕的腿卻意外地不見起色。蕭雲觀察他的日常行為，一點也沒有發現他哪裡做得不對，她百思不得其解，心情越來越沈重。

怎麼會這樣呢？

這天，蕭雲心情惆悵，於是撐著油布傘繞著王府瞎晃。

來了這麼久，她今天才發現原來趙王府真的很大，因為趙長輕還沒有娶妻的關係，後院有很多地方都是空置的，偶爾會有一隊巡邏的士兵過去。

走了大半天，她才將後院大概走了一遍。

在古人的思想裡，大戶人家娶得少了，就有人丁稀少、家族衰弱的感覺，所以很多古人為了兒孫滿堂，香火興旺，就娶了五、六、七、八個老婆，即使後院戰火連天，兄弟間為了爭奪財產鬧得頭破血流，也樂此不疲。

不過人少，的確很冷清。

一邊胡思亂想著一邊到處亂走，蕭雲不知不覺來到一條長廊上，意外地看到了沈風的身影。她咦了聲，再轉頭環顧四方，並沒有發現趙長輕。奇怪了，沈風如果不出去辦事，就會一直跟在趙長輕身邊，怎麼這次見到他卻沒有見到王爺呢？

「嗨！」蕭雲過去打了聲招呼，隨口開了句玩笑道：「你是開小差還是休假呀？」

沈風癟嘴，聽不懂她是什麼意思，也不想問，只是揚揚下巴，說道：「王爺在那邊。」

蕭雲看過去，但視線被一排房子擋住了，不過她知道那邊是人工湖。她不解地指了指那邊，問道：「王爺在那邊，你在這邊幹麼？」

沈風陰鬱地掃了她一眼，沒有吱聲。

蕭雲直覺出了什麼事，心裡一沈，非常擔心道：「發生什麼事了？不會是他的腿怎麼了吧？」

「邊境來了加急密函，說有一批身手矯捷的人喬裝成土匪侵襲我國邊境，士兵和百姓死傷無數。」

原來是這樣。不用問，一定是可惡的御國人戰敗了不甘心，聽聞趙長輕廢了雙腿，認為還有餘地，但是又不確定趙長輕的具體情況，不敢明目張膽叫戰，所以就偷偷派人喬裝打扮，偷襲成功了很好，不成功被逮到了就打死不承認，不斷試探著趙長輕會何時出征。

蕭雲撐著傘欲過去，沈風伸手擋在她前面，說道：「王爺說想一個人靜一下，請蕭大夫繞道而行。」

「我不會打擾他的。」蕭雲誠懇地看著他，請求道。

沈風轉眸想了想，放下了手。或許，她可以撫平王爺心裡的鬱結吧！

轉了一個彎，蕭雲看見趙長輕的身影，孤伶伶坐在那兒面對著湖水。他的頭髮上沾著水氣，似乎在這陣雷雨中待了很久。

他一定是在為犧牲的戰友們傷心。

蕭雲心裡一動，默默走過去，將傘撐在他的上方，幫他擋雨。

趙長輕微微側目，眼睛裡帶著濃烈的憂鬱，面容陰沈得可怕，聲音中夾雜著莫名的傷痛和無奈。「我想一個人待一會兒。」

「你的腿不能再受涼了。」蕭雲語氣輕柔，態度卻很堅決。

她只說了一句話，然後便一聲不響地站在他身邊，不打擾他，安靜地陪著他一起憂傷。

趙長輕漠然轉回視線，不再言語。

兩人一站一坐，誰也不吱聲，沒有任何交流，只是靜靜地各自想著心事，無形中，似乎有一股默契存在於他們之間。

夏末的雷陣雨總是來得快去得慢，但總有結束的時候。蕭雲站了沒一會兒，雨就停了。

太陽從雲層間隙露了臉，經過洗禮，之前的悶熱之氣一掃而空，放眼王府，滿眼蒼翠的綠，空氣特別清新。

蕭雲做了個深呼吸，視線飄遠。忽然，她睜大了眼睛，高興地拍了拍趙長輕的肩膀，指著天邊、踮起腳尖雀躍道：「你快看，有彩虹！」

趙長輕掀起眼簾，視線隨著她手指的方向往西看。果然，一個弧形的、半透明的彩虹浮現在暗雲中間，綠色、黃色、微紅，若隱若現。慢慢的，彩虹的顏色強烈了一些，雖然沒有七種，但是顏色之間色彩分明，燦爛奪目，彷彿把世上一切柔和的色彩凝固在高空中。

「你等我一下。」蕭雲興奮說道，然後咻一下跑開了。

須臾，她氣喘吁吁地跑回來，蹲在趙長輕身邊，晶瑩剔透的眼睛帶著溫和的笑意，神秘地說道：「把手給我。」

趙長輕疑惑地瞅著她。

「唉呀。」蕭雲看他不動，咂了咂嘴，著急地一把抓過他的手，將自己手裡的東西放到他的掌心。

攤開一看，是一種水珠凝固在一起的白色透明物體，軟軟的，前幾天他見她拿在手裡玩捏過，她說是水晶糕點的試驗品。

給他這個是何意呢？趙長輕不解地看向蕭雲。

蕭雲背對著天空，清澈的眼睛真摯地看著趙長輕，一張小臉清麗動人，語氣溫柔道：「我把彩虹送給你。」

隨即，她讓開身體。趙長輕的視線緩緩落到攤開的手掌上，就在剎那間，他看見那道彩虹透過他手心的東西，折射到他的眼前。

彩虹竟然到了他的手裡。

如此美麗的色彩，竟然就握在他的手中？

趙長輕悒鬱的眸子閃爍著光亮，轉而展顏微笑。

「雨後初霽，你說這是不是老天給你的暗示？」蕭雲和聲說道。

趙長輕挑眉，不解地問道：「暗示什麼？」

「雨後天晴，寓意著困惑後一切明朗。希望風雨過後，你的世界也能出現彩虹。」蕭雲露出恬淡淺笑，說道：「突然很想唱歌。」

這麼說著，她便馬上低低清唱了起來。「人生路上甜苦和喜憂，願與你分擔所有，難免曾經跌倒和等候，要勇敢地抬頭，誰願藏躲在避風的港口，寧有波濤洶湧的自由。願是你心中燈塔的守候，在迷霧中讓你看透。陽光總在風雨後，烏雲上有晴空，珍惜所有的感動，每一份希望在你手中，陽光總在風雨後，請相信有彩虹，風風雨雨都接受，我一直會在你的左右……」

唱者無意，聽者有心。

饒是趙長輕習慣了蕭雲平時的言行舉止和正常人有些不同，但當他聽到「願與你分擔所有……願是你心中的守候……我一直會在你的左右……」這幾句歌詞時，心裡不免還是掀起了大浪。

這種曲風他聞所未聞，曲詞也從未聽過，他無法不懷疑，她的用意是想藉此曲向他傳達些什麼。

她之前曾經問過他，是否對她有意，後來又說了那番話，莫非是他做了什麼不當的舉止，引起了她錯誤的猜想？

趙長輕手中明明是清涼之物，卻感覺掌心越來越灼熱，捧著那道彩虹，恍若捧著一顆赤子之心。趙長輕失神地看著它，眼神逐漸變得迷離，內心隱隱有一股說不清道不明的情緒蠢蠢欲動。

連下了好幾天的雷陣雨，今日終於消停了，秋老虎也正式來襲。

太陽嚴酷地烘烤著大地，各處都是熱氣沖天，唯獨趙王府的書房裡，因為放了兩盆冰而十分涼爽，蕭雲舒舒服服坐在書案後練習毛筆字。

趙長輕則懶散地躺在搖椅上，手執羽扇置於胸前，半合雙眸，似乎睡著了。

忽然，沈風心急火燎地從外面敲門進來，急切道：「王爺，煦王爺來了！」

蕭雲握筆的手一偏，一張宣紙報廢了。

趙長輕倏地睜開雙眼，神情清明而沈著，不像是剛睡醒。他不疾不徐說道：「將他帶去主院。」

「回王爺，恐怕來不及了。煦王爺不等門房來人通報，便徑直進了內院，屬下聽到急切的腳步聲，便急著來彙報，估計這會兒……」

「長輕——」沈風話還沒說完，洛子煦的聲音便從外面響了起來。

蕭雲連忙起身繞過書案，問道：「怎麼辦？」

「莫慌。」趙長輕垂下眼，轉瞬，再抬起來時，心下已有良計。

他勾起嘴角對著蕭雲招招手，好似充滿了神秘的誘惑，道：「妳過來。沈風，你出去先擋一擋，若擋不住便算了。」

見王爺這副神情，沈風了然，放心地恭聲說道：「是。」然後出去了。

蕭雲不明所以地走過去，快到趙長輕身邊時，只見他撩起衣袖朝她這兒彈指一揮，她頓感下身一陣風捲過，兩腿一軟，大驚失色地向趙長輕身上撲去。

蕭雲的腦子還處於一片混沌之中，趙長輕修長的手指已經穿過她散發著淡淡香味的黑髮間，從中抽出綰髮的簪子，然後緊緊攬住她的腰肢。做完這些，趙長輕又微微扯開自己的衣襟，露出一點春光。

蕭雲難以置信地張大嘴巴，驚訝的程度簡直無法用言語來形容。他這是要幹什麼？卻沒想到，接下來還有更勁爆的……

「煦王爺，請容屬下稟了王爺。」

「稟什麼稟！這是書房，又不是臥房，有什麼不可讓本王瞧的？本王有急事找他，你讓開！」

洛子煦不耐煩地一把推開沈風，自覺很有禮貌地先在外面客套了一句。「長輕，我進來了。」然後才推門進去。

第二十四章

就在這時，趙長輕勾起嘴角邪魅一笑，雙手抱著蕭雲翻轉身體，對著她因為驚訝而張開的紅唇溫柔地吻了下去。

伴隨著蕭雲的抽氣聲，洛子煦繞過一個捲起的帷幔，走向了裡面。

當他看到趙長輕躺在那兒，懷中摟著一個身量嬌小的女子，正在、正在……

洛子煦大為震驚，簡直不敢相信自己的眼睛。沒想到，真的沒有想到，長輕性情冷漠，在軍中無人不曉，他一直以為長輕清心寡慾乃天性如此，沒想到他也會有不分時境的忘情一刻？

饒是洛子煦自詡如何風流不羈，無人能比，也不敢當著兄弟的面展露這一幕。長輕竟然毫不介意地擁著佳人纏綿，無視任何人的存在。

這一幕香豔的畫面恍若一道閃雷，將洛子煦劈得驚呆了，站在那兒久久未動。此情此景，任何言語都不足以形容他內心的震撼。

蕭雲的心臟反而逐漸恢復了正常的頻率。她明白趙長輕這麼做是情非得已，而且他們只是唇碰唇，就當是人工呼吸好了。所以她呆愣了一會兒之後便反應過來，不再計較。

可是，一想到那個變態王就站在那兒觀摩，一動不動的，心裡就氣得牙癢癢的。她腹誹道：你閱女無數，風流倜儻全國有名，這點小場面就把你給震住了？你跟那些女人嘿咻的場面比這兒童不宜多了吧？

趙長輕感覺到蕭雲的不專心，心中略感不悅，在他的懷裡還想著別的男人？他未免太失敗了，得好好懲罰她一下才是。於是攥緊指尖的力度，並且用舌尖抵住蕭雲的貝齒，試圖假戲真作。

蕭雲沒料到趙長輕會有此舉，所以沒有任何防備，錯愕的同時輕而易舉地被他的靈舌探了進去，成功地將她的注意力拉回到他的身上。「嗯……」蕭雲疑惑，開口想問為什麼，可是嘴被堵住，出口的便是一聲曖昧不明的「嗯」。

這個舉動似乎取悅了趙長輕，趙長輕滿意一笑，沒有停下來，反而將這個吻深入了下去。

洛子煦終於回過神來，連忙拿手遮眼，轉過身去，嘴裡碎碎唸道：「非禮勿視、非禮勿視。看來我來得不是時候。都怪沈風，也不告知我裡面還有別人。」

門外的沈風一臉黑線，啞口了一下，翻了個白眼。煦王爺可真會推卸責任！

不過，裡面到底出了什麼事，為何煦王爺進去之後過了這麼長的時間，才如此驚訝地開口說話？沈風心裡雖然很好奇，但是那句「非禮勿視」唬住了他，尊卑有別，他當恪守自己做下屬的本分。

「冒失之處，長輕莫見怪。」洛子煦汗顏道。

趙長輕終於鬆了口，躺回椅上，手下仍然擁住蕭雲，笑容微斂，不甚在意道：「沒關係，我與雲兒恩愛，並非見不得人的事。我也習慣了子煦不拘禮節，喜歡亂闖別人家的內院。」

洛子煦尷尬地摸了摸鼻頭，笑了笑，巧言道：「你我不是一起長大的好兄弟嗎？哪算外人。」他始終站在那兒背對著他們，說完話也沒有要走的意思，似乎在等什麼。

而趙長輕也沒有讓身上的女子下來的意思，三個人就這麼乾耗著。

趴在他懷裡的蕭雲忍不住翻了一個又一個白眼，心裡咒罵道：這個該死的變態王，也太沒品了，看見人家在這裡你儂我儂的，還不趕緊滾？真沒眼力！

她哪裡知道，洛子煦此刻好奇心膨脹，心裡正疑惑著。女人家最易害羞，通常這時，她應該會非常難為情地從長輕身上下來，捂著臉給他請個安，然後退出去；或者，直接捂著臉跑開他也能接受。

可是這個女人膽子也太大了，竟然還趴在長輕身上不動，無視他的存在，她到底有沒有臉皮？

「你們還沒完？」想了想，洛子煦忽然沒腦地問了一句。

蕭雲聞言，氣得直抓狂，使勁拽住趙長輕的衣襟，極其忍耐著那股打人的衝動。天熱穿著輕薄，被她這麼一拽，趙長輕的春光流露得更多，但蕭雲完全不知。她為了控制住自己，將臉緊緊埋在趙長輕光潔的胸膛上，最後，直接在他光潔的皮膚上面啃咬。

「嗯！」趙長輕忍痛悶哼了一聲。

在洛子煦聽來，卻是以為他慾火難耐，從而發出的渴望。洛子煦徹底傻眼了，震撼的同時也在心裡默默道：甘拜下風！長輕是不是禁慾了太久，所以如洪水猛獸般地爆發了？

就在他揣測著趙長輕的心思時，蕭雲也在恨恨地揣測洛子煦到底想幹什麼。

唯獨趙長輕一人，全部的心思只在自己的身上。他表面波瀾不驚，內心卻有如在水深火熱之中苦苦煎熬。他懷中抱著溫香軟玉，鼻尖圍繞著她淡淡的體香，她曼妙的身體時不時扭動一下，他能明顯感受她玲瓏的曲線。

他可是個正常的男人。

他情難自禁地心猿意馬，想入非非，感覺到自己的身體在不斷變化著，內心的渴求如同被封印了許久的魔，幾乎賁張欲出。

這個妖精已經把他點燃了。

可是，罪魁禍首似乎還不知情。

蕭雲偏著臉貼在他的胸膛上，恨恨地咬著牙齒，全身因為忍耐而輕微抖動著。

趙長輕哭笑不得。這個小魔頭，知不知道自己惹了大禍？他真想在這裡就這麼順勢把她給吃了，奈何此刻並不適宜。趙長輕理智地在心中默唸了一遍清心訣，努力平靜內心的起伏，暫時將慾火壓下。他伸手撫著蕭雲柔順的長髮，溫聲嗔道：「小野貓，別頑皮了，有外人在呢！」一言語間，指尖輕輕在她身上點了幾處。

蕭雲頓感眼皮沈重，不消眨眼的工夫，她便支撐不住地昏睡了過去。

背對著他們的洛子煦沒有看到這些，只聽到趙長輕的溫柔細語。他心裡的震撼已經被折服所取代。想不到長輕這個鐵漢還有如此柔情的一面！今兒可真教他大開眼界了。

「長輕，我出去等你，你們先忙。」洛子煦壞笑道。

他終於意識到自己有多礙事了。

趙長輕垂眸看了看懷中酣睡的人兒，無奈地笑著搖了搖頭。

將蕭雲放下以後，趙長輕想了想，還是先別解了她的睡穴，免得待會兒又惹出什麼亂子。

須臾，他整理好衣衫，坐著輪椅出了書房。

洛子煦坐在院子裡的石桌旁，正小口啜飲茗茶。趙長輕對著他的方向，緩行緩言道：「今日教子煦看了笑話。」

洛子煦聞聲，放下手中的茶盞，面含深意的笑容，說道：「長輕如是說，可令我以為你是在影射我擾了你的好事。我明白，今時已不同往日，你宅內多了女人，我不可再隨意亂闖。以後我會留心的，有事找你，儘量先遞帖子。」

他性子雖然不羈，但是該有的規矩還是有的。別人家裡什麼情況，他通常都會考慮周全了再選擇適當的方式前往。先前他知道長輕身邊多了個寵侍，卻沒以為他們到了整日膩在一起的地步，所以沒有多在意便直接闖了進去。

有了今日這個教訓，以後他哪還敢？撞上這種場面，他也會尷尬的。

「做到才好。」趙長輕笑笑，也不跟他客套。

洛子煦眉毛輕輕一掀，氣呼呼道：「長輕，我在你心目中就這般浪蕩不堪嗎？我好歹是個貴族，不是江湖的浪蕩子，多少還是有點規矩的。」

趙長輕哂然一笑。洛京城裡誰人不知煦王爺是最不像貴族的王爺？他多說無益，言歸正傳道：「你急著闖來，不會單單是為了與我耍貧嘴的吧？」

經他這麼一提醒，洛子煦方才想起今天來此的目的。他擺擺手，道：「我哪會那般悠閒？」然後拿出一張桃紅色的請柬遞到趙長輕面前，說道：「這是我的婚帖，若非看在你是我一起長大的好兄弟，我才不會親自前來邀請你。」

趙長輕挑眉斜睨著他，似乎不信。

洛子煦一再強調，他親自上門送帖的沒有幾個。這次婚宴他邀請了許多人，如果每一個他都親自前去相邀，豈不累死？

「煦王爺親自前來，趙某深感榮幸。」趙長輕調侃道，打開請柬看了看，果然是他立謝三小姐為側妃的喜宴。

洛子煦湊身過去，拍拍趙長輕的肩膀，衝他不懷好意地笑道：「我立的是側妃，來的都是相熟的好友，你又暫未立正室，屆時可帶上雲兒出席。」

「子煦。」趙長輕忽然喚了一聲他的名字，頗為認真地看著他，道：「雲兒乃親暱之稱，子煦還是別妄叫了吧。」

直接點說，「雲兒」不是他叫的。

洛子煦愣了一下，隨即莞爾笑道：「抱歉，是子煦失禮了。可你又沒有正式宣告你納了妾，不然我一定會稱呼她一聲『雲夫人』。」

趙長輕深眸倏然一黯，緩緩地道：「未必是夫人。」

「是嗎？父皇賜你十位美人，你都不為所動，獨獨專寵這個侍女，我還以為你會冠她以夫人之位呢！」洛子煦大感不解。長輕的內宅現在只有雲兒一個女人，可以說長輕對這個侍女是情有獨鍾。方才，長輕的言語之間透著對她的愛護之意，想必是十分寵愛她的，怎麼可能連一個名分都捨不得給她呢？

在洛國的內眷制度裡，小妾可以冠上自己的姓氏，封為夫人，在宅府裡享有一定的地位。除了小妾以外，一家之主還可以寵幸身邊的婢女、通房大丫鬟，但是她們是沒有任何地位可言的。長輕如此寵她，又怎麼可能讓她卑微地活著？

轉而一想，洛子煦恍然明白了。長輕定是想給她更好的，比「夫人」更高的身分——莫非他想立這個侍女為側妃？

身分低微的話，若想被封為一個王爺的側妃，是很有難度的。不過，以長輕在洛國的地位，執意想立誰為妃倒也不難。

思及此，洛子煦了然一笑，道：「若你十分喜愛，不想委屈了她，立為側妃也未嘗不可。」

「為何你不——」趙長輕微微一頓，想問洛子煦，為何你不認為我會立她為正妃呢？但想想還有許多問題尚未解決，這個最終也未必會成真，方才他一時衝動，只是正常男子的正常反應而已。他沒有任何理由立一個身分不明的女子為正室。這麼玩笑似地反問子煦，只會讓他誤以為自己真有此意，若傳到父母那兒去，事情可就複雜了。於是，話到了喉中又嚥了回去。

洛子煦不以為忤，繼續好奇地問道：「你獨此一個內婦，還日夜相對，竟然在書房也能忘情纏綿，是不是發現了閨房之樂以後便深陷其中，難以自拔啊？」

趙長輕哂笑。心想：你自己如此，非要把別人也想成這般。

他沒有辯駁，反而露出笑容，在洛子煦看來，他是默認了，心裡對這個侍女的好奇越發強烈起來。「這個雲……夫人，究竟是何方神聖？能讓長輕百煉鋼化成繞指柔的女子，我可真想見識見識。聽說她是皇兄送給你的？那皇兄知不知道你們情深至此啊？」

趙長輕低下額頭，腦中思索。他該怎麼說，才能既瞞過此事，並且又不默認子煦的猜測？

「看不出皇兄還有這個眼光。」洛子煦給自己倒了杯茶，自顧自地說了起來。他習慣了趙長輕的寡言少語，所以趙長輕沒有搭他的話，他也不以為然，一雙眼睛隨意掃了一圈，繼續說道：「女人家不是都愛撫弄花草嗎？為何你的院子裡一如初建時那般乏味？除了那個秋千，還真看不出一點有了內眷的樣子。」

趙長輕神情一頓，隨意偏轉過頭。趙王府的院中的確只有建府時栽下的樹木，滿眼的碧綠之色，沒有一朵豔麗的花兒。蕭雲最是喜歡擺弄宅院內的東西，她應該也很喜歡花草的，為何沒有種一些？

是怕自己等不到花開，便要離去了嗎？

「你與皇兄可真是奇怪，你有了寵婢，院子裡卻仍舊如此單調無色。而皇兄半年多未納妾立妃，他正院裡除了他自己，也沒有妃子敢進去，院子裡卻突然栽滿了牡丹，朵朵嬌豔。以前也沒聽說他偏愛牡丹，你們倆怎麼正好相反了？」

趙長輕微微一怔，遲疑地問道：「你是說，太子種了滿院子的牡丹花？」

「可不是！非但如此，我還聽說了一件事。他的良娣偶然在院子外瞥見院內花朵嬌豔，想摘一些回去，結果，被皇兄嚴罰禁足半月。」

趙長輕眸中的光亮瞬間沈入眼底。只是片刻，他便仰起臉，嘴角逸出一抹淺淺的苦笑。他決定將錯就錯，認了。

剛才在子煦面前那般對待蕭雲，正好可以藉此機會透過子煦的嘴傳出假消息，讓太子放下不該有的心思。

趙長輕意味深長地說道：「他應該還不知曉我與雲兒的事。不過你不必瞞他，即便他知道答案，也改變不了什麼。」

「什麼意思？」洛子煦沒聽懂他後半句話的意思。

趙長輕慢聲說道：「這個你無須知道，太子知道便可。」

洛子煦不禁想起自己在母妃宮中聽到的話，順便對長輕說了出來。「姑姑在宮裡四處託人詢問，為你尋找合適的女子。她很是擔心，你身邊一直沒有女子相伴，是不是……是不是好男風？」說到這裡，洛子煦再也忍不住地噗哧笑了出來，他連連拍著趙長輕的肩膀，說道：「這下姑姑可以放心了。」

趙長輕好整以暇地盯著洛子煦，頗為認真地交代道：「這件事我還有別的考量，你先不要在我父母面前亂說，知道嗎？」

「好說好說，只要你……」洛子煦漸漸收斂笑容，拖著尾音故弄玄虛道。

趙長輕斜睨了他一眼，一副「就知道你不單是為了婚宴一事而來」的了然神情。「說來聽聽。」

聰明如他，洛子煦也就不拐彎抹角了，直言道：「我聽說你手下有幾個消息特別靈通的大將，可否借來用用？」

「你從何聽說？」

「有一次聽到皇兄誇讚他手下的密探時，提到了你身邊的人。想你縱橫沙場多年，定是需要一些能人異士的輔佐，即使沒有，你也會培養一些出來。」

趙長輕不置可否。他瞭解子煦的性格，但凡他想要的東西，非磨到手不可，便也不推卻，直截了當地問道：「子煦想查什麼？」

洛子煦半瞇雙眸，沈聲道：「我想讓你幫我打聽一個人的下落。我手底下的人查不到，宮裡的密探我又不能用，只能找你幫忙了。」

趙長輕眼眸閃爍了一下。宮裡的密探不能用，自然是因為不能驚動到皇上等人。仔細想想，答案呼之欲出。不過，趙長輕表面上還是裝作不知情地隨口問道：「是何人？」

一提到這個人，洛子煦便咬牙切齒，一臉恨意。「被我休掉的代嫁側妃，謝容雪。」

趙長輕不動聲色地問道：「既然已經休掉，還尋回做何？難不成，子煦後悔了？」

「怎麼可能？」洛子煦當即否認，振振有詞道：「我想接她回來不是因為對她念念不忘，而是念及她曾經是我的女人，被休之後在外孤苦伶仃、無依無靠，甚是可憐。她若淒慘，不是也折了我的面子？如今我即將娶容嫣過門，代嫁風波便也過去了，她再有不是，也得到了教訓。將她養在深宅中，讓她衣食無憂，於我而言也不是什麼難事。」

「她已經不是了。」趙長輕赫然開口，語氣冷硬地糾正道，臉上竟隱隱透著一絲怒意。

洛子煦不禁錯愕，疑惑道：「你怎麼了？」

第二十五章

「在外行軍打仗，敵人的陰謀詭計變幻莫測，的確需要輕功上乘的人去潛伏敵營，刺探消息。如今我賦閒在家中，這些人跟在我身邊也無用武之地，我便讓他們另謀生路去了。」

趙長輕低垂眼眸，語氣淡然，讓人辨不清情緒。

洛子煦聞言，憤然皺眉，激動地道：「我們和御國之間的戰事還未徹底了結，你這麼做，會不會過於草率了？前些日子邊關傳來霍亂一事，死了許多士兵和無辜的百姓，假若是御國趁著你腿傷不能帶兵的空檔，打算東山再起，上哪兒尋這些人去？」

洛子煦還想再說下去，觸及趙長輕冰冷的黑眸，到嘴邊的話又被他一下子嚥了回去。

面對他的光火，趙長輕只涼涼反問一句。「這些似乎不歸你管。」

堵得洛子煦頓時啞口無言。

他本可大義凜然地回一句「國家有難，匹夫有責」，但是他整日不務正業，全洛國的人都知道他風流瀟灑，不愛江山只愛美人，極少過問國事，是個快活王爺，他有什麼資格去教訓一個為國浴血的大將軍？

瞥了一眼趙長輕的腿，洛子煦面露歉疚之色，正色道：「抱歉，長輕，我一時情急，有些口不擇言。雖然我不參與國事，但是聽到百姓受苦，心中難免悲愴。語氣重了些，你莫見怪。」

「我知道。」趙長輕口氣平淡，好像完全沒有把洛子煦剛才的話放在心上。「身為洛國的男兒，當為犧牲的同胞憤慨。你的心情，我能理解。」

「那就好。」兩人互相看了看，一笑而過。洛子煦接著說道：「這件事你不用放在心上，等皇兄回來，我找他幫忙。反正也不是什麼急事。」

趙長輕眸光微閃，薄唇微微張開，猶豫了半晌，卻終是什麼也沒說。他太瞭解子煦了，子煦不是傻子，倘若他刻意阻止，只會讓子煦懷疑，進而推算出一些訊息。這件事遲早會浮出水面，他瞞不了多久，但現在，他還沒有看清自己的心、想好應對一切的計策之前，最好什麼也別說。

靜默片刻，洛子煦起身，面向院門口，側身對趙長輕說道：「那天，你記得來。」

趙長輕點了點頭，沒有多說什麼，只道：「一定。」

洛子煦走了很久之後，趙長輕依然待在院子裡沒有回屋。

直到夕陽落山，天色漸暗，他才轉動輪椅。

回到書房，看著一桌子不同的菜色，趙長輕微微皺眉，問向桌前的蕭雲。「妳出去了？」

「有他在，我哪敢隨意走動？」蕭雲悻悻道。「這是廚娘們做的，我檢查一下她們能不能出師。正好你回來了，來，一起嚐嚐。」蕭雲塞了一雙筷子給趙長輕，然後先挾了一口菜送進嘴裡。

很快，她咂咂嘴，點頭讚賞道：「不錯。」

「妳……」趙長輕面色凝重地看著蕭雲。教會了她們，她便可以安然離開了嗎？內心莫名地湧出酸澀的感覺，不可抑制，從最深的地方，緩緩溢出難解的情愫。

「妳什麼呀，快吃啊！」蕭雲指了指滿桌子的菜，大快朵頤，邊吃邊說話。「那個變——」轉念一想，在人家兄弟面前還是不要叫外號了吧！蕭雲急忙收回下面的話，改為尊重地問道：「煦王爺走了嗎？他急著找你幹麼呀？」

趙長輕挑起眉。「妳很想知道？」

「隨便問問唄！」蕭雲說完，默默在心裡加了一句：我對那個變態的事情才沒興趣咧！只是想知道他是不是遇上倒楣的事，可以讓我幸災樂禍而已。

趙長輕卻莫名其妙地說道：「妳過於刻意地打聽他的舉動，別人會以為妳對他還沒有死心。」

「別人？」蕭雲愣了一下，不解道：「這裡不就我和你嗎？」

趙長輕訝然語塞。是啊，這裡不就他和她兩人嗎？他明知如此，卻控制不住地明知故問，他是怎麼了？

好在蕭雲正在和一桌子的美食奮鬥，並沒有注意到他的表情，繼續一邊吃一邊聊天。

「再說，你哪隻耳朵聽出我是在刻意打聽他了？」

趙長輕脫口追問下去。「既然不在意，那為何他一出現，妳的反應便如此激烈？」

明知自己有點過於在意了，他還是控制不住內心的湧動。

「那不是在意，那是恨意。」蕭雲一想到和洛子煦之間的恩怨，就沈下臉，恨恨地把嘴裡的食物當成是他，不停地消滅、消滅。「不是因為他休了我，而是因為他毀了我的事業。我要是有那個能力，非狠抽他一頓不可。仗著自己是王爺，就魚肉我們百姓，這說得過去嗎？」

原來是為這個！趙長輕頓時釋然，堵在心口的東西一下子消失了。

「如果可以，我希望妳不要再記恨他，把他當成陌生人一樣，聽到或看到一切與他相關的事，都可以淡淡地一笑置之，不再激起內心一絲起伏。」趙長輕直直看著蕭雲，溫聲要求道。

蕭雲白了他一眼，在心裡暗暗鄙視了他一下。官官相護，兄弟更是如此。她帶著諷刺的語氣說道：「你放心，我一介草民，再恨他又能把他怎麼樣呢？」

只能在心裡一次又一次地凌遲他。

趙長輕聽出蕭雲有所誤解，可是，他還沒有確認自己的內心，還是讓事情自然而然、水到渠成吧！

想了一下，他拿出那張請柬，放到蕭雲眼前，笑道：「不用妳把他怎麼樣，以後，自有他受的。」

「請柬？」蕭雲不解地瞟了趙長輕一眼。這種桃紅色的請柬一般是用來娶偏房發的，難道是……蕭雲迫不及待地一把從趙長輕手中奪過請柬，打開一看，馬上瞪大了眼睛——果然，婚禮的男、女主角分別是洛子煦和謝容嫣，內容則是要立謝老三為側妃。

「哼哼哼哼哼！」蕭雲不禁露出陰沈的笑容，道：「不愧是我的好姊妹！」有了這個壞心眼的女人折磨他，以後他的後院不會太平了。

想那謝老三心高氣傲，對高位十分追捧，怎麼會甘心當一個側妃呢？以後她一定會在扶正這條路上不停地拚搏奮進。不管洛子煦將來的正妃性格軟不軟弱，既然能給王爺當大老婆，家族勢力是沒得說的，要想扶正……難嘍！看吧，她非搞得煦王府永無寧日不可。

請允許她仰天長笑三聲，哈哈哈！

等等——蕭雲忽然頓住，收起笑容，匪夷所思地看向趙長輕，半瞇起眼睛，問道：「你剛才那話，是什麼意思？」

莫非他的想法和她的一樣？可是，他怎麼知道謝容嫣是哪種人呢？而且，他和洛子煦是兄弟欸，看著兄弟跳進了火坑，居然也不拉一把？

趙長輕揚眉睨了她一眼，薄唇一張一合，緩緩吐出幾句話。「子煦想得到的東西，千方百計都會得到，從小就是如此，沒人阻止得了。謝三小姐進的不是後宮，能耐再大也影響不到朝政。」

這前半句話蕭雲認同。歷經代嫁一事，要想重新求得聖旨娶統領家的小姐，恐怕皇上那兒不會輕易答應，但是煦王爺卻辦到了。他的確是想要什麼，就一定要得到。

「你知道她的能耐？而且，你怎麼知道我在想什麼？你會讀心術？」蕭雲驚嚇地捂住心口，不可置信地瞪著趙長輕。他的話，竟然將她的小心思全部道出。太可怕了！尤其是他的眼神，只是淡淡地瞥了一眼，卻透著彷彿可以洞悉一切的銳利，似乎所有的壞心眼在他面前都無所遁形。

趙長輕失笑，不疾不徐地道：「眼神會出賣一個人的內心，所以不管內心多麼慌張或者驚喜，眼神一定要平和而無謂，不能閃躲，更不要讓人看了一眼，便露出心虛的神情，被人一下子看穿了。別人越是猜不到你的內心，便會愈加慌亂。這時，你已贏了一大半。」

「哇，你好厲害！」蕭雲聽他說得頭頭是道，頓時一臉崇拜地看著他，心裡更加好奇。「那你怎麼知道謝老——謝容嫣有多大能耐？」

見蕭雲崇拜的眼神緊緊凝視著自己，一雙清澈的眼睛撲閃撲閃的，煞是可愛，趙長輕內心頓時充盈著一股莫大的滿足感。

「嘿，你怎麼了？」蕭雲舉手在他眼前揮了揮。

片刻的失神過後，趙長輕不著痕跡地斂回思緒，莞爾笑道：「以前不知，但以妳這般才智，尚且被她逼迫為其代嫁，最後又讓子煦求到皇上那兒，允許再次娶進門，可見其城府匪淺，頗有些手段。」

「我哪有那麼——」蠢。最後一個字被蕭雲生生地嚥了回去。她有苦說不出啊！如果真的是她，她才不會笨到幫妹妹代嫁，更不會上吊自殺。當然了，那樣也不會有今天的她了。蕭雲噘嘴，懨懨地埋頭吃飯，當是默認了自己是個蠢貨。

「蕭雲。」

「啊？」蕭雲猛然一愣，以為自己聽錯了。在她的記憶中，這還是趙長輕第一次直呼她的姓名。乍聽到他這麼叫自己，感覺好奇怪，還不如雲兒順耳呢！

趙長輕眸光深邃，有些忐忑地閃了閃，夾雜著微微的期待，問道：「妳是不是有什麼話，想對我說？」

「我……」蕭雲欲言又止。趙長輕鋒利的眼神看得她發虛。他剛才才教過她不管內心多麼慌亂，眼神也要平和而無謂，可是，她做不到。

蕭雲躲開他疑問的眼神，支吾道：「沒、沒有啊！」

趙長輕微瞇了眼睛，目光冷然。看來，她還是不信任他。

沈默良久，直到控制住內心的失望，趙長輕展眉淡然淺笑，將視線轉回到食物上，就好像什麼都沒有發生過，隨口問道：「這場喜宴，妳想去嗎？」

蕭雲撇了撇唇，道：「我去幹麼？我跟他非親非故的，要是去了，他還以為我是去砸場子的呢！叫人把我扔出去事小，讓大家以為我不甘心還想賴著他事大。」

「妳可以我的侍女身分蒙著臉前去。」

「那我也不想去湊這熱鬧。」

趙長輕直起身體，頓了一下，意味深長地道：「既然不想回去，便不要再想過去了，想想眼前的。」

「嗯，贊同。所謂好馬不吃回頭草，前面還有無數的美男在等著我呢！」說到未來，蕭雲一下子來了精神，雙眸閃亮，神采飛揚。「欸，你會不會一些什麼獨門暗器或者防狼絕技，什麼一招制敵的那種？教我！」

「防狼絕技？」趙長輕一臉的迷茫。「妳想去荒漠深山？」

蕭雲張牙舞爪地解釋道：「不是餓狼撲食的那個狼，是專門占女生便宜的男人，稱之為

『色狼』，就是採花賊的意思。」
趙長輕失聲笑道：「妳要學做何用？」
「人在江湖飄，哪能不挨刀？當然得學點防身用了。江湖人心複雜，防不勝防，我要是有點防身的本事，以後就不用怕了。」
趙長輕此時正拿起筷子，聽聞她的話，手腕在半空中一凝。不僅僅是動作，思想、呼吸，連同血液，也彷彿停滯了一瞬間。
過了片刻，趙長輕慢慢放下筷子，語調平和地問道：「妳要跑江湖？」
蕭雲點了點頭，正色道：「我想趁年輕，多看看外面的大好山河。你的腿按時間推算，也該差不多好了。前段時間停滯不前，我仔細想了一下，可能是遇到了關卡。我已經做了一份詳細的特訓計劃，接下來幾天，你要做好集訓的心理準備，最後再做個腿部肌肉測試，相信用不了多久，你就能完全康復。等你腿一好，我就出發。」
趙長輕怔了一下，完全來不及思考，幾乎是迫切地出口挽留道：「若妳無處可去，可暫且留在趙王府。王府地方寬敞，養個閒人不成問題。」
蕭雲搖搖頭，拒絕了他的好意。
「妳……很喜歡遊山玩水？」趙長輕聲音有幾分喑啞地道。自從她來趙王府後，就沒有出過門。甚至連這個院子都很少出去，幾乎就是出入書房、臥房、廚房，還有復健室四個地方，他以為，她不喜歡四處漂泊的。
「旅遊這種事，當然是一年幾次就夠啦！哪有女孩子願意整天在外面飄蕩的？至少我不是。」蕭雲語氣裡有些無奈。「可是洛國這麼大，我不多看看，太可惜了。」

「既然如此，為何不留在趙王府？妳不喜歡這裡？」

蕭雲暖暖地笑了笑，道：「當然喜歡了。託你的福，這段日子我過得非常愜意。每天宅在屋子裡，不用擔心風吹雨淋、被人欺負，整天無所事事，想幹什麼就幹什麼，不受任何約束；饞了就去廚房弄點吃的，睏了隨便爬到什麼地方都可以大睡一覺，悶了就練練字、盪盪秋千，弄些家居，你一直很放縱我，我是真心喜歡這種悠閒清幽的小日子。」

趙長輕的回憶隨著蕭雲的話慢慢打開，想起短暫的幾個月時間，他們平靜而溫馨地相處著，即使大多數時候他們是各做各的，互不干擾，但是共處於一個房間內，清晰感受著彼此的呼吸，彷彿已經融入了他們的生命，成了必不可少的習慣。

假使有一天，必須分離⋯⋯

趙長輕幾乎毫不懷疑，假使蕭雲離開，他今後也許再沒多少機會瞧見她。

一想到這裡，趙長輕登時有種難以言說的消沈，彷彿人生一下子又恢復了從前那樣，索然無味。

可他原本想要的，不就是讓一切恢復本來的樣貌嗎——他的雙腿可以行走，他的生活按部就班，他的心，平靜無波。

眼看著就快成功了，為什麼卻突然不想了呢？

「可這兒畢竟不是我的家啊，你現在還可以暫時收留我，但將來王府裡有了女主人呢？那些女人能容下我嗎？恐怕時間長了，你也會嫌我礙手礙腳的。」蕭雲目光渙散，語氣落寞地道。

趙長輕掀起眼簾看她，低低啟齒。「我不會……」

蕭雲涼涼一笑。「那是因為時間還沒到。很多你原本不想改變的事情，最後都會隨著時間的推移，物是人非。」

而且，王府的人一多，她的小日子還能自由起來嗎？

她只能窩在自己的小房間裡，等吃等喝等死，看著自己霸占的書房成了禁地，看著趙長輕和別的女人在眼前你儂我儂，看著他和別的女人的孩子滿地歡跑……她想想都覺得心裡發悶。

心裡有個聲音問：妳是不是愛上他了？

另一個聲音很肯定地否定道：不是，絕對不可能。她不是愛上了趙長輕，她只是習慣了身邊有他的存在，捨不得改變這些習慣罷了。

但是，他和她的人生，終究不在同一個軌道上。

他們最好的關係，就是止於此，做朋友。

那麼在這種不好的習慣還沒有深入骨髓、無法割捨時，及時戒掉吧！

「我的腿，可能還要一段日子。」趙長輕說道，倒像是挽留她的措詞。

不過可惜，蕭雲一點也沒聽出來。她十分自信地保證道：「放心吧！有我在，我一定會讓你康復的。你一天不好，我一天不走。」

趙長輕腦子裡有那麼一瞬間突地冒出一句話：那我便此生都坐著輪椅吧！

這個念頭剛生出來，就馬上被他給掐滅了。

他是怎麼了？聽到她這麼果斷地說要離去，他竟是那麼不捨，沒有絲毫懷疑她別有目的。

「你到底有沒有什麼絕技可以教教我啊？」

趙長輕緩緩收拾思緒，面色無波地道：「我方才不是教了妳？眼神要平和而無謂。妳不想習武，便只能以智禦敵。那麼，就要先在氣勢上壓住別人。不管對方有多強大，都要裝作目空一切的樣子。」

「我不這麼認為。」蕭雲發表了自己的意見。「遇到壞人時，如果你表現得畏畏縮縮的，一副怕他的樣子，說不定人家還會不屑去欺負你，不跟你一般見識呢！你越是趾高氣揚的，不把別人放在眼裡，越容易激起別人的怒火，想跟你一較高下。」

第二十六章

趙長輕垂眸凝思了一下。她說的似乎有幾分道理。

「就好比一個五大三粗的壯士，橫眉冷瞪一眼，遠比眼神犀利但是身形瘦小的男子更容易引起別人的害怕。你的那一套只適合在戰場上用，因為人家都知道你的身分，聽說過你的厲害，對你的害怕源於對你的瞭解。」

趙長輕驀然一愣，若有所思地點點頭，她說的也不無道理。若他單單一人走在街上，沒人知道他的身分，別人未必會被他的眼神嚇得退避三舍。

沈默了一會兒，他說道：「既不能如此，那只能以武護身。這樣吧，在妳離去之前，我送妳一支暗衛。」

暗衛？就是武俠小說裡寫的，隱藏在暗處保護主人的高手？

「你也有暗衛？」蕭雲眼睛一亮，立刻抬頭看向天花板，在每個橫梁上面仔細搜索來搜索去。

幾乎每本武俠小說裡都會寫，暗衛藏身最多的地方就是在橫梁之上。

「別找了。」趙長輕微微莞爾。「他們隱在王府的四處，不在屋內。妳用了『也』字，莫非妳也有？」

「我有暗衛還用向你請教必殺技嗎？我是聽說的，像一些大人物都有暗衛。想不到真的有，那他們平時都吃什麼？什麼時候洗澡？換不換衣服？想上廁所怎麼辦？」蕭雲驚呆，噼哩啪啦地倒出了一肚子的疑惑。

趙長輕失笑地看著她，嗔道：「妳哪來這麼多的問題？等我安排好了，他們就是妳的人了。這些問題，妳可以留著問他們。」

蕭雲撇撇唇。他的神情好像是在說，這是他們的專業問題，他這個終極大老闆只負責指揮他們，不管他們吃喝拉撒。忍不住嘟囔了一句。「甩手大掌櫃。」

「我要管理三軍，還要管理他們這些瑣事，妳認為可能嗎？」趙長輕耐心解釋道。

「你又知道我在想什麼？」蕭雲癟嘴，心裡承認他說的的確不假。哪有將軍會去過問手下的小兵今天有沒有吃飯的？停了一下，她繼續說道：「我只是隨口問問而已，我這種小人物也用不上精英部隊，還是留給你這個三軍之首用吧！我儘量低調一點，裝作乞丐什麼的，就夠安全了。」

聽她這麼一說，趙長輕思量著，蕭雲並沒有與人結怨，一般不會遇上什麼大麻煩，況且……

「妳確實有點小聰明，遇到事情，或許可以自救。用暗衛是多餘了。」

「是嗎？這都被你看出來啦？」蕭雲搖頭晃腦地得意道。

趙長輕啞然失笑，心間淡淡的愁緒被她有趣的神情驅散了。就在剛才，他心裡有了新的計較。未來之事還尚未可知，她的身分仍然是個謎，去查她的人遲遲沒有回來覆命，一切都還沒有水落石出，怎麼能草率定奪呢？

既然他還沒有摸清內心那股莫名的情緒是為哪般，那便再等等吧！唯有看清了自己的內心，才能做出不讓自己後悔的決定。這是他行軍多年的經驗。

夜色悄然降臨，呤月進來掌燈，順便看看王爺和蕭大夫今日是怎麼了，一頓飯吃了這麼長時間還不喚人進來收拾？

「我吃飽了。」蕭雲終於放下了碗筷，對趙長輕若無其事地笑了笑，道：「不知道是不是下午吃多了，今晚沒什麼食慾。你要多吃點，不然廚房的人還以為自己做得不合格呢！」

呤月好奇地掃了一眼桌子，上面的幾盤菜只動了一小半，有的一口未動。他們今晚吃得好少。

「我今——」趙長輕完全食不知味，剛想說「我今天也沒什麼胃口」，觸及蕭雲乞求的眼神，知道她不忍打擊伙夫，所以勉強低下頭繼續吃飯。正如她所說的，心情不好就化為食量。

屋子裡亮起了燭火，呤月福身退了出去。

出門後，她看見沈風已經站在了門口，等著與她換崗。

「你來了？」呤月用相熟的口吻和他打了聲招呼，然後將裡面的情況簡單交接了一下，就下去休息了。

沈風筆挺地站在門口，目不斜視。屋子裡傳出聊天的聲音，他紋絲不動地站著，充耳不聞，很專業的樣子。

「現在天氣越來越涼了，你說晚上外面還有沒有蚊子？」趙長輕低頭吃飯，蕭雲雙手撐著腦袋坐在他旁邊，話家常一樣地閒聊起來。

她最怕的就是同桌吃飯的人先她一步吃完，然後不顧她自己跑開，留下她一個人在那兒吃，那多難受？

吃飯不但要看心情，還講究氣氛，她不喜歡那種被同行的人扔下的感覺，所以她絕對不會那樣對待別人。

「妳不是每晚都會在外面轉一圈再回屋嗎？」在蕭雲的默默影響之下，趙長輕也打破了食不言的禁令。不過他吃飯的動作優雅而緩慢，所以即使開口說話，也不會像蕭雲那樣，滿嘴食物含糊其辭。

「我又不是光坐在一個地方不動，我是到處蹦躂，這樣蚊子就叮不了我了。沒有蚊子，我就可以一直坐著看星星了。」

「看星星？」趙長輕訝然，哂笑道：「星星有什麼可看的？難道它還會動？」在他看來，星星是死物，沒什麼看頭。

蕭雲卻把看星星當成是古代夜晚的唯一消遣，看得時間久了，研究得多了，也就能從中找到些樂趣。「你認真盯著它們看的時候就會發現，它們在向你眨眼睛呢！它們還會變換不同的位置，組成不同的圖形，不信待會兒我們出去，我指給你看。」

趙長輕聞言，慢慢放下手裡的碗筷。他原本可以吃下一桌子的飯菜，只不過需要很長的時間，若是有蕭雲在旁邊嘰嘰喳喳地說話相陪，他倒也甘之如飴。現在她有了這個有趣的提議，他內心不禁也升起一絲期待。

「吃飽啦？那我們走吧。」

趙長輕莞爾一笑。說得好像是讓她等了許久似的，自己還不是為了她，所以到現在才飽的？

蕭雲推著趙長輕來到人工湖旁邊，望著猶如一潭死水的湖面，她嘀咕道：「這麼大的一片湖被你給白白浪費了，暴殄天物啊！不然今夏還可以欣賞荷花的。下面再養一群觀賞魚，沒事餵餵牠們，不僅令王府景色生動，也多了分樂趣。」

「妳既喜歡，為何不自己動手？妳不是時常在嘴邊念叨，自己動手，豐衣足食嗎？」趙長輕的眸光微不可見地忽閃了一下，心裡似乎知道答案，卻又很想聽她親口告訴他，自己猜想的是錯的。

蕭雲答道：「我最多欣賞一個夏天，明年此時還不定在哪兒飄著呢！萬一你以後的妃子不喜歡這個景，叫人拆了，那多麻煩？那些居家用品扔了也沒什麼可惜的，這麼大一片湖，要種滿荷花，得花多少心血呀！」

趙長輕雙眸一黯，複雜的眼神掩蓋在漆黑的夜幕下。

今晚的星空很美麗，點點繁星好似顆顆明珠，鑲嵌在天幕，閃閃發光，圍繞在彎彎的月兒周圍。

蕭雲抬頭仰望著星空，凝神尋找了一會兒，然後伸出手臂指了指，道：「欸，你看那個，排成一條直線的三顆星，最大最高的那個就是牽牛星。」

「牽牛星？」趙長輕眼底有些霧氣，好像是第一次聽到這個名字。順著蕭雲的手指方向凝望過去，仔細辨別了許久，他遲疑地道：「妳指的是彥星？」

「彥星？」蕭雲愣了一下，牛郎星在他們這裡叫這個名字？「那你有沒有聽過牛郎和織女的故事？」

趙長輕搖了搖頭。

「這是一個很悲哀的愛情故事。相傳……」蕭雲給趙長輕講起了「牛郎和織女」，講完之後又指著牽牛星對面的織女星給他看，說道：「正所謂，迢迢牽牛星，皎皎河漢女。纖纖擢素手，札札弄機杼。終日不成章，泣涕零如雨。河漢清且淺，相去復幾許？盈盈一水間，脈脈不得語。」

「盈盈一水間，脈脈不得語？」趙長輕低聲重複了一遍。

「是不是聽了感覺很淒涼？很同情他們？」

趙長輕臉上拂過一絲輕蔑的笑意，冷傲地說道：「這首詩寫得不錯，同情卻是談不上。他們身分懸殊一天一地，注定不會有結果，明知不可為而為之，便是愚蠢。愚蠢之人，不值得同情。」

蕭雲白了他一眼，小聲嘀咕道：「冷血。」

趙長輕提醒道：「理智與冷血不可相提並論。」

「那你就是無趣，這只是神話故事，又不是真的。」蕭雲怨怒道。其實她很想對他說，當你真心愛上一個人的時候，是控制不住自己的；能控制的話，只是愛得不夠深罷了。

可是話到嘴邊又嚥了回去。她同樣是個非常理智的人，也沒有真心戀過一場，有什麼資格說別人呢？

趙長輕不介意地笑了笑。他的人生是很無趣，因為他身邊的人都這麼無趣，除了她——總是滿腦子奇怪的故事，滿嘴奇怪的用詞，滿身與這世界格格不入的靈氣，讓人情不自禁地向她靠近。

「妳是從哪兒聽說這些故事的？」趙長輕問道。

「嗯……」蕭雲低眸思忖了一下，正要開口胡謅，趙長輕緩緩替她說了出來。「又是那位隱士高人？」

「嘿嘿。」蕭雲諂媚地乾笑了兩聲，狗腿地誇讚道：「人艱不拆是好品德。」

人艱不拆？

趙長輕揚了揚眉，微微莞爾。「這又是何意？」

「人生已經如此艱難，有些事情就不要拆穿了。」蕭雲嘟嘴，一副無辜的樣子。

趙長輕忍不住失聲大笑道：「太學大人若是聽到妳這般造詞，不知會是何表情。」

「還能怎麼樣，氣死唄！」蕭雲暗想，趙長輕長成這樣，除了因為他的公主老媽很漂亮，美麗不可方物之外，和他爹有沒有點關係呢？在蕭雲的印象裡，古代學問高的男子都是迂腐的老夫子形象。

「非也非也，家父並非妳想的那般迂腐。」趙長輕臉上還掛著淺淺的笑意，說道：「他身上絲毫沒有文人的那股酸氣，只不過為了有些為人師者的望重，不輕易在外人面前顯露真性情罷了。」

蕭雲已經習慣了趙長輕能輕易猜出她腦子裡想的是什麼，對這種人精無話可說。她撇撇唇，想著太學大人的事情。公主嫁給太學大人，按理別人都應該稱呼他為「駙馬」，他們家也應該是駙馬府。可是在洛國人眼裡，他就是太學大人，他住在太學府裡，一點也沒有夫憑妻貴，但是別人反而對他更加尊重。

由此可見，他確實是一個與別的夫子不同的人。

不過趙長輕成為大將軍這一點就比較奇怪，一個含著金湯匙出生的王孫貴族，怎麼想去戰場廝殺呢？太學大人不擔心自己的兒子？不想他繼承自己的衣缽，成為德高望重的文人？在古代文人眼中，不是很瞧不起武夫的嗎？

「妳極少沈默不語，腦子裡又打什麼壞主意了？」趙長輕伸出左手，輕輕地揉了揉蕭雲的頭頂。蕭雲就坐在他左手邊，抬起手便能撫摸到她柔順的黑髮。

蕭雲愣怔地轉過頭，撞上趙長輕溫柔的眼神，專注地看著自己，不由得臉一紅。

「我……我，突然想起來一首詩，形容現在的我們很貼切。」

「喔？說來聽聽。」趙長輕收回手，眼神還是一刻不離地鎖在蕭雲的身上。

「銀燭秋光冷畫屏，輕羅小扇撲流螢；天階夜色涼如水，坐看牽牛織女星。」

趙長輕勾起了唇角，好整以暇道：「又是那位隱世高人所作？」

「算是吧！」蕭雲咂了咂嘴，瞋他一眼。「重點在這首詩上，不在作者上。」

趙長輕思忖了一下便明白了「作者」的意思，笑道：「詩寫得越好，世人自然越是想瞭解題詩的人。」

說得也有道理，不然他們考試時幹麼既要默寫詩句，還要填寫作者，和其人生遭遇呢？蕭雲佯裝哀嘆道：「可惜這個高人年事已高，極有可能已經仙遊了。」

趙長輕意味深長地笑了笑，用附和的語氣說道：「那真是可惜了。」

「想不到你還挺喜歡品賞詩文的，真是虎父無犬子啊！」蕭雲不知不覺地轉移話題道：「你當年是怎麼想到要去參軍的？太學大人和公主是不是極力反對？」

憶起往事，趙長輕忽而緘默，臉色沈了下去。

看他的表情，蕭雲猜測其中一定另有隱情。她沒有追問下去，而是安靜地等著他自己說出來。

良久，趙長輕一直沈默不言，蕭雲差點以為他選擇埋藏這段往事，不再提起。忽然，他帶著磁性的聲音瘖啞說道：「我是為了母親，也是為了大哥。」

大哥？

「你還有一個親大哥？」蕭雲第一直覺是，這個「大哥」絕非太子。可是，趙王爺的名氣這麼響亮，全家的名氣也很響亮，這個大哥再不爭氣，仗著太學老爹、公主老媽，以及大將軍老弟，怎麼也不可能默默無名啊？又不像謝容雪那樣，是庶出的。

除非——電視劇裡的狗血情節倏地從蕭雲的腦子裡閃過：這位大哥是太學大人和別的女人生的！

公主的老公居然也敢三妻四妾？

這個太學大人的地位不是一般的高啊！蕭雲駭然。趙長輕是後出生的，難道公主是後娶的？

「我已自立了門戶，這些事妳心裡有數即可，以後莫要再提了，知道嗎？」趙長輕沈聲交代道。

他似乎不大高興別人提起他的家事，和她一樣。

說不盡的家長裡短，不外乎嫡庶之別引起的地位之爭，蕭雲感同身受，所以沒有追問下去，真摯地點了點頭，道：「嗯。」

見她難得乖巧一次，趙長輕反而發出一聲輕笑，斜睨著她，臉部線條不由自主地變得柔和起來。「怎麼這麼聽話？」

蕭雲略帶苦澀地笑了笑，頗為悲涼地道：「家家都有本難唸的經，說不出來的苦才是真正的苦；能說出來的，就不叫苦了。」

「妳……」趙長輕關心地看著她流露出的哀傷，心底陡然湧起一抹疼惜的情愫。

蕭雲迅速調整好情緒，咧起嘴角，綻露一個大大的笑容，道：「我沒事了。偶爾憂傷一下，練練氣場嘛！不能老是讓你牽著鼻子走，要學你，喜怒不形於色。」

「又不用妳去打仗，學這些做何？」趙長輕玄妙地說道：「妳若喜怒不形於色，便失了真性情。那般的妳，便不是妳了。」

蕭雲歪著腦袋看著趙長輕，不滿地問道：「你就是說，我什麼心情都顯示在臉上，一猜就猜到嘍？」

趙長輕愕然。自己不是一直在懷疑她是個頂尖細作，一切都是偽裝出來的嗎？怎麼剛才卻十分肯定地說了那番話？難道在他的心裡，已經對她產生了信任？

思及此，趙長輕眸光中染上了一絲冷意。

他的語調恢復了以前那樣，沒有一絲溫度。「這樣不好嗎？」

「當然不好了。遇到居心不良的壞人，我豈不是被他賣了還幫他數錢？」蕭雲撐著腦袋思索了一會兒，自言自語地說道：「『害人之心不可有，防人之心不可無』這句話還是很有道理的，你說對不對？」

趙長輕嚴謹說道：「逢人只說三分話，也不算欺騙。」

蕭雲暗想，他是不是也對她只說了三分話？想想又否定了，他哪是說三分話啊？他幾乎就沒說過幾句話。

幸好她自己心情好的時候能嘰哩呱啦說一大堆，而且她時常心情很好，不然就大眼瞪小眼，冷場了。

聊了一會兒，蕭雲繼續仰頭找星星。

透過她的介紹，趙長輕認識了許多不同名稱的星星，他笑言道：「聽妳說了這麼多，我倒也學會了夜觀星象。以後若遇到我軍中的軍師，我定要與他好好討教一番，或許，他還認識這位隱世高人。」

蕭雲訕訕的，如果這位軍師真能認識，那就好了。

——未完，待續，請看文創風271《被休的代嫁》2

2015年2月出版

兩世冤家

文創風 266～269

她的性子太過愛恨分明了，她開心了，便會讓人也開心，
相對地，她不開心了，反擊也極為強烈，沒給自己留太多情面，
因此，最終把自己弄得傷痕累累，跟他鬧得恩斷義絕，無一絲情分……

溫暖的文字　烙印人心的魅力／溫柔刀

難不成，那一跤竟把自己給摔死了？不是這麼衰吧？
更倒楣的是，不僅她重生了，連她那個和離了幾十年的夫君也重生了?!
不，這一切肯定是惡夢……若不是夢，就是孽緣啊！
前世和離後，她幫著摯愛的哥哥算計他這個政敵，毫不手軟，
可她千算萬算都沒算到，互鬥了幾十年的他們竟要重來一回！
兩個外表年輕的人卻擁有老人靈魂，這老天爺也太愛捉弄人了吧？
罷了罷了！賴雲煙決定，暫且先看著辦吧！
只要他不先攻擊，他們之間要禮貌以待地相處至分開是不成問題的，
雖然，他們更擅長的是在背地裡捅對方的刀子。
因此即便他對她噓寒問暖、關懷備至、嫉妒橫生，她也不為所動，
畢竟他太能裝了，前世一裝就是一世，沒幾人不道他君子，
相比之下，被休出門的她，不知被多少人戳著脊梁骨説風涼話呢！
唉唉，這樣殘忍虛偽的冤家，怎地就叫她一再地遇上了？

輕巧討喜·笑裡藏情／郁雨竹

姊兒的心計

我不淑女，他算魯莽！

文創風 262 1

初到陌生環境的魏清莛和弟弟被關在一個廢棄小院裡謀生存，
有人「穿」過來立刻身分加級大富貴，她卻「穿」得好心酸，
娘病死，爹不疼，爺姥不愛就算了，
姨娘還落井下石，給的飯菜還有毒，
幸好偷偷摸摸溜進來一個少年，硬說他是自己未來的老公，
跟她約好長大後要退親，還塞給她幾個饅頭。
這麼多人想害她，她肯定要活得更好了……

文創風 263 2

母親過世前留下的一塊玉，
竟能讓她「看到」玉石上飄浮的靈氣，讓她賭石賺了不少銀兩，
沒想到訂下她秘密親事的居然也是憑著這塊玉。
後來碰巧還救了她那個有等於沒有一樣的未婚夫，
哎，她根本就不想嫁人，偏偏救他時揹著他下山，
順便也救了的四皇子等人完全目擊了這件事，這女子的閨譽啊……

文創風 264 3

一開始他的確打定主意不娶她，打算另外幫她找個會讀書的夫君，
偏偏現在哪個書生敢娶她啊，嫁不出去的可能性大增，
實話是他也看不起那些老鼠膽的書生，怎麼配得上女英雄？
看來只有他這個將軍敢娶她、配得上她了……
他可不是喜歡她喔，他只是有點心疼而已喔！

文創風 265 4 完

別以為她不知道，上自皇上、下至身邊伺候的小廝和丫鬟，
都偷偷覺得他們這對夫妻少了心眼、人情世故不太懂，
等著看她嫁入平南王府任家去，兩人的婚後生活有多「精彩」！
她可真心不這麼認為，嫁給這個直愣愣的將軍，還真是門好婚事，
平南王府老太妃不待見， 這婆婆也省得伺候了，
三不五時扮男裝，跟夫婿溜出府去賭賭玉石大賺私房錢，
她啊可會盤算了，兩人過得比誰都和和又美美……

這……未婚夫能吃嗎？她覺得吃飽可比嫁人還要緊吶！

村姑也要出頭天　相夫教子賺大錢／天然宅

2015年1月出版

招財進寶

穿成屬虎命凶的農家小村姑，爹娘是極品鳳凰男＋懦弱受氣包，
最坑的是，所謂的親人們竟個個都想賣了她換錢！
哼，老虎不發威，真當她是無嘴不還口的Hello Kitty嗎？
就不信她一個現代來的女人，還鬥不過他們這群人！

文創風 258 **1**

好極了，一睜開眼就來到這沒聽過的朝代，老天爺可真疼她！
現代的她是個只能靠自己打拚，結果卻過勞猝死的富家小姐，
本以為自己的命運已經很慘了，不料這古代身體的原主人更慘，
小姑娘名叫宋冬凝，小名冬寶，偏偏她不是個寶，只是根草！
在宋家，管事的是奶奶黃氏，她心中的寶貝疙瘩是讀書的三兒，
原因無他，兩老堅信這么兒日後會一舉成名，當大官、賺大錢！
所以她爹剛死不久，她就被賣掉換錢，好繼續供養三叔讀書，
糟的是，她才上工第一天，就倒楣地被壞心的小主子給攆走，
驚嚇又高燒之下，小姑娘就這麼去了，於是，她成了冬寶丫頭！

文創風 259 **2**

雖然宋家除了娘親李氏外，沒人待她好，但既來之則安之吧！
是說，這宋家也真是絕了，古代人重男輕女嘛，這規矩她懂，
可這老宋家輕女的程度，那可真是到達一個誇張的境界了，
據她觀察，除了生下一女兩子、現又懷孕的二嬸能不做事外，
剩下的女子敢不做事就是找死，掌大權的奶奶定不輕饒！
說起奶奶那張嘴可是出了名的壞，罵起人來什麼髒字都不忌，
李氏因為自覺只生下一女，臉皮又薄，長年只有被罵哭的分，
但，舉凡煮飯、洗衣、下田，裡裡外外每件活兒李氏都得做，
而她也得鎮日提防著再被賣掉，這日子簡直沒法兒過啦！

文創風 260 **3**

冬寶不想死在宋家，也不想被賣掉，她的命該由她自己決定！
她知道，宋家每個人所得的每文錢、每樣東西都得交給奶奶，
而她若想要掙錢來交換好一點的日子過，那是絕無可能的，
所有的努力付出是不會有回報的，因為財物都要留給她三叔，
這輩子若要吃上一口飽飯，她們母女倆就得分家出去過！
但奶奶是不可能同意分家的，畢竟李氏是家裡的主要勞力，
不過，辦法是人想出來的，她有法子，只差要找人幫忙才成，
隔壁那個俊秀的林實待自己既親切又溫柔，便是個好人選啊，
她就不信自己一個現代來的女人，還鬥不過奶奶這農村老婦！

文創風 261 **4** 完

順利分家後，冬寶簡直開心得都快飛上天了！
不過坐吃山空不是她的個性，她早已計劃好要做生意攢錢，
她打聽過，這時代的豆腐澀又難吃，沒人愛吃更沒多少人賣，
可她是誰？前一世她家裡就是靠著賣豆腐起家賺大錢的呀！
這不，才推出不久，她的豆腐就賣個精光，造成搶購，
假以時日，她定能把豆腐賣往各地，銀子大把大把地賺啊！
有錢吃飽飽、穿暖暖後，自己的終身大事似乎也該想想了，
隔壁林家的大實哥是她相中多時的好夫婿，但卻搶手得很，
看來她得加把勁，若能把他訂下來，這日子就太美好啦～～

文創風
270

被休的代嫁 1

國家圖書館出版品預行編目資料

被休的代嫁 / 安濘著. --
初版. -- 臺北市 : 狗屋, 2015.02
冊 ; 公分. --（文創風）
ISBN 978-986-328-420-8（第1冊：平裝）. --

857.7　　103027855

著作者	安濘
編輯	張蕙芸
校對	黃薇霓　蔡佾岑
發行所	狗屋出版社有限公司
地址	台北市104中山區龍江路71巷15號1樓
電話	02-2776-5889～0
發行字號	局版台業字845號
法律顧問	蕭雄淋律師
總經銷	知遠文化事業有限公司
電話	02-2664-8800
初版	2015年2月
國際書碼	ISBN-13　978-986-328-420-8
原著書名	**《被休的代嫁》**，由起點女生網（http://www.qdmm.com/）授權出版

定價250元
狗屋劃撥帳號：19001626
網址：love.doghouse.com.tw　E-mail：love@doghouse.com.tw